心之门 Xin Zhi Men

时代出版传媒股份有限公司
安徽文艺出版社

【作者介绍】

　　储福金,江苏宜兴人,一级作家。江苏省作家协会副主席。曾在《雨花》编辑部担任过小说编辑,1984年考入鲁迅文学院,开始了对文学理论的系统学习。毕业于中国作协鲁迅文学院与南京大学中文系。享受国务院特殊津贴,曾获多种文学大奖,是一个高产优产的作家。先后创作了13部长篇、50篇中篇、100篇短篇,还有各种随笔、剧本等发表。

当代名家精品珍藏
Dangdai Mingjia Jingpin Zhencang

心之门
Xin Zhi Men

储福金 著

时代出版传媒股份有限公司
安徽文艺出版社

图书在版编目（ＣＩＰ）数据

心之门/储福金著. —合肥：安徽文艺出版社，2018.3
ISBN 978-7-5396-6219-0

Ⅰ．①心… Ⅱ．①储… Ⅲ．①长篇小说－中国－当代 Ⅳ．①I247.5

中国版本图书馆CIP数据核字(2017)第240183号

出 版 人：朱寒冬
责任编辑：张妍妍　　　　　　装帧设计：丁　明　徐　睿

出版发行：时代出版传媒股份有限公司　www.press-mart.com
　　　　　安徽文艺出版社　　www.awpub.com
地　　址：合肥市翡翠路1118号　邮政编码：230071
营 销 部：(0551)63533889
印　　制：安徽新华印刷股份有限公司　(0551)65859551

开本：880×1230　1/32　印张：9.25　字数：250千字
版次：2018年3月第1版　2018年3月第1次印刷
定价：35.00元(精装)

(如发现印装质量问题，影响阅读，请与出版社联系调换)
版权所有，侵权必究

目录

乾（序）／1

坤／1

震／45

巽／86

坎／126

艮／165

离／203

兑／243

附录　朴素的穿透
　　——评储福金长篇小说《心之门》　吴义勤／283

乾(序)

　　记得看过这样一篇笔记体小说:有一个秀才赴京赶考,不中,心灰意冷地回家去。路在青州道上,正在道边树丛里歇息,就见一道人骑驴而来,在那边的空地上铺下一块布,席地而坐,随而从袖中拿出一个个装满菜肴的盘子来,又取出一瓶酒,自斟自酌着。饮了几杯,似觉意味不够,便从口中吐出一个女子来,那女子便在席上轻歌曼舞,看得道人高兴,上前搂了。那女子显出风情万种,两人鬼混一阵,道人倒头睡去了。那女子看着睡去的道人,独自饮了两盅酒,便偏过身去,也从口中吐出一个小男子来,卿卿我我,承受小男子百般逢迎,山盟海誓。那女子渐渐神迷意倦,也要睡去。就见小男子背过身去,一般有所吐焉。一刻,道人身子动了一动,女子立刻惊醒,一把抓过小男子吞进口中,而后道人醒来,吞了女子骑驴而去。秀才也起身去了。有所悟。

　　我构思写每一部作品时,都会在书桌前呆坐上好一段时间,原来是对着稿纸,现在是对着电脑屏幕。这段时间,有时是几小时,有时是几天,往往是神思恍惚,杂乱不定,往往会想到一些莫名其妙的事来,有时是童年的一个印象,有时是一个有过接触而早被遗忘的人。一时记起,牵着纷杂朦胧的背景,带出无数冷、兴、沉、悔等各般感触来。一年前的一天,我在书桌的电脑屏幕前,也不知坐了多长时间,心已有所动,感到就要把握着那表现的一点了,突然这么一篇古小说显了出来。于是这篇古小说也就融进了我的构思中。这类笔记小说我看得多了,我看书又从来是不求甚记,所以这篇古小说究竟怎么写的,究竟是长是短,究竟是什么题名,我都记不清了,似乎是《聊斋》故事,我并不想去查实。我只觉得记忆中的这么一篇东西,给了我一点东西,朦朦胧胧的,很有感觉,我就想保留着这种感觉,于是我就写动了小说《心之门》。写成了以后,我发现,这篇笔记体古小说的故事,已化成了我小说的结构,一种环扣式的结构。这种环扣结构脱胎而出,却显得前无古本了。

《心之门》我写了七环。我用七种笔法写,我写出了七种调子。有冷清的,有热烈的,有低沉的,有奔放的,有琐碎的,有幻象的,也有抒情的。一重重的心之门开开来,一重门套着一重门。那便是信仰之门、愿望之门、爱情之门、社会之门、成功之门、幻想之门、幸福之门,总起来便是一重人生之门。善恶、得失、同异、高低、成败、虚实、苦乐等各类含有哲理的人生滋味。从一重重门中出来,也就显得朦胧了,成了一种色彩,是我创作中的心的色彩。

以前我从来不在我作品前说点什么,我总觉得那是多说了的。现在我觉得已经说多了。但我心中有一种创造性的快乐的话忍不住要说出来。而我的快乐之中不知怎么又总会有一点说不清的淡淡的悲哀。

坤

一

  陈菁遇见冯曾高的时候,有恍若隔世的感觉。

  冯曾高坐在高台上。剧场的舞台中间放着一个讲台,一个老式的讲台。讲台高高的,朝前呈拱形。冯曾高坐在讲台后面。他看上去是坐着的。从后排看去,舞台不大,冯曾高显得高高的。他大概是坐了一张特高的凳子。他手里拿了一把扇子,很自在地摇动着。他讲话的时候,那把扇子打开来,又收起来。从话筒里传出来的声音,嗡嗡的,有点变声,一字一句却很清晰,那扇子打开收拢的声音,也很清晰。

  一个亮着灯光的舞台上,一片空空荡荡之中搁着一个高讲台,一个高讲台后面坐着一个拿着一把扇子讲着话的人,陈菁恍惚觉得她见过这个场景,依稀在记忆的很深很远之处。台下是黑压压的人头,黑影连着的一片片,没有声音,静静的。似乎有着一点动静,那动静是无声的,一种呼吸吞吐与台上讲话声相应的感觉。于是,这眼前的场景就似乎升浮着,坐在台后的冯曾高越发显得高高地升浮起来,从话筒里传出的声音也有了一点从高处传来的味道。那把扇子虽然不是在需要用的季节里,但在他的手中,也显得自然自在,增添着升浮起来的感觉。

  冯曾高。陈菁心中念到这个名字的时候,有一种熟悉的体味在回旋,升浮的意识沉落下来。她一连串地把这个名字念了好多遍,她就有了现实感。她看清他是坐在高台上,他在作气功的讲学。他正在讲着"气",他讲一个古代的"气"字,就是无字下面四个点。他说四个点是火,是丹田之火,无是心,以丹田之火,燃动心之火、生命之火,这就是气,就是气功。他说的这些,陈菁是熟悉的,似乎和过去的一些关于冯曾高的印象连在了一起,却又远远地隔着什么。冯曾高,冯曾高,慢慢地她觉得这名字的意味,也离着她远远的,和眼前的一切一起升浮着。

一个秋天的季节,一个坐满观众的剧场里,一个靠后面的座位上,一个有点恍惚的凝神不定的女人。陈菁坐在那里,远远地望着前面舞台上的冯曾高,中间隔着一团团黑幢幢的人影。舞台的灯光集中成一片,一片灯光把舞台收拢了似的。后面的天幕是蓝色的,被灯光打得淡淡的。整个舞台看过去像一个镜框,一个有立体感的镜框。冯曾高就在那个镜框里,隔着远远的黑影在其间的距离,看那似乎升浮起来的镜框,就像隔着一个真实的尘世。

高台上的冯曾高继续讲着"气",讲古代的"气"字,讲四点上的无,讲无,讲无我,从有我到无我,是一种境界,无的境界。冯曾高的话似乎总在重复着,重复的话正显示着一种气,显示着一种无的境界。坐在静静的剧场里的陈菁,也升浮在这无之间,没有身之外的感受,只有他的声音和他的名字,她就是这么听着他的话,看着镜框里的人影。其他的都变得是不真实的不确切的了。剧场之外不再是她熟悉的小县,她不是从小县下面的一个湖头乡的乡镇医院出来。那个医院里的一个小房间,她坐在那里。和旁边医院的屋子相比,那间小屋干净、白洁。小间门外的天井里,是一片到处踩得是泥的青砖地。前两天一直是秋风秋雨天,砖地之外的泥地里积着水。走向厕所的地方都是泥水路,墙上溅着泥水的污痕。院外是一个土坡,坡那边就是金黄色的田地,长着一片一片的稻子。从湖头乡到小县县城的一条公路就在稻田与土坡自留田的菜地之间,公路通向远远的前方。这个小县城也开始繁华起来,陈菁每一次来,都有一种新的不适应的感觉。一幢幢格式化的水泥楼房破坏着原有的宁静的感觉。早先的那些砖铺的地巷,那些砖墙的木结构的房子已快消失了。所剩的小巷在水泥楼房喧闹的映衬下,也越发显得破败,仿佛只有小乡镇的医院里的那种宁静才是永恒的。

陈菁坐在剧场里,她的眼中是镜框式的高台,中间升浮起来的冯曾高,他的声音远远地从话筒里传过来,又是那么实在。脑中没有别的意识,浮起一点意象,也似乎是梦境里。陈菁依着他的声音的指示,半闭起眼,舌尖顶着上腭,什么也不想,无,无,无,只有他的声音,不守着,他的声音也不守着,没有守着的,他的声音也是无,他的镜框里的形象越发升浮起来,她自己的身子也有点升浮起来,他的声音变淡了,似乎听着的只是那把扇子对着话筒扇着的呼呼声。冯曾高用一把扇子扇着火,火升起来。陈菁就在火之上,她没有觉得火烤人,没有异样的感觉。冯曾高的声音在说着:由它去,不要守着,不要守着。想哭就哭,想笑就笑,都不要守着,都由着它;想动就动,想滚就滚,都不要顶着,都由它去。陈菁就觉得自己身子要摇起来,升浮着摇晃起来。扇子在不停地扇着,她听到了几声哭叫声,远远的声音,远远的笑声,她的心里念着他的声音,不要守着,由它去,由它去。她的身子在浮着。突然她一下子就知觉到了她自己。她努力想要升浮着,然而她渐渐又感到外面的知觉清晰起来,她不再觉得声音是远远的,一切变近了。她睁开眼来,她听到了剧场里的杂乱声,那些杂乱声本就在她的四周,她本就听着那杂声。她不过是听得清楚了一点。她听到隔她几个座位的旁边,一个胖胖的女人大声地哭着。她的周围都是半闭着眼的人,模样很可笑。她不知道自己刚才是不是也这般模样,也很可笑。她的前面有一个人突然捶打起自己的肩头来,捶打得那么用劲,她奇怪怎么没把他的肩头给捶散了。她很想再闭起眼来,再回到那升浮的感受中去。她回不去了,她只有睁着眼望着。剧场里似乎给人群魔乱舞的感觉。哭的笑的、打的闹的,似乎存在于另一个世界里。在一个正常的环境中是可笑的,眼下却没有人觉得可笑,高台上冯曾高依然在说着。他一点也不守着的样子。他依然说着一个"气"字,说着对"气"的信,说着悟。他手中的扇子依然扇着,他的手随意地扇着面前的话筒,扇也不是守着的,不受剧场里任何哭笑的影响。他的声音依然那般平静、安宁,似乎一切都在他的掌握之中,在他的扇子悠悠笃笃摇动之间。他扇着,不停地扇着……

二

出了剧场,在陈菁的记忆中,冯曾高在高台上讲的是什么,以及他的声音、他的动作,都忘怀了。只记得那把扇子,悠悠笃笃摇动着的扇子。陈菁把记忆深处的冯曾高的印象翻出来,仿佛那冯曾高的形象也连着了那把扇子,他的手上总也摇着一把扇子。

多少年来,陈菁觉得自己已把过去给忘记了,她并非刻意去忘记,没有什么刻意要忘记的。她记着的是卫生院小间里来的农家之人,有不少个熟悉的面孔,走马灯似的转着,熟悉起来的又转为陌生的面孔。她相信那是她的人生,那是她的缘,常转常转,旧的转为新的,新的转为旧的。无所谓旧与新。转换过去的也就过去了,没有可守着的。不守着什么,由着它。一切过去的都淡了,用不着记着什么。岁月就这么流逝去了,她要费一点心思才会想起自己到底是多少年龄,以便填在有时非要填的一些表格上面。

把冯曾高记忆起来,她觉得他的形象还是那么鲜明,只是给他添了一把现在才有的高台上的扇子。那把扇子是隐隐的,并不是他旧形象所有的,她明白这一点。那时她常和他在一起,那时他们周围乱得很,就像后来乱起来的剧场。只有在其时才会觉得那一切是真实的,那一切是可以理解的。她和他在一个学校一个班上读书,那时候并不需要读书,社会和学校一样,都乱着。经常是两个对立的阵营,有时会争闹起来,先是斗嘴,还有时是斗力。那时候女同学很少到学校去,只有陈菁还去,是她自己要去,没有人告诉她不要去。她去了,默默地站在那对立之外,似乎是站在冯曾高的旁边。他身材瘦矮,在班上的男同学中,显得最弱。他的脸色苍白,眼角有点往下挂,腮帮和额头长着几颗青春痘。他和她一起看着对立的两边,看着他们争斗,静静默默的。她觉得他有点紧张,他的双手紧握着。她把这个印象告诉他,他很凶地看着她。这时她看清了他脸上的神态,看清他脸上的那几颗丑恶的青春痘。他说:"你不要乱说。"他叫她不要乱说,见她点头的样子,他突然就笑起来,他笑的时候,她想着他手里是握着什么,多少年以后,她才想清楚,他那时最恰当的是手里握着一把扇子。他笑的时候,手里就摇着那把扇子,他对她说,正是她才使他们对立而争斗的,不过他不会对同学说的,只有他明白。她有点惶恐地动着头,她弄不清自己是摇头还是点头。她有点害怕他说出这样的话来,似乎那话是真的。

"是你和我使他们对立起来的。"后来他这样对她说,"你懂不懂?"

她还是不知是摇头还是点头。她不喜欢他们对立,她的心愿并不能表现,她想说明这一点,她无法说明这一点。她只有和他站在一起,看着对立毫无消弭的样子。她觉得只有靠着他。她自然地跟着他,她跟着他走,而他总是走在她的身后,她有被他押着的感觉,她是顺着他的心意在走动,虽然他并没有明确让她跟着他的表示。

学校后面不很远的地方是铁路线,围着很矮的一个铁丝网。锈铁丝绞着很尖的绞花,好几处都断垮下来了。两条铁路线在这儿交叉,火车从两条线上吼叫着开过来,总会让她想着要是撞上了怎么办。交叉点上形成了一个尖角,尖角处有一排铁皮房子,说不清是做什么用的,也是生着锈的房子。那一排房子远远地向外岔开去,形成了一团,使两条线路越岔越远,南北分了向。而交叉的两条线在此处合拢起来,一直延伸到还有很长一段路的站台上去。

铁路的交叉点两边,是一片宽阔地。在大城市的内部很少有这么宽阔的一个所在。陈菁听冯曾高说他家只有鸽子笼大小,是一个板楼,几乎没有转身的地方。冯曾高到陈菁家中去过,她把他带到她一个人住的屋子里。那时他就说,她会永远在这种屋子里,再也跑不出去的。她听那话的时候,想着他是在诅咒她,诅咒她的房子,诅咒她宽敞的房子。她无法怨恨他。

铁路上铺着黑漆的枕木和碎石基,路基两边,长着一片茅草,似乎总是荒凉的茅草的尖尖,随风摇着摆着。从学校走过来的一条铁路线的路基边,总丢着一张张蜷着的纸片。那是火车上丢下来的包过裹过东西的废纸,一概带着尘灰。冯曾高把它们捡起来,他让她也捡。他一边捡纸片一边说着那些纸片里包过裹过的什么好东西,他说她不信的话,可以闻闻那纸。她怕闻纸,便使劲地点着头。

捡来的纸片堆积在一起,堆在长长的茅草之上。长茅草被压弯了,纸团就像长在了草尖上的污色的花团。冯曾高捡来了铁路旁的木块与煤石,都在茅草梗下堆积起来。他开始点火。她怕见那火,躲在他的身后。望着火笑着的冯曾高一动不动的。她觉得他紧张地站着,她甚至觉得他是在跳来跳去的。他的手握着,她却觉得他的手在扬动着。多少年后她越发清楚地感到他的手中似乎握着一把扇子。她从他的肩上看着那舔上来的火光。更多的是烟,烟摇摇曳曳地卷着滚着,随着风升浮着。他脸边上的轮廓也随着烟摇曳着,升浮着。

冯曾高对着火和烟看了好一会儿,默不作声。突然他伸出手来,指着学校那边的一排高楼房,嘴里念念叨叨的,陈菁听明白他的语音。他在说着:"烧过去,烧过去。"她觉得他的手扬起来,扬着,烟就朝着他的手指方向卷着,见他的模样她有点害怕。他的脸上有一种阴阴的表情。他回转身来对她说:"我就想着要把那些高房子都烧掉,每天上学走过那里,我都想着要烧掉它们。烧起来会有多么好看。"

冯曾高让她也帮他去烧那些楼房。他让她和他一起想。想着那火那烟都随风刮到高楼房上,想着高楼房上都是烟和火,想着高楼房烧起来了。你只要想着它烧,它就烧了。她说她不相信。他说她不应该不相信他。后来他告诉她,那是他的一个远房叔叔教他的。这世界上他最信他远房叔叔的话。他立刻叫她和他一起去想,叫她心里和他一起用劲,让风卷着烟火刮到高楼房上去。她闭起眼来,她很怕想到高楼房上着火的情景,她心里摇着头,直摇着头。就听到他在她的耳边说:"你没有想,你没有想,还在和我捣乱。你是不是?是不是?"他的声音凶凶的。她摇着头。她不知他怎么会知道的。她顺着他,她开始想着那高楼房着火的样子。她虽然心里害怕着,她怕,但她还顺着他的意思去想着。在她的心里有一种要顺他的意思。她的心静下来。他的呼吸在她的耳边。她想着了那高楼房,想着了烟和火,想着烟和火卷到了高楼房上,慢慢地好像高楼房上就着起火来,正像着起火来的模样,使她的心中有一种喘不过气来的激动的感觉。这使她又生出寒彻入骨的害怕。

她睁开眼来，一时间真怕会看到远远的高楼房上卷起烟和火。她看着他脸的轮廓，他的眼神凝视着前方，一动不动的。她偷眼看一下前面，那些高楼房还像以前那样立着。她叹了一口气，像是松了一口气，她又觉得为他有点失望。他回转头来，看看她。她看不出他到底是什么神情，他瘦削的下巴动了一动，他说："我们走吧。"

似乎就在第二天，陈菁上学走过那高楼房处，她看到了一片乱糟糟的场面，原来成排的整齐的高楼房，几乎都成了烟熏的断墙破壁。楼房下的水泥道上，乱七八糟地铺着纸，堆着东西和坐着人，都带着烟熏的样子，有孩子像逃荒人模样跑来跑去。四下里走着戴民警帽的人，指挥着交通。有人哭着，低低地呜咽着。没有号啕声，只有流着泪的样子。陈菁心里突然感到害怕。有人在说着昨日烧火的情景，说着怎么火烧起来，说着火烧伤了多少人，烧坏了多少东西，说烧伤的人的惨景，说一个路过的救火的小青年死了，听说要追认他为烈士，但听说他的成分不好，以前还是个不良青年。还有个小姑娘从楼上跳下来，把腿摔断了。

陈菁来到学校，一路上想着昨日听到救火车和救护车的警铃声，她想到是火灾，心里翻腾过一下，但并不在意。那时她躺在床上看书。她本来就不好热闹，甚至她都不去问一下是怎么回事。她没想到真是高楼房着了火。这时她想着一个断腿的小姑娘满身还带着烟熏的样子，就好像真切地在她面前躺着。

陈菁很迟才看到冯曾高到学校里来。她想他是在高楼房那里的。他的眼神中闪着一种兴奋和激动，闪着一种莫名的光，他朝她看一眼，眼中含着一点认同般默契似的痛快感。

"是我和你给了他们一把火。"后来两人在一起时，他说。

她像是叫了一声,但并没叫出声来,因为他根本没有反应,他还在想着什么。她觉得很害怕,想离开他一点,身子却向他靠近了一点。

不是,不是,不是,她心里这么说着。

有一段日子,她总是在袋里放一些糖果,走到那高楼房之处,看到有走动玩耍的小孩子,就停下来,掏糖给他们吃,然后很快地走开。

后来,她总是绕过那条路到学校去,好在那段绕路的日子不是很长,她就毕业了。

三

冯曾高看到陈菁就笑着说:"我今天想着要遇着一个故人了。我还对谁说过。"他眼移开去,看了看围着他坐着的卫生局的人,那个卫生局的秘书就点着头呼应着。

"就是我听说的。冯大师说过一句,我记得清清楚楚。你说,我要见一位多少年没有碰头的朋友,她是个异性朋友。你是这么说的,就在进剧场前说的,好像是随便想起来说的。我一点都没记错。你眼睛看着我,剧场旁边的人很多,你踩上了第一级台阶……"

副县长和卫生局长都笑听着。冯曾高也笑听着。陈菁又有他摇动着扇子的感觉。扇子正收拢着握在他的手中。

冯曾高住在宾馆二楼最里间的套房。他迎着门坐在一张木椅上。四围搁着几张沙发,县城的陪客都在沙发上坐着。冯曾高身子坐得很直,依然是他坐在高台上的身姿。那些坐在沙发上的身子像是埋在沙发里面了。

陈菁是在快要吃晚饭的时候去看冯曾高的,听说他一直被人拉着给人看病。到处传说着神医的事。她想他这个时间里会空着,她只想着要见他一见。

这是宾馆最好的一个房间,地上铺着红地毯,套房外面很大很宽敞的一间纯粹是会客室,几乎一应俱全,冯曾高身边的柜子上搁着很大的一个彩电。陈菁站在靠门口的地方,前面梳妆台的镜子正映着她的形象,映着她多少有点局促的样子。这许多年中,她很难得感到自己还会有这种不自然的感觉。

听说他们曾是同学,县里的人都带笑看着他们。陈菁越发觉得那中间含着她不适应的眼光。她坐下来,也坐在一张木椅上,身子也坐直着。她看到冯曾高还是那么个矮瘦子。他的脸似乎没有什么变化,依然白白的,几乎没有额纹,眼眸显得明亮清澈,但她依然觉得是阴阴的,特别是在他笑起来的时候。这许多年了,她很少这么认真地看一个男人。

县卫生局的秘书继续说着,话就像从嘴里滚下来:"陈医生也是一个真正的医生呢。我清楚她,她是一个忘我的好医生,一个深受农民称颂的医生,要是说是冯大师的师妹,这就好解释了。当然是受过冯大师同样真传的⋯⋯陈医生从来是埋头从医。乡卫生院几次报她当先进工作者,但我一次也没见她来参加过会。当时还有人有意见,我想这正是她不同平常人之处吧,说真的,你们真像是师兄妹⋯⋯"

冯曾高笑了笑:"应该说,我受过她一点真传,她是我医学上的启蒙老师,她的医道家学渊源,你们信不信?"

陈菁觉得她在承受着他们的眼光,那如火一般的眼光。火和烟卷过的高楼房⋯⋯冯曾高扇着扇子⋯⋯她深吸一口气,气从小腹部涌上来,慢慢地在体内流淌,她的心静下来。古代的"气"为无字下面四个点,这是她家传的医学书上的话。她是不是对冯曾高说过的,她记不清了。冯曾高对她说是的。她不喜欢他笑的样子。她说他还是老样子。他说她也还没变,变不变只是在形态上,人不是不变,也不是变……

他朝她看着,带着他的笑。她也看着他,她看到他的时候,总觉得有一种莫名其妙的对周围人的畏惧感,想靠近他一点,越是靠近,那种感觉越是强烈。她心中升起一点抗拒力。分别那么久了,他成了济世的神医,她根本没想到他会是一个神医。也许有人告诉她,他犯了什么事,他得到了什么恶果,她都会相信的。她坐在他的面前,还是不能相信他是现在这个样子。她觉得他确实变了,生出一种疏远来。

副县长在沙发上动了动身子,说:"他们师兄妹多年没见,让他们好好谈谈吧。"

其他的人也在动身子,冯曾高却伸了伸手,他的手像一个有力的休止符号,他们都不动了。他说:"我和她正谈着呢。"他朝他们转过身去,他的声音似乎又带着他在高台上的意味,"我们说话,就是要说给人听,我这句话你们懂不懂?懂的,是不是?可你们没懂。我说出来的话到底有多少人懂?其实我已是换了你们懂的语言说出来的。我要说,话是说给人听的,只要他听到了,我就是说了,你们懂不懂?他如果听不到,我就放开嗓子叫,他也是没听到,懂不懂?到底懂不懂?你看陈菁她点头了。她是懂了,我想我的话她是懂的。人有时感到说话是最吃力的。其实你用不着费什么神去说,你只要听的人听到你的话就行了,至于你不要他听的人,他听到没听到,与你有什么关系?懂了吗?"

坐在沙发上的几个人,身子原先抬起着,没有再动,都半支着身子,脸上带着笑,似乎听懂了他的话。

冯曾高后来也没和陈菁说什么话,陈菁也没和他说什么,觉得说什么都是多余,说什么都不合适。她原来和他在一起也都是他说着话。多少年了,这多少年中,她也很少有什么话,他的话让她想到她本也不该说什么话。她不明白的是,那么他为什么又会有那么多的话?他从哪里来的那么多的话?他那么多的话对他们说着,话中带着一点玄的意味,她能听得懂,但不知他们到底是不是听得懂。她的这些头头们,原来每次见时,都是被人拥着,都是坐在台上对人讲话的,讲给别人听的。现在却都静静地听着他的话,听不知是懂还是没懂的话。她很想离开冯曾高,离开这场面。这场面也有一点让她害怕。但在心理上,她又想着要靠近他一点。

后来,县卫生局的秘书提议去吃饭。陈菁起身说要走了,几个头儿都邀她同桌。陈菁说她吃不惯油腻太重的东西。卫生局长说让宾馆食堂弄点清淡的菜就是。陈菁还是说她要走。冯曾高一直笑着没有劝她。陈菁独自走了。

四

陈菁当天乘车回了湖头乡。她觉得自己大概无法适应乡村之外的生活了。一桌摆下来,十个人围着,倒酒,倒饮料,桌上到处是杯盘,红绿黄白各式菜肴蒸腾着热气,满是油腻之气。冯曾高笑着说:"酒肉穿肠过。"陈菁说,她并不是讨厌菜,是讨厌油腻之气。不是说"气"吗?说无之下四点的"气"吗?他说,那是因为她所养之气还不足化这油腻之气。他是坐下来就吃。他依然显得瘦瘦的,瘦削的身子,瘦削的脸,都说他具有一种神仙之气,她不以为然。她到县里来了一次。过去多次会议她都推辞不参加。她闻不得那油腻之气,更多的是,她受不了那么多人围坐在一起的吃饭架势。他们热闹地夹着菜,说着话。她觉得受不了,觉得吃得莫名其妙。没有意思的会议,没有意思的吃。混混沌沌地吃,自然便生出一种混混沌沌的油腻之气。她确实无法化开那油腻之气,她觉得要是她吃了,肚里肯定不会舒服,心里肯定不会舒服。

陈菁很少到县城去。那座她与冯曾高一起度过童年、少年生活的故城,已经在她的记忆中很淡薄了。回到乡村,看着那一片田野,深深地吐吸两口,她觉得自有一种清新之气吸入,一种浊气从胸中吐出来。她静静地看了一会儿埂上的野草花,秋色的黄昏里,田野里飘浮着一种好闻的苦艾香气,夹杂着牲口的皮毛粪便气息,还有那远远的湖面上带点鱼腥味的气息。同时她嗅到了乡镇上新办的那家化工厂烟囱里溢出来的化学物品的气味,只要感觉到那异味,陈菁就有一种扰乱了心境的感受。听说乡镇大力发展工厂企业,很快会扩展到卫生院的四周来。想到这一点,陈菁同时便想到了冯曾高笑笑的脸,那脸上含着的近乎恶魔般的神情。她不知自己怎么会到城里去听了他的一堂讲座。到城里她才听说县卫生局举办的这一堂收费的讲座,也是一种有经济效益的活动。她讨厌这种经济的渗透,觉察到那异味的无法躲避。她有点不由自主地去了剧场。她很少看戏,她一直认为戏是假的,有一种使人为傀儡的不自然。这一次她在剧场里感受到了另一种不自然。后来形同群魔乱舞的场面,有群体傀儡的感受。她也在被戏弄者之间。冯曾高的扇子和他的声音、他高坐台上的动作都有一点戏弄台下人的邪乎的意味。她不无恶意地想到,他就此能获取不少经济收入。他用那邪乎的口舌声音把一种愚蠢的心挑动起来,结果是得到了很脏的报酬。坐到了饭桌面前的冯曾高面对整桌的热气油气的酒菜,他笑着,大谈着。陈菁嗅到那邪乎的气息,那气息向她包围过来。她有点后悔进城一趟,后悔去听他坐在高台上的讲话。显然是鬼使神差,起先她并不知道是冯曾高,她只想要去一次,去听一听,好像感到应该是很有意思的。那种欲望很长时间都像是泯灭了,突然冒出来似的。现在她觉得她的心境被破坏了,好像打开了一个缺口,缺口之处露着冯曾高的笑笑的脸、笑笑的神情。他面前是满满一桌的酒菜,冒着油腻腻的热气。

冯曾高很爱吃,热衷于吃。多少年了,她还记得他的吃相:把桌上的东西,都拣到面前,先好好地看看,显着已经把食物分解开来了,一层层地拆骨卸肉都仿佛看透了。那神情并未吃时,已透出吃的模样,虽无馋涎,却似乎响着一种咝咝的咂味声,也使人觉得那满桌的食物都已在他的品尝之下了,容不得别人再举筷了。

十多年前,陈菁插队到湖头乡。她是回老家,父亲的老家。那时她已没有了父亲,也没有了母亲。葬她母亲的时候,她听到巷子里老人的议论,说她是命克父母。她独自来到这湖畔的乡村,她几乎没有亲人,面对着一片陌生的乡土,她感到她注定是要到这儿来的。她一下子就适应了这里的一切。许多知青难以适应的过程,她都没有。她在湖畔的一个村子里落下户,村上的工分值很低,她勉强能拿到口粮。她并没在乎这些,她觉得有一种修行般的自在。她似乎找到了最合自己胃口的素餐,田里的蔬菜碧青碧青的,新米喷香喷香的,不用油也能吃上满满一大碗,她为自己的饭量而不好意思。她一直有一种内在罪恶的自责感,有着许多的忏悔的念头,为她和为她父母。她的父母都是罪人,社会的罪人。她觉得她从小至今都在享受中,现在应该是到她受苦之时了。她有许多常人没有的知识,不是从书本上获得的,是从晚年父亲嘴里说出来的透视人生的话,深入她的内心。她深知自己命薄,难可需求。她生活得很安逸,每日里荷锄出门,有时驾一只小船,在湖里荡着罱湖泥,或选种柴场,或挑担阡陌。她穿着束紧了的青布衣服,乡下农家人都称她是天生的农村女人。她本是来寻找忏悔所在的,没想到这儿一切都好。她并不觉得是受苦,她的心境很平静。

那年,冯曾高来到了湖头乡。也许是她的信中对乡村土地的叙述吸引了他,他来了。好长时间没有见面的同学,聚在了一起。她一见到他,就感到自己平静的生活生出了一种摇撼,感到自己的叙述有了错位。他的神情和行动都带着一种她已快忘记的城市的气息,使她感受到新旧生活的反差。他穿着当时在城市相当流行的军裤和夹克式的春秋装。他的两只手插在那夹克装里。他走在她的前面,一路看了她的村子,带着他的笑。她看着他的笑,她知道这是注定的,是她招他来,破坏她平静的感受,考验她内心的。她为他打开了一扇门,她本是开了一点想看看的,但他却把门毫不在意地推开来。他并没说什么话,但她门已打开。她的生活显得那么可怜。她觉察到了这种可怜。从他的眼里,从他的动作中,从他的神情上,她清楚地觉察到了。她显得可怜地跟着他。

冯曾高很快地熟悉了她的村子,熟悉了那些田野的道路,熟悉了那些她还不知道的农家作物。他对野生的作物表现出极大的兴趣,大多数的作物是田地里生长的,是有属主的。他一眼就能从叶子上认出那些好吃的东西来。他毫不怜惜地把它们从土地里拔出来,有的东西还带着青涩味。他细细地看着它们,然后细细地洗着它们,一片一片地割着,然后一片一片地尝着。他鼓动她也吃。从他嘴里说出来的那些东西的妙处带着无法抵御的诱惑,她也尝了一点。其实,那些作物成熟了的,她都吃过。生涩的滋味几乎让她吐了出来,冯曾高却说,只要不暴殄天物,地里长的一切本来就是给人吃的。于是陈菁也就勉强把它们吃下去。她还是弄不明白他怎么会吃得那么起劲,那么津津有味。在他经过的地方都是被翻乱的土和叶片。他吃完了搓着手,不再去回味,一切不在他心里了。他再去物色新的食物。她知道他是尝新鲜,她无法阻拦他的行动,相反她跟着他,尽力地向他介绍着乡村的一切。

冯曾高很快又想起了一种特别的吃法,似乎是她先对他说到了山芋的烘烧,这就引起他用火的制作。他把那些挖出来的可烧和不可烧的作物都悬在自制的火架上,在下面点起火来。她有点恐惧地看着他点火的举动。多少年来她对火忍不住怀有害怕。她见了火极力不去产生脑中的形象。火在野田里燃起来,她又一次感到已冷了的感觉又热了起来。她控制着自己去面对考验。她依然和他搭着话。他的眼抬着,看得远远的。远远之处只有青天和稀稀落落的村庄。她听见他说,这么一块一块全是田的地方,就是大风刮起来,也烧不了几间房子吧。她听了有一种安全感,心里像喘了一口气。

站在湖堤上的冯曾高手叉着腰,瘦削的身子像在风里飘浮,他看了一会儿湖水,眼神迷迷的。从湖面上望过去,一片白色茫茫,越往远处,越显得茫茫然,白得发灰,湖上的天空也从青往白转,一两只湖鸟飞在湖上,翅膀扇动着,形成白色上的一个移动的小黑点。白色的水流淌着,平缓的湖波轻轻地涌动。陈菁很想自己也迷迷地看下去,但她缺乏一种迷劲,渐渐有水移上来要淹没她的感觉。冯曾高突然低下头来,看着脚下的堤坝,接着用脚踏了踏,说:"这么矮这么不结实的堤坝怎么经得了涨起的湖水?"陈菁还从来没想到堤坝的高低。她过去看了看,发现湖水还离堤坝矮着呢。只是她的心里有着一种疑惑。后来他们下了船,把船荡到了湖里。冯曾高不会划船,但他不住地动着桨,船一直是摇摇晃晃的,好容易到了湖中间,冯曾高用桨在水里探下去,发现只有一桨深就到了湖底。他似乎失望地抬起身来。湖风吹着他身上的春秋装,鼓起在他瘦削的身躯上。他站在船头,小船微微上下浮动着,也许船颠了一下,就见他的手臂向上抬起。从船后看去,他举在肩上的两只手,映着白色的天空,透着暗暗的淡红,琥珀般半透明的。他就把手那么抬着,身子随船摇晃着,他旋着身,看着四周,后来他说着:"都是水,都是水,水涨起来都是水,都是水。"他就那么朝水举着手,他的神情中有一种迷醉的感觉,他叫她也想一想,就像当初在铁路旁烧纸和杂物时想一想火烧起来一样,想一想水涨起来,涨到堤坝,堤坝破了,水淹出去,水自由地冲出去,满世界都是水。她使劲地抑制自己不去这么想,她发现他在盯着自己。她微微闭了一闭眼,那水涨的形象浮了上来,她抑制着自己的想象,水依然涨上来,涨上来的意象跳闪了几下。她说:"要是水涨上来,不会淹死人吗?"冯曾高笑着说:"淹不死你的,反倒会称了你的心愿。"陈菁想说,难道我的心愿就是要淹死别人吗?她没说出口,她在他面前,很不想和他争辩,只想移开那个话题。

"涨吧涨吧。"他突然大声朝着天空,而不是朝着湖水叫。陈菁也笑着,她很想跟着他叫两声,在一片白茫茫的湖水中,扯起嗓子叫上两声,会有一种很放松很自由的感觉。不过她没有叫,她抑制住了自己。在她的心里,应声似的叫着,那声音传到很远很空之间。仿佛湖水正在涨上来,慢慢地无声地涨上来。她望着他的背影。他又朝她转过身来,脸上带着一点装出来的恶意的表情。她笑起来,放松地笑起来。他却没笑,只是望着她的笑。她觉得自己好久没有这么笑过,以后,好像也再没这样笑过。

冯曾高在乡下住了几天,就走了。以后的几天中,陈菁几次梦见那白色的水涨上来,慢慢地涨上来,白色的水上映着他的笑的表情,笑的回声却是她自己的,远远的,透映过来的回声,很淡很轻却很清晰。

有多少回,陈菁下湖罱湖泥,她还会想着水涨的感觉,那印象一跳一跳的。那年汛期,大江水涨上来,湖水涨上来,一直涨到堤坝口,多年失修的堤坝岌岌可危,堤坝上到处响着锣,响着声声筑坝的喊叫。坝终于还是破了。白色的水涌过去,直涌过去,许多的村子都淹了,倒坍了许多的房子。许多日子里,陈菁参加抗洪救灾,撑着小划子在原来的田上划来划去。没听说淹人,死的倒是一个救灾的队员,那是一个意外的事故。水上漂着死去的畜生的尸体。一半没在水里的大树枝上,摇摇地站着咯咯叫着的鸡。水涨上来时,那猪不是往高处跑,而是一直往深水的当中游,游着游着,就咕咕噜噜地沉了下去。那老牛却是站在桩边,怎么也拉不动它,只任水在它的脚下打着旋,慢慢地涨上来。它就那么站着,眼中流着泪,一直流着泪,水慢慢地涨到它的腹部,再往上涨去,它依然那么站着。

涨水那年,很快流行起几十年前爆发过的血吸虫病,一个个腹部胀起的男男女女。陈菁仿佛看见他们腹内涨着白色的水,水涨着涨着,一些体弱的老人孩子死去了,就葬在退了水的浅滩上。陈菁一直没有回村干过农活,她从抗洪救灾队到防病治病队,后来当了赤脚医生。再后来,知青回城的政策落实了,她没有回她原来下放的地方,她把户口迁到了镇上,进了乡卫生院。

五

陈菁又见到了冯曾高。冯曾高突然出现在卫生院小屋的门口。她抬头看他,手下给病人扎着的银针,颤动了一下,扎偏了。她努力安静下来,低下头去把针细细地扶直,慢慢地再探着扎下去,这一刻,她像没有注意到冯曾高的存在。

她还是感觉到他在她办公桌对面坐下了。小办公桌很破旧了,桌脚都是钉接的,用了力会摇摇晃晃的,她在上面写字时总要悬着一把劲。桌上堆着一些医疗书,还有一些病历。他的半个身子矮下来,腹部衣服平整。他照旧是坐得直直的。她看到桌下的那双脚平放着,她没抬头,也像是看到他脸上笑笑的神情。

针下的气感消失了,她觉得针下空空荡荡的,她上下用着补针,努力去寻求那气感,病人的腿动了一下。她轻声问:"痛吗?"病人咳了一声,她改用了泻针,那得气之感仿佛一下子无影无踪了,怎么也无法找到了。气为丹田之气,无字下面四个点,是古代的气字。陈菁觉得自己感觉中的气找不到了,精神中的气找不到了。她停下了针,像是要静一静,吸上一口气。她考虑着是不是把针拔出来,病人是不会明白这一点的。然而,她觉得这样做,很不对劲。正好有一个冯曾高在场,她一时有点不知如何是好,她做医生这么多年,似乎还是第一次遇上这种情况。

这时冯曾高说起话来,听得出他是对病人说的。她手停着听他说。她一直没抬起头来。

"你听过我的名字没有?冯曾高。我是被人称神医的那个。嗯?……"他的声音拖得很长。

"听过听……过,都说县里来了一个神医,说上台讲讲下面听听,病就好了。说做一个气功一千里路外都能收得到……"说话的是送病人来的家属,那个年轻的小伙子。看病的是一个中年的男人,是小伙子的父亲,伤了腰有半个月了,几乎每天来扎针。

"你就是神医?求求你医医我,我这个腰能医得好吗?我都个把月不能动了……"

病人像见了救星似的向冯曾高求救起来。陈菁手不动了,她抬起头来,看着冯曾高,她还没见过冯曾高真正地行过医。

"你信不信我是神医?"陈菁看到冯曾高脸上笑笑的。他的眼发着亮,直盯着病人。病人家属马上说:"信信,信。"病人也跟着点点头。

"你们大概也听说过我是医信的人,不医不信的人。既然他不信我,我医他也没用……"冯曾高笑笑的,突然说,"那么,你们怎么不到县城去听我讲?"

小伙子怔了一怔,这时病人反应却快,说:"听说十元钱一张票,还不一定买得到。再说我们也相信陈医生。"他移眼看看陈菁,他猜想冯曾高是来看陈医生的,他相信他们俩的关系,最后一句话,他是带点农村人特有的狡黠说出口来的,并存有一点冒险的试探。

"是吗?"冯曾高依然笑笑的,"那么你是相信的,我的话你们听不听?"

"听听,听。"小伙子说着。病人也点着头。

"好,也算是有缘。听好了,我只医有缘之人,不相信我能医的人是医不好的。有不相信我能医的人在旁边干扰我,我也是不医的。再有,回去你们不能对任何人提到我来过的,其实我只是帮陈医生一下……好,你把针起出来吧。"

陈菁顺从着他的话起着针,她自己也弄不清为什么顺从他,似乎她也相信他真是一个不同寻常的神医。

病人和病人家属都朝冯曾高看着,那目光中满是相信和尊崇。陈菁也尽量怀着相信神秘的意念,她心里带有一点害怕。她不知自己是害怕他的举动,还是害怕另外的结果。冯曾高却朝她移过头来,笑笑地问:"你在这里十多年了?"

陈菁"嗯"了一声。

"你的家传是治外伤?"

陈菁又"嗯"了一声。

冯曾高又似乎随便地和她说了好几句话。陈菁还从来没有把病人搁着不予理睬。她只是简单地应着冯曾高的话,想着让他给病人做点什么,虽然她还是老浮着一点害怕的念头。这个病人素来性子急躁,他腰伤来得急,本也有慢性伤在前,明明病已有起色,每次来治病时还是显得很急躁。奇怪的是这时他却很有耐心地一动不动地躺着。陈菁也努力想着无字之下四点的古代的气字,让自己的心安静下来。

后来,陈菁有点忍不住了,她用眼去看躺在简易床上的病人,病人依然朝冯曾高望着,带着恭敬的眼光。冯曾高也慢慢移过头去,他朝病人带点诧异地说:"你还躺着做什么?坐起来。"病人似乎想要说什么。他突然大声地说:"坐起来。"小伙子马上接口说:"是是,坐起来。"病人就慢慢坐起来,起先慢慢地,随后加快地坐了起来,带着诧异带着越发的恭敬。

"站起来。"冯曾高简短地命令着。

这一次病人很快地站了起来。"走吧。"冯曾高说。病人在小屋里走着,他有点惊喜地说:"我好了。"

冯曾高笑笑说:"你本来就好了。这一句好了是多说的,表示你对我还有怀疑,你就要当心病再犯了。你可以走了。不过你要记住我的话。忘记了就不好了,就不要怪我了。"

病人一连声说:"我记得记得,我回去说是陈医生治好了我的病。"

陈菁想说什么,她没有说。病人走了,一边走一边回头看冯曾高。冯曾高只顾对着陈菁说话,没再去注意他们,像是已经忘了他们。

陈菁转过脸来,眼光和冯曾高碰上了。

六

从现代的科学医疗的角度去看,这种神奇的结果应该是心理疗法,但是按常规说,病人肌体的损伤是无法用心理治疗的。陈菁心里想着亲眼所见的冯曾高的奇迹,这件奇特的事,超出了她对冯曾高见面的兴趣。

"你还没有变。"冯曾高说,眼盯着她,似乎眼中闪着一个亮点,透进她的心里。陈菁不免顿起防范。他能掌握人的心理。她很怕他把那法子也用到她的身上。她的心往上提着,带着一点紧张。冯曾高是她的老同学,许多年中她常念着的人,她心里无法回避的人。她自己也弄不清为什么会生出这种紧张来。

"你一直一个人过,一直没有接触过男人。"冯曾高的话不像是询问,像是给她做判断,用的是他刚才和病人说话的口气。

陈菁觉得自己的心在往下松开来,他的话似乎有一种魔力,她感觉到这种魔力,她松了一口气,便再也提不起来了。她已经完全顺从了,没有力量对着他了,像是一扇门打开了,抗拒了一下后打开来,也就无力再关上了。她心里有点酸楚楚的,这种感觉也是她多少年没有过的。她也弄不清自己怎么会有这种感觉。

天色似乎变亮了一点,刚才阴阴的好像要下雨的。卫生院的院子里安安静静。正是农忙季节,一般只是重病人和无法行动的病人,才到医院里来,前面院楼的楼影斜到小屋这一排平房的门前来,门前檐下一片显得格外地亮。陈菁望着冯曾高,一直望着他。他不说话时,她感觉着这个院子的寂静,寂静像慢慢爬上了她的心。寂静之上负荷着什么,要她缓缓喘一口气出来。时光的流动多少有了一点意义,那时光已经无法挽回地流过去了许多许多。时光的流动所产生的悲哀,此时油然而起。多少年来,她有过多少次这样对着一片寂静的阳光,却从来没有这样的心境,她弄不清是不是冯曾高的作用,也许是他的一种神奇的魔法。他的笑笑的神情中也总带着一点邪门的意味。

"你从……哪来?"她问。

"来处来。"他答。

冯曾高的神情似真似假。陈菁想到她书桌上两本谈道佛的书,也不知他是说惯了这些禅语,还是借用话来和她玩笑。

"为什么来?"

"寻找一个人。"

"谁?"陈菁心中又感有一种紧张,好没道理的紧张。她觉得他是在说着玩笑,但她又分明感到他不是在说笑。他在说着一件与她没关系的事。

"一个缘。"他的眼移开去,不再有亮亮地盯透人的感觉,"遇见了在这儿的你,也是缘吧。"他的意思似乎是偏开了话题。

"你还会有没想到的事吗?你难道还会有寻找不到的缘吗?"

陈菁并没想把这话说出来,这只是在心里翻腾的话,她弄不清自己怎么就说了出来,完全不合她平时的语调,像含着一点嘲讽的意味。随之许多年的感受都涌了出来。

冯曾高又盯着她看了好一会儿,眼光亮亮的,他没再笑……他举着手,手是鲜红鲜红的……水涨上来涨上来。

她听到他叹了一口气,她疑惑是不是听错了,是不是自己的回声。她定神去看他,见他仰头看着窗檐,窗檐处一根铅丝拉着一挂窗帘,窗帘布已经洗旧了,有点打皱地团在一起,铅丝上也有处处暗红色的锈斑。那还是她第一次进这间屋子来工作时,那个传达室老头挂的,老头早就退休了,好像是去年去世了。她一下子记起许多琐碎的事来。她的心似乎一下子敏感起来,一触便想到了事。

"缘可遇不可求。我在求的时候,我就不是我,我就不是在求缘,你懂了吗?"冯曾高说。陈菁觉得他是在逃避着什么,他的许多玄而又玄的话,都是在逃避。

陈菁感到有一股气直往上升,很想说什么,涌上来的话怎么也压不下去。他依然笑笑的,像手里拿着那把扇子在摇摇的。

"我不知道,你是不是一直在你的神医感觉中生活,你是不是真的已经成仙或者成神了,你是不是平常也都用这样的话说给别人听,是不是总说着什么禅语。我其实是个俗人,我还没到修仙成神的境界,但我知道禅是平常心,不是你这么老是挂在嘴上的。我不知道你和社会上的那些人打交道,是不是也都说着这样的话,和他们一起吃饭喝酒,是不是也都谈着这样的话。也许你是用这样的话来显示你的高深莫测,你大概慢慢地也把自己当作神了。你能掌握别人的心理,能掌握一般人的心理,但你自己也有一颗心,你的那颗心正是表现在俗世里……"

陈菁盯着冯曾高一口气地说着,她冲动着,眼前只有冯曾高的模糊影子。他还是那么面对着她,他的神情依旧笑笑的。她很不想冲着他说下去,但自己也把不住口,话还是直往外涌。

等她停了一停,冯曾高才说:"你是说我说着玄而又玄的话,其实是俗而又俗。是不是?"

陈菁这才意识到自己刚才说的那许多话的分量。她没想到冯曾高还是这么冷静。他每次的问话,都带着不可置疑的含意,使她依然感到一点气朝上涌,她没有应他。

冯曾高摇摇头说:"我倒是听介绍说湖头乡陈医生是个寡言少语的人,是以工作为生的人,也有人说是凛然不可犯的冰美人,也有人说是不食人间烟火的白衣使者。可我见到的却是火气很大的陈医生,话很多的激动的陈医生。我就弄不清是不是只一个陈医生了。"

冯曾高的口气明显是说笑。陈菁有点不好意思地笑了笑。你也开始说着正常话了。她很想回他一句的。不过她感到自己确实说得激烈了,确实很不像过去的自己,就如鬼使神差一般。再细一想,他的话像是故意来和她斗气,引出她的一番发泄。她还是在他的掌握之中。她松了的气无法再接上,她只有带着歉意地看看他。毕竟他是从远道来看她,他们多少年没有在一起好好谈一谈了。她似乎还有点气他在县宾馆里的态度,她不知自己究竟气的是什么,那顿饭原是她自己不想吃的。她回来后很想把他忘了,她费了很大的劲还老是想着他的形象。他一旦在她面前出现,多少让她有点吃惊,一时间她感到的是怨恨,一时间她只想由着自己的性子。

"那么,我想问一句俗而又俗的话,你告诉我,厕所在哪儿?"冯曾高站起身来说。

七

从湖头镇到陈菁原来住的村子,有两三里路。所谓湖头本就是村子所在。多少年前,冯曾高到插队的陈菁那儿去,在村子上周游,烧吃着野物,乘小船下湖,那时候,他们都还年轻,年轻得自己也不知怎么生活,如今都已是四十不惑的年龄了。

陈菁觉得日子原来一直过得缓缓慢慢安安静静的,回头看,却又仿佛是一下子过来了,那么快。她问冯曾高这些年是怎么过的,他回说是"寻找"。他说是找到了又失去了,失去了还是又能找到的。她觉得和他说话,都在他的掌握之中。因为她开始的一番埋怨,已使她先机丧尽,他有时故意说着很俗的话,说着很亲近的话,平时没有人会对她那样说的,她也无法忍受那样的话的,现在她也只有随着他。

"告诉我,你为什么不结婚?"

"告诉我,你有没有过可以结婚的对象,有没有过让你有结婚念头的对象?"

"告诉我,你感没感到过孤独?"

"告诉我,你有没有时光虚度的感觉,你有没有想堕落一下的念头?"

冯曾高在往早先陈菁插队的村子去的路上,总是向她问着这类话,对女人说来是敏感的话,他都直率地问着。依然是他走在前面,认得路的陈菁跟着他,似乎他也没有问过她的路,仿佛比她还熟。要陈菁一个人走,也许还要认一认路。

"你是不是一直吃着素?"冯曾高问到这一句话时,陈菁又有点怨气上来。她想到了在宾馆与他见面的光景,她说:"我不是吃素,是因为你谈话太忙,怕打扰你。"

他没有停步,也没有回头,她却感到他眼光亮亮地盯着自己,背影上显出他笑着,仿佛是大笑的样子。

"我在那里说话并不忙,我和你是说着话的。你是听到我和你说的话的。"冯曾高这么说,陈菁确实没有办法驳斥他。她有点赌气地说:"我也没说吃素,我只是说怕吃太油腻了。我想问问你,你是很好吃的,这些年是不是一直有人请你吃着,一直摆着桌子吃?凭你现在的神医牌子,到处都会有人请你吃。是吗?"

"酒肉穿肠过,佛祖心中留。"冯曾高说了一句电影上的话,似乎是在说着笑。

"你真的是神医了吗?"

"是真是假,似真似假。不信者我不医,不诚者我不医,不服者不医,不顺者不医。既信既诚既服既顺,我便是神医,是真神医;不信不诚不服不顺我不医,我既不医,又何谓真假神医?"

"那么也形似心理疗法,只能在心里接受的情况下才成功?"

"既然你问出这个问题来,也许我就无法和你说明白。像不信不诚不服不顺之人,他既认定他的病不是能医的,我又如何医得好他的病？我又何必给他去医？你懂不懂我的话？……看你还有颖悟,我就对你多说几句。病都是病人要生的,他想着生什么病,他就有什么病,你懂不懂？他既信了我说他没病,他就不想生病,他也就没了病。你懂不懂？你如果懂了,你就别问了;你如果不懂,我也无法使你懂,你也不必问了。"

冯曾高头也不回地应着陈菁的话,他说得玄却轻松,似乎他一直在说着这种话。陈菁觉得他的话是对的,又不全对。信他,自然他的话必须是对的;如是怀疑,也就无法否认他的命题。

"那么你告诉我,你为什么不结婚？"陈菁索性问下去。

冯曾高昂起头来。头顶上是近来才有的晴天,一团团白云在青蓝的天空无拘无束地浮游着,蓝和白都透明着,天越发地显得高而空。

"曾经沧海难为水,除却巫山不是云。"

昂着头的冯曾高双手平抬着,诵出一两句古诗的时候,像是运气向天发问。陈菁突然觉得一阵心跳发热,他多少年前的形象熟悉而陌生地浮现着。曾经沧海,沧海在哪里？除却巫山,巫山在何处？她想问他,却又觉得难以启口。和他在一起时,她就失去了那行云流水般的平静。

他在前面走着。她依然有他浮升着的感觉。多少年了,那浮升的感觉总还在她的心间,她感到他在她的眼前,又像是随时浮升去了。她觉得她从来就没有亲近过他,他从来没有亲近过她,他在她身边,却离得很远,他不在她的身边,却又似没有离开她。她想着这些念头时,觉得自己也受了他的语言思维影响,玄得有点莫名其妙。她想抓住他看一看是不是真实的,她看的时候,他已不在了。只有信着他,或者说失去了自己只留下了他,她才真正和他在一起了。

她有点茫然地抬起头来,这时她才发现已到了她曾生活了好几年的村子。村子似乎并无变化。农忙季节,村里也是静静的,几个孩子在玩耍,投过来的眼光是陌生的。她在这里生活时,他们还都不存在,现在他们用村子的主人眼光看着来客。陈菁又一次感到本已凝止的时光飞速流动的悲哀。她不知自己怎么会这样多愁善感起来,她本不是多愁善感的人。

几个孩童正站在小污水塘边,把一片片落叶往塘里丢,枯叶落在绿得发深的水塘面上浮动。有一两个孩子用石子往塘里掷着,看着是想把浮动的叶子砸下水中去。石子在叶边落下,水面上的叶子轻轻地打着旋。

冯曾高突然来了兴致,也过去捡起一块石子,问孩子信不信他会掷到叶子,孩子笑着说信。他随手掷过去,一片叶子就沉入了水。他又掷了一两块,都掷着了。他后来抓起一把石子,问孩子们信不信他会把水上浮动的叶子都掷下水去。孩子齐声说信!他一扬手把手中的石子都扔了出去,撒开的石子有点奇迹般地落到了塘面的片片叶子上,瞬间塘面上再没有一片浮动的叶子。孩子都拍手叫起来。

原本无心地看着冯曾高和孩子嬉闹的陈菁,这才想到冯曾高的手法有点奇特,她笑着问:"你是不是练过?"

冯曾高拍拍手掌说:"这也要练吗?真是无法和你说清楚。正因为孩子天性中是信的诚的顺的服的,我才能做到,要都换了你这样的人在旁边,我大概一块也不会去掷的。"

冯曾高转过身去和孩子蹲在一起,那些孩子很快都听着他的话,他说的每一句话,他们都应着:"信!"他很自在地吩咐着他们,地上的石子没有了,他叫他们把落叶集起来,随后他摸出火柴点起火来。陈菁望着他和孩子在一起的快活的神情,觉得很奇怪。待他燃起火来,她有一种紧张的情绪生出来,她没敢就火说什么,她离开了几步去看那乡村景色,让一些旧时光回到心中来。回头时见火已燃起,他正对孩子说着什么。那些孩子都半闭起眼来。她赶忙走近去用手推推他说:"快走吧,天色已经晚了。"

烟正从枯叶下面升起来,枯叶上面浮游着很淡的红红的火苗,她的心里也跳闪着一点火的影像。她一连声地催促着他。冯曾高弯着腰扭过头来说:"是天色晚了?你也感到天色晚了?"他直起腰拍拍手对孩子们说:"我说的你们信不信?"

"信!"孩子又齐声应着。他似乎满意地一个个摩摩他们的头,笑着说:"好了,走了,走了。"那些孩子似乎都依依不舍地望着他。望着她和他一直走远去。

"你让他们在火旁边信什么?"陈菁走了一段路问冯曾高。

"这些孩子都是信的,只要他们想要烧什么,他们一定就会把什么烧掉。他们是有这种能力的。"

陈菁不由打了一个寒噤。许多火的念头在心中闪过,不知不觉中她却靠近了冯曾高的身子,几乎踩着了他的脚后跟。

八

一片湖水,白茫茫的,看远去,水色显出淡淡的绿色。湖边远处有农人在劳作。湖堤筑高了,从湖堤处看下去,一个斜着的铺着淤泥的坡子,踩着的一个个的脚印,脚印里前几天的雨水还积在底处。湖边停着一条漆色不怎么光亮的机船,陈菁认得那是防疫站的船。远处还停着几条小木船。

冯曾高倚着堤看了一会儿,他的手指顶着堤,湖风吹着他的衣服,陈菁想到当年他的身影,似乎时光只是摇动了一下。她想去借一条小船时,冯曾高叫住了她。

"就是这么一条湖吗?"他问。

"是啊。"她应着。她想说,当年你就曾在湖里升浮着,发着狂似的要水涨上来的。当年正有点醉迷的神情。

"那么,我们可以走了。"

"走?你不是想下湖转转吗?"

他已经转过身去,沿着湖堤往回头的方向走了。她也只有跟着他。

"有兴而来,兴尽便回。"他踩着了一个硬土疙瘩,身子一踉跄,他跳一下就跳下了一个坡坎儿。他的身子旋了过来,对着离远点的陈菁,他为保持平衡举着的双手,还没有垂落下去,陈菁望着他的身影,一点印象又浮游在心中。她没注意又踩着了那一个硬土疙瘩,身子冲前了一点用手朝地上撑一撑,才没倒下去。

冯曾高竟像孩子般笑起来,他伸起一根食指来说:"这是一个预兆,一个吉兆。"

陈菁想到乡下的俗语,说摔跤是"拾元宝",并没在意。她还是说:"你真不想下湖了吗?"

"记着,这是一个预兆。"冯曾高转过身去走路,依然伸着一根手指。他说着:"我们说要下湖,我们想着一个目标时,我们总要走到那个目标为止。其实,不用走到目标,已觉得那目标没有意思了,完全没有了以往的感觉了,已经兴尽了。但因为要走到目标,还是走下去。明知到了那儿已不是想象中的目标,目标也不是我的目标了。目标往往都是不确定的,只要到了,都没了意思。人往往走着没有意思的路,做着没有兴头的事。我就不再是我。你懂不懂?我们做着多少不再是我自己的事,为的是什么?是目标,目标是自己定的,反过来它成了我,我就不是了我。你懂了没有?"冯曾高又说起了他的话语。使人似懂非懂的。

陈菁一时却想到了他说的一句话："曾经沧海难为水,除却巫山不是云。"他的那句话语中含着的另一种意思,使她有一点不平衡的感觉。她不由得问:"那么,你寻找什么?目标确定吗?目标不确定的话,你寻找什么?目标定了,真寻找到了是你原来的目标吗?那你又何必去找?"

冯曾高没有应声。每句话都应得自信,应得滔滔不绝的他,一声没响地在前面走着。陈菁发现自己问得冒失了,有点不自在,又有点说不出的痛快。她知道她的一句话终于刺痛了他,感到他的痛感,她有一种痛的快感。她又为他而难过,似乎无声地走了很长很长的时间。

就听他说了一句:"我还兴犹未尽吧。"似乎还听到了他的一声长叹,她疑惑自己是不是听错了。

他们走回头时,西天还亮着,很快大半片的月亮升得高高了。冯曾高领着在田野里转悠着,陈菁明显感到和来时的路不一样了,也由着他,随着他的兴致。在灰蒙蒙的黄昏之色间,冯曾高目光凝向前方,话少多了,似乎吸着气,在采那阳暮阴初之气。渐渐地夜色便沁进人心,陈菁也吸着气,空气中有着一种甜味。陈菁也喜欢欣赏夜的色彩,她默默地跟着他,觉得四周一片宁静,连狗在村边的吠声,也似乎远远的隐隐的,在那宁静的背景中,显着世界的一种最和谐的感觉,人生的一种最理想的境地。

冯曾高突然回头说:"饿了。"

陈菁看了看前面的村子,说:"是石窑村,快了,快了,就快到镇上了。"

去镇上的乡村土路是沿着石窑村的外围,冯曾高却直往村子的方向走。

"还进村做什么?"陈菁指着路。

"吃饭。"冯曾高说。

"没多少路了。"

冯曾高依然往村上走,似乎饿极了,急于想找个吃饭的地方。"回去吃吧。"陈菁含着点笑说,她想着回卫生院,静静地洗,静静地烧,为他做一点好吃的。平时她对吃总是没什么太大的欲望,很少特意做什么菜,她知道他喜欢吃好的,想着要为他做一下。然而冯曾高已走上村子的小路,走出一段路了。

"没多少路了。"陈菁停了停步子又说。

"不想走了,再短路也多。"冯曾高只顾往前走,陈菁只好跟着他。走到村上的一个平房前,陈菁记得有一户人家人很实在,是个姓黄的,庄户人家的样子,她为他看过病,他对她是很感谢的。她平时不想去麻烦人家,这时想着找一个熟人。正在她犹豫时,冯曾高已直往村头上一户灯火通明的高楼房人家走去。近看那幢楼房显得很华贵,窗子都是茶色玻璃,两层的小楼,很宽大的一个阳台,阳台的水泥栏杆上放着一个个花盆,楼下是一湾水塘,夜色中看不清水色,只见一弯水月白白地映在水面上。

不知为什么,陈菁总不愿意往这种高楼人家走,但冯曾高已经走过水塘,就要走到那家人家的门口了,她只有跟上去,她想这里的人家,她多少是认得的,总不能让冯曾高去问一户不认识的人家开口要一顿饭吃。

待陈菁走进那户人家,见冯曾高已在客厅正中的桌子前,面朝大门坐了下来,那户人家的男主人坐在他的侧面陪着。院子的天井边是厨房,女主人在里面忙着。

见了面,陈菁认得男主人是石窑砖瓦厂的厂长。男主人显然知道冯曾高就是前两天在县城剧场讲气功的神医,显着对待上宾的模样,微笑地朝着冯曾高,并殷勤地待着一起来的陈菁。他自然也认得陈菁,但看得出那态度一半是冲着冯曾高。

客厅宽敞而华贵,一台很大的音响放着流行歌曲,四壁挂着贴着美人头挂历和福字、发字年画。布置得总显出乡下暴富的粗俗。陈菁坐下来,觉得很不怎么舒服,她也就静静地坐着,听冯曾高海阔天空地说着话,说一句加上一句"你懂不懂",男主人只管点着头,表示着一种信服的神情。

酒菜很快摆上了桌,看得出来,这家女主人是习惯了这种招待,她带着笑端上一个一个菜来,并俯着身子,轻声问几句好吃不好吃,又说她做不来菜的。陈菁有点不习惯地拉她坐下来一起吃,她总说烧完一个菜马上就来。桌上的两个男人似乎并没注意到她,只顾说着自己的话。

陈菁望着冯曾高被酒冲红了的脸。他精神振奋地说开了。陈菁还是第一次看到他喝了酒的这种神态:瘦削的脸上皮肤绷得紧紧的,眼中闪着一点亮,显着一种自满自得的神气,就像一个很开朗的年轻小伙子。这以前她从来看他都有一种阴沉老成的感觉。他的话似乎也越说越多,不再有那种玄机,而是平白的宗教哲学理论了。

"……你现在很有钱,是不是?那是你的缘。我看你年少时候肯定是很苦的……(男主人插话:你看得真神,我小时候真是很穷的,我是想着要……)不是你要不要,你要,也是你的缘决定的,你懂不懂?你穷是你的缘,你富也是你的缘,你穷的时候,富已经等着你,你富的时候同样也会有其他的缘等着你。(男主人说:我以后还会倒霉吗?)你就是倒霉,也是你的缘。你懂不懂?一个人一生就是那么多的福缘,和那么多的苦缘。有的人苦缘多一点,有的人的福缘多一点。大凡一直享福的人要倒起霉来,就是大霉。一直倒霉的也都会有翻身的时候,那就是他的缘。'文化大革命'中,多少成分不好的人,再加上做了坏事被关被抓的人,那时候都想一辈子不会有翻身的时候了。噢,一到当个体户赚钱的时候,首先是他们富起来;都说农民穷到头了,生成乡下的命,没法和城里人比,只要能吃到饱饭就行。噢,现在你这幢楼砌起来,城里人又有多少能和你比的呢?你会说是政策变了。我说是缘。世人只看到世事的变化。其实社会的变化是外化的。那时社会关系有海外倒霉,现在又特别吃香,三十年河东三十年河西。一个个人的缘,苦够了,苦过了,就甜;甜够了,甜过了,就苦。看来没有办法变了,不可能变化了,到后来,也就变了。变化了,你就想到自有变化了的道理,是自然的,是应该变化的。以后还会不会变化?你只要想想我的话就知道,就看你有多少福缘,享没享够,享没享过了,你懂不懂?我看你能懂,也就是你的缘,你不能懂,也就是你的缘了。"

男主人说:"我总觉得心不定,觉得总要有变。还望冯大师能够帮我消灾。"

"看来你还是没能听懂我的话。这也就是你的缘了,记住,祸福自招,缘尽则变。"

冯曾高放下筷子,说吃好了,便起身来。陈菁也跟着起身。冯曾高又说声告辞,也不道谢,便出门去。陈菁在厨房门口向女主人道了谢,说了几句告别的话,跟着出去。男主人一直送到了门外,冯曾高却已走出一段路了。

九

那天夜里,冯曾高和陈菁在陈菁的小宿舍里住在了一起。

陈菁原来准备把冯曾高安排在宿舍,自己住到卫生院的小屋。她把冯曾高带到了自己的宿舍,亮了灯铺下床,想着聊一会儿就走。灯光下冯曾高脸红红的,酒色还没褪去,那种年轻的神情正浮显着。她不由得多看了他一会儿。他问:"你看什么?"

她说:"我真弄不明白,你到底是个神人,还是一个恶人?"

"是吗?"他说,便走近她,不慌不忙地就把她抱住了。以后的他的动作,也都是不慌不忙的。他甚至没有关灯,她的眼闭着,但还能感觉到他的眼一直盯着她,她觉得自己像着了魔法似的,想不起来反抗,一切都由着他了。在她后来的记忆中,那一刻,她浑身都失去了劲,只剩下很充盈很丰富的感觉。那些感觉毫不羞耻地直涌上来,她清清楚楚地感觉到他把她抱上了床,他的手是那么从容不迫,仿佛她天生就是他的,她要求着他,等待着似的。而她只有感觉着,内部燃烧般地感觉着。那一刻,她的感觉完完全全地膨胀着,那多少年来平静的感觉仿佛聚集着,只是潜伏在一处,一下子都涌来了,在那一刻间燃烧起来。她记得自己的眼是闭着的,但她还是仿佛看到他的脸悬在了她的上方,带着他特有的笑,笑也是从容不迫的。他的身上有一股釉彩似的闪着亮。他的汗毛四周像有一圈光晕,很小很细地夹着蓝紫黄的光晕,她那看惯了的小屋总是灯光昏黄的天花板,也被那光晕映得白亮亮的,像涂了一层白漆。他的身子也是从容不迫地悬在她的身上,在摇摆与旋转,从容不迫地摇摆与旋转,像发着一声声很轻很低的歌,那首唱得从容不迫的歌。歌声在他与她的身体中间响着叮叮咚咚的回声,像冬天的一辆漂亮的马车轮子在雪地上滚动。马铃声从遥远的山谷间回旋而来。风中旋着雪,那雪洒到身上来,像在心的境地中飞炸开来。刺痛,旋转,跳跃,腾展,所有感觉都在心的深处飞炸开来。腾起一阵氤氲的雪雾,雪雾中映着一层淡淡的胭红色的彩霞,带着一种淡淡的沁人心肺的气息,悠悠地飘浮着。那气息越发从容不迫地,在小屋里回旋着,整个小屋都仿佛被那气息充溢了,渗到了那张单调的五斗柜和箱子的剥了漆皮的木质中去。

事后,他问她:"我是什么人呢?"

"大恶人。"她说。

"是吗?"他分明笑着。这时她特别不喜欢看到他的笑。他的笑仿佛是知觉到了她刚才的感觉。他说:"我贪吃诈骗,欺世盗名,残忍自吹,还有道德败坏,一切为己,是不是?"

"你还算有点自知之明。"

"那么你就是一个善人了。你安于贫困,独立自主,救死扶伤,还有自我牺牲,一切为他,是不是?"

"我……不……"

"谦虚,大概也是善之一种。现在的世上大概像你这样的善人不多了。……我却以为小善而已。我说你,这里清清静静,每天也不会有几个病人,你一身医术,又做了多少善事,济世救人,又能救几个人?"

"我想着的是,起码能救自己。"

"独善其身?"冯曾高的声音里笑意明显着,"独善了吗?独善得了吗?"

"你……"

"俗人见事不见心,而我见心不见事,你懂不懂?心,唯心而已,这不是什么唯心主义不唯心主义。你心中有念吗?净是善念吗?你有许多念着的想着的没做出来吧?我却认为那已是你,真正的你。你已经做了,在心里做了,和做在外面没有什么区别。你心中善吗?你心中恶吗?我倘若恶,我也不伪善,我也表现在外面,世人皆把恶念隐在心中,外面表现着善。其实,心中即实,心一念,即是实,要不都在阴暗角落里干坏事了。殊不知,心念一起,已成事实。许多的恶念你都隐着,那也只是自欺欺人罢了。你有过残忍之念吗?你有过贪吃之念吗?你有过绮思之念吗?你有过种种之念吗？那些念头是你的吗？既是你的,即是你,懂不懂？既有杀人之念,便已杀过人了；既有淫秽之念,便已淫秽过了,你懂不懂？与杀人之人没什么区别,与淫秽之人没什么区别。区别只是做没做在外面。俗人皆有未表现出来的恶念。佛语,一念之差,天壤之别。做与不做只是一般人所认识的差别,大差小差,五十步与一百步。世人皆有罪恶,又有多少是做出来的？唯念而已。又如何可称独善？就是不愿吃一顿罪恶之饭,就算多给几个病人看病,就算不做小恶小坏之事,就算守身如玉,就算努力求个心平气和,又如何称得上善？只不过依然是个一般的世俗称的好人罢了,又如何称得上善？又如何能独善？殊不知过去有多少修行之人,只因六根不净,所谓六根便是心念,致使堕落罪恶之深处,又如何能成正果？你懂不懂？"

听着又如坐高台上讲气功一般的冯曾高的语言,陈菁心中浮着许多的念头。那些念头涌动着一层悲哀,那是对几十年生活的一种悲哀,一种失落的悲哀,一种刚经过的一种人生的快乐反差的感悟。既然如此,何必当初。似乎是裹着恶念的形象都浮上心来,她觉得自己一下子污秽得很,无悔无忏,艰悔难忏。一时间她生出一种恨意,对说着讲着的冯曾高的恨意。真想要他立刻消失。她猛一醒神,觉得自己那一念中果然是含着深深的恶,她的恶都只是在心的深处。她怕它,她只求与它和平相处。只要冯曾高的诱导,就无法控制地涌出来。一时间多少年的生活都落入一个空空茫茫之处,觉得无是无非,难是难非。

冯曾高把脸侧过来,她觉得他的眼中有色彩浮动着。他的气息中依然有着一种男性的诱人的气息,她怕。想到这怕她又想到自己内心的一种渴求,她觉得自己难以为是,一时不知如何是好。

"多少年都说利他、利人,宣传教育,培养出来的那一辈人,从社会看来,多么正常,多么纯洁,多么干净,多少善人,多少烈士,多少壮举,动人感人,然而,只要社会有个风吹草动,立刻会有那些截然相反的举动出来,多么残忍,多么触目,多么疯狂,多么无人道,怎么可能的?不是经过那么长的宣传,那么长的教育吗?其实受教育只是心中抑制恶念,好一点的不表现,成为小善人。一旦机缘合适,表现出来的却是自然的。而今社会欲念横流,充分表现,一切公开,公开说钱,公开说恶,公开宣传种种恶为社会必须,居然那社会一下子成了这社会,可能吗?本是一种必然过程。道德、秩序、主义、阶级,都是外化罢了。只是那些受教育之深的人反而无法理解了。如何求得独善?善不善,恶不恶,恶本是心念,心怀恶念,就是日日做善事,外部一个天大的善人又何尝善了?还不如自自然然地表现出来,做一个自在的俗人还好些,顺流而下,外界之善皆我之善,外界之恶皆我之恶,不避善恶,超脱善恶,心无善恶,才得大善,非常之善。懂了吗?"

"不懂。"她说。

"好,好,"冯曾高大声地笑起来,"我本来也是个俗世之人罢了,又如何说得了什么善恶,又如何说得了什么懂与不懂,倘我懂了,又何须一个个长长的道理。本是各有各的悟法,不懂即懂,懂也即不懂,说得了什么,讲得了什么?只是信着,信着,大信着,四处游说,为使世上多几个信之人,本也是心念所至,一种老式的责任感罢了,并非善果。我不入地狱,谁入地狱?不入地狱,又何为善,又何避恶?不说了,不说了。"

他伸出手来,拥住她,她却用手撑住了他的身子,分明表示着拒绝。这一瞬间她突然感到恍恍惚惚,对自己的裸体有一种厌恶感,觉得两个人交体的一种不可能感,一种真正的孤独感,她觉得要沉静下去,浮浮飘飘的,色彩在她的眼前恍恍惚惚地化作了一层黑的色。烟色。缥缥缈缈。

"莫非一缘而已？"冯曾高低声在她耳边说。她去看他，他的裸露的身子显着瘦削单薄，露着的根根肋骨，肩胸处印着一层泛起的红痕。

十

冯曾高走了。许多天中，陈菁都依然生活在一种恍恍惚惚中，到后来她才感到他走了。他怎么走了？她无法接受这种结果。多少年中她似乎都在等候着他，等候着与他共同的缘。他来了一天时间，甚至还不到一天的时间。天色亮的时候，他走了，踩着卫生院门外的细草上的露水，他似乎飘然而去，与来时一样地突然和自在。他的脚步毫无怜惜踩在草叶上，太阳还没有露面，东方一片乱飞的霞色，青白色的霞色。他走上了那边的一条公路，他朝一辆过路的车子扬起手来，那车未停，呼啸着过去了，他在路边有些窘地站了一站，就走上公路了。他没有再回头。那一瞬间她突然大声叫起来，她叫着他的名字，她想他应该听得到叫声。她想他是听到了她的叫声，她还从来没有这样叫过呢。但他没有回过头来，他就走了。

她感受着一种幼稚的俗人的感情，似乎是一种早年想象过的浪漫的感情。按说这已经离她很远很远了，应该隔着很长很长的一个空间了。她是回过头来去体味，她心中一时涌动的是那离妇般痛苦的诗句，最恰当的，最贴切的。那些浪漫的东西她认为早已离开了她。不属于她了。那感觉鲜明，闪亮着的痛苦也就占据了她整个的心。痛苦变得强烈，强烈的痛苦对她来说也是陌生的了，尖锐刺人，难以承受。她却新鲜地感受着。她觉得人生的意义都变化得实在了，她原是可以实实在在地早就感受的。她感觉自己在一片平静的湖畔走着,湖鸟在耳边有无声地叫着,四围的感受都是静止的,而他在她面前燃起了一圈火,他笑着,他让她走进了火圈中,一切被火映照得鲜亮、刺目,全身感觉连同皮肤都灼热起来,无限的感觉,痛苦色彩鲜亮,火顿时前前后后地包围了她,从她的身外到她的内心都被火映亮了,简直是被火烧着了,燃着了,从外往里扑着,从里往外喷着,她感觉着里里外外透亮映红。那一股股的火仿佛从心里蹿出去,蹿得很远很高,他便在火的尽头露着一个头,始终是露着一个笑着的脸的头,那头也在火的尽头涌动着。她恨恨地朝他望着,多少年由于平静而没有感受到的痛苦,都仿佛在这时间中占据她的心,都变得火灼灼的。有好几日,她都无法工作下去,她常常放下病人独自沉思默想,往往病人家属催了,她才没好声地应着,不耐烦地应着,被打扰了似的应着。病人有点陌生地看着这个以往都是十分和气的女大夫,他们这才感到过去的那个她如同天使。而眼前的这个医生,和别的穿白衣者没有什么大区别了。她只是顺着自己性子表现着,她想到要抑制时,他的形象便在那火圈尽头笑着,她便发作出来。他如魔鬼似的笑,诱惑着她发作着。她是冲着他的,她无法再抑制自己。于是她听到了病人的牢骚,她冷眼看清他们只是为了她的治疗而忍气吞声,而在她的背后谩骂着她。过去他们只是把她当作一个医生,现在他们才把她当作了一个她自己。她也就成了一个她。他们对她有恨有求,他们原来都是他们自己,而现在她也成了自己,他们之间就有了冲突。她才觉察到他们的可恨可恶,这使她进一步表现出没好气来。过了一些日子,卫生院领导找她谈话了,谈话中提醒她注意她是一个多年的先进工作者,要保持这种荣誉。她回答说,她不是,她根本就没参加过先进工作者的会,她只是一个人,住在一个小宿舍中,多少年中一直不回城市在这儿做牺牲,图的又是什么?她心中明白领导的意图。他们只是需要她,需要一个被人赞颂的医生,卫生院的女医生,他们都不希望她成为一个她自己。她回答得很冲,没好声地,满怀牢骚地。她甚至提出要打调动报告,她在这小镇上工作了这么多年,一个大城市来的女知青,也可以回到城里去了,她为这里耽误了整个的青春,她说出这番话的时候,自己也感到了心酸,感到了理直气壮。领导没话可说了。她突然觉得有一种被解放了的感觉。有一次病人家属送来一整条狗肉,还连着一个头。平时她是最腻狗肉的,因为她总觉得狗的灵性最高。然而这一次她无法抗拒狗肉的香味,她把狗肉烧了,那香味充溢着整个房间,使她在未吃之前口中就充满着唾液。她把烧熟的狗肉一条条地拆开来,吃得有滋有味的,而同时她又感到她的残忍。她竟那么久没有尝到,世上有那么多的好东西,她实在是尝得太少了。

有时夜晚,独自一人,回想一天的经历,一件件细小的事都被记忆起来。那一件件小事如今让她烦恼,她的心境平静不下来。她不知道自己怎么会变得这样斤斤计较,似乎所有的一切原在她心中安睡着,现在都醒来了,一下子变得迫切,迫不及待地表现着。有一刻,她感觉到心中有一点东西闪动着,她知觉到他的笑脸在黑暗中浮动。一切是他。是他魔鬼般的引诱。他在那儿无声无影地起着作用,有一次她抓起手上的一支钢笔朝他掷过去,钢笔砸在黑影般的窗玻璃上,响着窗玻璃破裂的声音,炸响,飞裂,刺耳。她独自坐着,感到实在无法承受下去了,而一切又都是缘于她自己。她觉得自己要滑下去一般,过去她是抓住着什么,一直抓住着什么,已经抓到自己的手麻木了,没有感觉了,她的身子静止的。而今他让她松开手来,她抓不紧了,她无法抓了,一旦重新要去抓时,她首先想到抓的痛苦。于是她的身子便滑动了,似乎越滑越快,就如心中打开了一层门,踩进去是一个空,门里面善恶之色都在跳跃着,下面等着她的不知是什么,也许是地狱,也许是虚空,这是她不愿意的。但她无法控制自己。她想也许她该换个地方了。也许这一换她就更无法抓住什么了。她痛苦地想到,她本来和其他的人并无什么区别,他们的心理她都能感受到,他们的善恶她的心中都有。有时想到人间的大善大恶她也都可能做到,也许只是她心中的投影。她原来认为自己是远离那些恶的,可那些恶与善原是同在的,都在她的心间,她一下子就感到它们靠得她近近的,它们紧贴着她,只是她对它们闭着眼。是冯曾高让她睁开了眼,诱惑她睁开了眼。现在她就是再闭着眼,也无法不感觉到它们就靠她近近的。

　　卫生院砌了一座新宿舍,第一个就分给了陈菁。她去看了那房子。镇上的水泥房有一种鸽子笼的感觉。相对她原来的小屋来说,这个配有卫生设备并附一个小厅的楼房要宽敞得多。她知道这是她牢骚的作用,她完全可以用来逐渐满足自己的欲求。这一切也许都是她应该得到的。她把欲望抑制太久了,有点不适应了,而原本她也就是一个俗人,无可忏也无可悔。她被那个时代的教育变化了,变成了一个没有自己的人。她尽可以顺着自己的性情来表现自己满足自己。其实这房子也小,和别人相比实在太小了。再想开去她所有的和别人都无法比,她是很可怜的。她又一次感到他的笑脸在火圈的那尽头闪动。搬进新房时,她买了一个带镜子的五斗柜。她原来几乎从来不照镜子。对着镜子,她细细地看着自己:她,陈菁,自己,我,就是镜子里面的人,她就是我,就是陈菁,就是自己。她长着一双细长的眼睛,眼角有点往下挂,她的鼻子小小,鼻头圆圆,额上已经有着好几条细细长长的纹了,纹路一直到发际,眼角处打了好几道皱,太阳穴处有一个圆圆的黑记,那个黑记原来青年时还常感觉到,那时显得淡淡的,这些年她几乎不再感觉到,现在看来黑记显得深了些。她就是这个样子。她都老了,不再年轻了。总有一天她会更老,白发会爬上她的头。她天生并不漂亮,也许她是感到自己的不漂亮才抑制着自己的欲望。

　　她悲哀地想到,自己是无可救药了。她感悟到,忽闪地念着的是对他的思念。她一直在想着他,而他的出现完成了她的思念,她一直为他而生活。有时她自己也怀疑,冯曾高的这一次出现是不是真实的,也许只是她一个幻觉,他的一切举动都是奇异的,不可能的,是她把他想成了这个样子,想他说了那么多的话,那些很难用现代语说出来的话,原是她自己从书的感悟中体验出来的。而她和他的那一缘,也是她的一种心愿,心中之念心门之欲,那些性的感觉也是她的一种幻觉,并不实在。因为她心中想到了他,他便成了她想象的借用品代用品,然而她以后却把这幻象当作现实的他,她只有等着他,过去是这样,现在也是这样。直至永远。

十一

　　记不得过了多少时间,也许几月,也许几年,也许只有几天,陈菁听到了冯曾高的死讯。弄不清他是怎么死的,也许是车祸,也许是自杀,也许只是他弃世而去。也弄不清是谁告诉她的,也许是一个病人,也许是一封信,也许只是她的一个预感。她去了她离开了几十年的城市,那座城市变得使她都认不出来了,她怀疑只是走进了一个幻象的世界中。在有他的地方,他只剩下了一个盒子,和一张照片。照片上的他是旧时拍的,年轻的脸上笑笑着,还是那样笑笑着,完全是她小时候记忆中的。陈菁在他的旁边看到了一个女人,那个女人靠得他近近的,似乎无人能那么靠近了。那个女人不是在哭,不是在流泪,甚至不是在悲哀。陈菁看到她穿着一件大色调的近乎民族服装的花衣,那是这时间街上最流行最时尚的服装。

弄不清她是来不及换装,还是想不到换装。陈菁看看她,又看看那笑笑的冯曾高年轻的样子,她想到了他走上马路的背影,一种流浪四方寻找的形象。她也不知道为什么会把他这形象与眼前这个女人联系起来,然而他的盒子与照片和眼前这个真实的穿着花服装的女人联系在了一起,在陈菁心里显得那么自然,一瞬间又具有了一种难以诉说的感受,也许是荒诞,也许是虚无,也许只是空茫,没有任何的意义。这种没有意义的感受一时成了空白。她不知自己站了多久,不知自己身处何地,忽而她生出一点猛然撞击般的感觉,像是他的笑一时闪动,闪得那么实在,那么鲜亮,那么五彩缤纷,在那之间,一切浮象都凝结了,都流动了,都跳跃了,都平静了。她回转身,走出门去,外面灯红树绿,人走车行,依然是一个平平常常熟悉的世界。她说了一声:"去了,去了。"

她说得响亮,她说得无声。

她像是哭,她像是笑。

震

十二

　　她的身影忽隐忽闪的,闪现时,分明她的那张满月一般的脸半仰起,白莲映着红莲的笑,真真切切的,忽闪过去了,如入缥缈之境……

　　冯曾高终于感觉到她了,她在他的直觉中意外地闪现出来。这些年来,冯曾高对自己的直觉有着一种坚定的信念。他是凭信念生活着。信念的直觉使他对人世的一切都有超乎平常人之上的感应。信则灵。他走过了许许多多的地方,他的生活如同流动的湖水。那一条他曾见过的印象很深的蓝云湖,湖的潮汛季节,水很快地涨动着,每次总要淹没一些湖边的村子。他一直想着要寻找到她,然而,她在所有的地方都杳如黄鹤,有时他也能想到大概是自己过于执着了,黏着了,与缘相反,反而不得。不过同时他又想到,他这种想法正是缘于不信。信则灵,他应该信,世上本无信而不达的。这是他每次都重复向人宣传的,并一次次鼓励着别人,几乎是强制式地让人建立起这种信念的。他有时软弱地想到,正是这一点内心的疑,使他的人生在流浪般地寻找中。这成了他的使命。他总在奔波,怀着寻找的愿望。有时他想到,如有缘,他不必寻找;有时他又想到,他在寻找,也正是他的缘。

　　南疆北边,他几乎都走了个遍,东城西域,他用他的直觉去搜寻。他回到了自己早年生活的城市中,他想喘一口气。他只是偶然地回了来，也许应该算是路过，他觉得自己的身心疲惫了，他感到身心疲惫的时候，对他自己来说是一种很不如意的预兆，是信念正离他而去。他不由得想到他为什么要寻找？为什么如此生活、如此表现？一下子许多的疑便魔幻似的冒出来，他发现自己多少年中建立的信念其实是很薄弱的，这种薄弱只有他自己感到，别人都认为他有一个坚定的灵魂，对他几乎像崇拜一个神。然而就在他疑之间，他突然感觉到了她。他心中有一点什么预感。愿望之门打开了。他觉得他靠近了目标的尽头。

故城是个雨季，雨季的故城带着水的亮色。故城中多栽花树，喜水，雨洗出一片清秀，映得天空也是青青的。冯曾高有时透顾自身，也觉是一股青青之色，他回到城里，就有一种清新的如同被包围的感觉。他觉得他的声名和一切都和眼前融化，失去了奇异的力量，显不出来了。他的声名在外乡外土，带有着神奇的色彩。只有在故城，是默默的，无声无息的。他的自信也一下子显得弱了。所以他不常回故城来。另一方面，在故城他总显得疲惫，不知是他总在疲惫时才回来，还是故城使他的内在生出这种疲惫感来。

他在一个小礼堂里作讲座，小礼堂里的座位显得稀稀疏疏的，一眼看过去，一块块的木座椅的翻板矗着，空处透着冷冷之气，如同一片褐色的浪，在他的脑中转过。冯曾高在别处讲座时，总是巨大的场馆，总是坐满了的、站满了的、挤满了的人。到处是人。就是墙外也站着人，听着拉出线去的喇叭里的他的声音。四周之气涌着他的自信，他只需引导着那气浪，便能达到他预期的目的，一切顺应着他。他知道他有力量做到，信则达，什么都能做到，什么奇迹都会产生。然而面对着小礼堂稀疏的人群，他觉得那气流散着，只在他的下腹提不上来，仿佛都流到那空处在冷冷的椅位下飘散。他想他是不该同意低规格来讲座，他是不该同意安排在这个小礼堂,他是不该同意不卖票。只是因为在故城,他心中生有畏惧。他对自己说在故城他不可以讲大排场,谈高规格,摆大架子。其实是他不自信。越是大排场,越是大架势,越能吸引人,这里面也有一种外气的贯穿,外气的影响。首先是气势,他已丧失了这种先声夺人的气势,他先已在心中怯了阵,他先已失去了内在的自信,他也就失去了那种诱惑人的外在力量。现在他面对的只是一些好奇的人,只是一些有权弄到赠券的人,只是一些内在不信而来看稀奇的人。还有的那些券在一些更不信的人的手中,反正是不花钱的,可来可不来,可听可不听,那些废了的票也在外面发着冷冷的气,映到他的心里来。他觉察到在这个故城里,他已然失去了他的奇异的力量,他已同于一般之人,他是注定无所作为的。早年他正是离开了故城才有了他的一切。这些想法潜在地生出疑来,进一步使他丧失自信,他多少次随口而出的论述,这时变得没有了任何的粘劲,没有了银针入体的那种得气的感觉,如入空空。他加大了自己的声音,声音都流在了他的体外。他第一次感到口干舌燥,头涨气短,而下面似乎传上来一阵阵的噪音,能看到三三两两的人交头接耳。噪音干扰着他,他越发加大自己的音量,他越发失去了自信。他像被架在空了的台上,越来越空。

  一个女招待大概注意到他的窘境,上来给他续茶水,他趁喝一口茶的时候,慢慢地平衡着自己的气感,让那积于下腹的气,在丹田之处慢慢地提上来,气平了,匀匀均均,流过任脉督脉,流通了贯穿了,他慢慢地吐出去,通过话筒匀匀均均地吐出去,他感到下面的人气感集中起来了,眼光凝聚了,他要带着这平衡之气自信地说话了。就在脑中一片空明之际,她的形象出现了,半隐半现地出现了,他无言地望着那形象,他怕自己的气退了就不见了。他望着多少年他一直寻找的形象,多少年他充满自信时一直没有出现的形象,他不知是惊还是喜。

她原来就在故城,她现在就在附近。他后来才想到自己竟然坐着没动,还一直说下去。他已经忘记自己后来说的是什么。他应该站起来去见她的。他一直等到最后会议组织者宣布结束,他带着习惯的笑等着,他在俗套中等着这一切的结束。他一到故城也就陷于俗之中无法超脱了。他坐着,就那么坐着,也没听清组织者又对他说了些什么,他只是点着头。待他意识到他可以站起来时,他赶出礼堂,在礼堂的门外,他似乎看到了她真切的身影,她独自走着,脚步轻盈,有点习惯地踮着;她扭动着的身姿,是她特有的,他印象中习惯的步姿,如摇曳的火;她身穿的是一件流行的红风雨衣,掐着的腰显出她上下身的丰满的曲线来。就在他伸出手要招呼她时,她一矮身已经钻到了一个人的伞下。看不清那个人的身形,从伞的下部可以看出那是个男人。也不知是不是认识她的人,反正是个男人。似乎听着她的一声轻轻低低的放声的笑,那笑声起时,她就消失了。雨线飞快地滑落着,冯曾高赶过去时,人群中失去了她,那儿刚才停过几辆已经驶去的出租车。

十三

故城的雨季很长,走在两边梧桐的大道上,嗅着雨气,冯曾高觉得身心中有股融通的气流。他知道自身在这里消逝了,知觉不到自我,也同树木被灌溉了一般,透见自身青青之色,在这里他被同化了,他抗拒着这种感觉,他在寻找。他总在其他地方寻找,他想到她不适宜在这座城市里,这是他的判断。他想不到她会回到这座城市里来,他寻找了几乎所有的地方,而这她称为水汽太浓的故城,她为之讨厌的故城,乃是他寻找的盲点。他绕了那么一个世界,没想到回转来,还在他的出发点上,寻见到了她的形象。

他为她担心,他感觉着她的悲剧。在故城里,她就越发使他担心。那种担心又一次贴近了他。他再一次想到这里不适宜她。她火红的衣服闪过,在雨中,在水中,他感觉到的悲剧,正是应该在这雨中,在这水中。

孽缘。冯曾高偶尔会想到这两个字,他尽力不去这么想,这么就玷污了他和她。这时他便去想她的形象,他几乎想不起她具体的形象了,只感到她火红一般的侧影,她的笑声,很高很亮的笑声。她笑的时候总是笑得几乎腰都直不起来了,仿佛矮着了半个身。

旧小巷里积着水,她从水面上一跳一跳地到他面前来,她的脚尖踮着,浮飘过水似的,她就站在他的门槛上了。门槛是有禁忌的,站不得的。他看着她的脚,她有一只脚环着,于是便有一阵笑声。也只有她站在门槛上。有时他在想象她倒了霉,她病倒在床上,他去看她,他站在她的床前,她不再笑了,她满月般的脸上白得透明,她的手柔弱无力地向他伸出。他不喜欢她总是笑着站在他家的门槛上。

小屋里挤满了旧东西。床柜、桌凳,平常简单的东西挤满了。都剥了漆皮,没有了色彩,黑黑的如煤一般。她站着。小屋里没有空间,她跨步进来,像燃进了一把火。这时他就生出她病了的想象,她却总是笑着,矮着半个身子。

从单扇带灰的玻璃窗望出去,小巷的天空总是暗蒙蒙的。雨季里格外暗蒙蒙的,和小屋里的色调一般。她身后巷子的积水映着她的身子发着亮。

他们到巷子拐出去的地方他叫她先走,她却拉住了他的手,她的手肥肥的,都是肉。那里是一条暗黑的如柏油般的小河,河边上倒着乱七八糟的垃圾,往前走一段路,河拐弯处是一片宽宽的河滩。河滩边上有一些废纸和碎瓶子。水泡软了河滩土,踩上去要陷下去似的。

把纸捡起来,用火点着了,她朝着火蹦着跳着,扭着身子。

"你想个愿望吧。"他说。

她凝起神来。他喜欢看她凝神的样子,安静下来,和世界融和了,平衡协调了。她就凝神那么一刻,也许只是一瞬间,便又笑起来,如同玩笑似的,她说:"你先说。"

"我想当个名医。有名的,神医。"他想着她躺着的样子,手柔柔地伸向他,他走近前,把手按在她的身上,轻轻地按下去。

她说:"我的愿望啊,什么事也不做。"

说完她又笑起来。她胖乎乎的,笑时圆脸仿佛在颤动着。

"什么也不做,你吃什么?"

"吃食堂啊。"

"你是只懒猫。"

"我就喜欢猫呢。小蒲包家那只小黑猫,很好玩的,我用手揿揿它的鼻子,它就用爪子抓了我一下,抓出了几条红印子。"

"疼吗?"他去看她的手。

"疼?你给我抓抓看。"

"好,你抓。"他伸出手给她。她却伸过手来,在他的脸上抓了一下,是用手指甲刮的,几丝凉意,很快那儿被火烧着似的。

"哟,真抓破了,还有血了呀。是你叫我抓的,你可不能告诉。"

他心中升起一种想象:假如她往前走,一直走到火之上,她也许会更快活地笑着;她一直倒退着,倒退到黑黑的河水里去,河水涨上来,她的身子就被水淹没了,她身子往后仰过去,半浮在水面上……他还是会把她救上来的。

烟火摇曳中,她的胖胖的圆脸颤动得更厉害了,像在跳跃着,笑着跳跃着。

雨季过去,便是夏天了。夏天的小巷,蒸闷着太阳的热气。他的小屋整日里沉下来热量,木质上都发着烫。屋里没有声息,静静的,仿佛怕空气燃烧起来。只有她越发快活起来,巷子里响着她大声的笑声。

母亲嘀咕一声:"小疯婆子。"

她学着小伙子在小巷弄里洗澡,也穿一条裤衩,一条红裤衩,赤着上身,把水浇到身上,她圆脸下面的身子却显得苗苗条条的,看得到她胸脯上的肋骨条,水浸了,白亮白亮的。两颗小小的乳头,像是两颗红纽扣。她用手搓揉着,上身很快红起来,像火燃着似的。

冬瓜皮,西瓜皮,
小姑娘赤膊老面皮。

有小孩唱着,也听着她大声的笑。像是气着说唱的小孩,像是身子被搓得快活。

洗完了,她总是穿一挂红兜肚,上面一根银线绣着花,露着后半个身子,在巷子里跑来跑去。她和比她小的孩子闹,玩,疯跑。热了,也就会把兜肚儿脱下来,依然是一个光光的白白的胸脯,笑声从起伏的胸脯中涌出来,她把红兜肚在手中旋着,红带子旋得很远。小巷细长,低低的屋檐之上,是一个个张着嘴的老虎天窗。巷子铺着青泥砖,踩得坑坑洼洼的,那些孩子们笑着叫着直跑。

她有三个姐姐,她的母亲嫁过四个男人,最后这个男人是个白头发的半老头。扁瘦的身子,有点佝偻着腰,轻轻地咳嗽着,用一种直视的眼光盯着俱不属于他的儿女,盯着也不是他亲生的她。他下班就坐在一张小竹椅上,小竹椅在他的身下,偶尔发着吱呀的声音。她赤着上身旋着兜肚向他奔过来,他佝偻的身子更往前冲了。她又回转身追逐着孩子,追逐着那些奔着笑着的孩子,满巷子打转。

他站在小屋的门槛里面看着她,不情愿地看着她。他想向她掷过去一件绊脚的东西,砖头、瓦片、枕头或者是小凳子。她跑过去了,像是根本没有被绊着,又像是浮过去的。后面的孩子被绊了,赖在地上不住地哭,她便回过去,抱起孩子来,那个孩子的头就靠在了她的白白的胸脯上,眼泪和鼻涕都靠在了她的胸上。她像个小妈妈似的,嘴里哼着一首什么曲子,哄孩子的曲子,呢呢喃喃的,拍着孩子的小脸,胸脯贴紧着,搓揉着,再把脸按下去,贴着耳朵,抚弄着脸,呢喃着。窗里的他感到白白的柔柔的抚弄,那个细长脸的像女孩的孩子却依然在哭。

十四

冯曾高回了旅馆。这是个不大的旅馆,与他在外面城市中住过的旅馆比,无论是规格还是条件都相差了很多。走进房间,他就觉得有一种潮湿之气,仿佛雨季的水渗进了屋子。大概是这座旅馆陈旧了的缘故。潮气在屋子里化出一点腐朽之气。坐下来,他听到一点水的声音,他去感觉去辨别,知道那是浴缸的水龙头没关紧,一滴一滴的水像时漏一样滴漏着。他知道那是拧不紧的龙头。他觉得被湿气弄得有点疲惫,不想去理会那龙头,然而水滴滴的声音总是在他的感觉中,烦恼着他。他清楚这只是他心中的感觉,心静自然静。他习惯地吸一口气,气从丹田之处贯上来,却带了潮湿之感。他停止了。他知道不能强求的,他只能听之任之。外面突然有一阵高声的吵闹,整个旅馆的墙似乎是不隔音的。那声音越来越高,仿佛开了个头,还将长时间地继续下去。他很想断了这吵闹感觉的根由。然而他现在什么也做不了。他抬起头来仰在沙发上,天花板上,是一圈渗水的图案,他感觉的印象中浮起当年旧巷小屋里的情景。他似乎回了去,像多少次梦里的感觉。升起的烦恼回旋着。多少年在外面,他住的都是高级宾馆,吃的是各地的特色食品,比山珍海味也是有过之而无不及的。然而,回到故城,他却面临着这样的待遇。烦躁感升起来,他继续做着平衡气息的努力。这是在故城,他想到他大概是无法在故城生活的,这里的一切不适宜他的发展,他只能在这里归结于平凡。故城对他是一种磨炼,从少时开始,他就在这种磨炼中,把他所有的气都磨炼得很圆很圆。多少年他一直没回故城来,他对自己说,她不会在故城。他将在外面寻找她,那本身也是因为他在逃避着故城。在这里他会时时感到他的过去,感到他的平凡,感到他的无足轻重。他又去想他在外面的一切都是浮着的,都是不实在的,虚幻的。而今的烦恼也正是他磨炼得不够的结果。他慢慢地调着自己的气息。就这时,电话铃丁零零地响了。他朝电话看了一会儿,他知道无法避免这种烦恼。

"要不要打洞?"电话里的声音说着。

"什么?"他有点恍惚地问。

"要不要打洞?"电话里的声音响了一点,像是嗔怨着,又像是嫌着他。见他一时没回声,那声音变得柔柔的,似乎又带着嘲弄般地:"你是不是要人陪你玩玩啊?"

他抓着话筒,他想着是他招来的这烦恼之由,他应该断了它。一股气流浮上来。他也就听不到电话里的声音了。

故城也有这样的女人了,也有这样的事了,也有这样的孽缘了。在外面他只是听到,还从来没直接经历过。他感到他心中的孽缘还没消除,他是无法躲开的,这是必然的。他本来住的都是高级宾馆,再加上他的名声,自然不会有这种现象出现。他还以为那是他心中无孽。他回到故城,在这不大不小的旧式旅馆里,居然接触到了,声音还像是有点熟悉。如他浮着的联想。他想那是他刚才心中烦恼之由而起。他半闭着眼,吸一口气,慢慢吐出去。还没平静下来,门被敲响了,还没等他说出声来,进来一个人,问他:"是不是电话突然坏了?"

"没坏,用不着修,过一会儿就好。"

"我听着电话一下子没声了嘛,又不像是你挂了电话的。"声音带着嗔怨,又像是嘲弄。他睁开眼,面前站着一个姑娘,脸上明显化了妆,描着眉眼,涂了口红。他恍惚了一下,感觉她有点熟悉的印象。眼前的她是个很年轻的姑娘。严格说来还是个女孩,只是化妆使她显得社会化了。

"是你打的电话?"

"是啊。要不要我陪你玩玩?你一个人到这里,陌里陌生的,我能叫你快快活活……"她说着一口显然是说熟了的话。

"你多大了?"

"你别管我多大……你这个人呀……"

"你多大了?"

"你想我多大,就多大。……反正我比你大一点。"她举起手来,在他面前画了一道圈,便笑起来。她笑得毫无顾忌。在他听来,很响很亮。

"好吧,我来陪你玩玩吧。"见她笑着身子想动,他伸手摆了一下:"你坐下,坐下,对,坐着……你看到你面前的烟灰缸了吗?看着它,看准了它。看清了它。它是白的,乳白色的,它上面有一个个长城城墙般的造型,那是夹烟卷的,缸底里一圈纹,有点黑的印子,那是没洗干净的烟灰……看清了吧,好,你伸手,把它朝我推过来。推过来,对,推过来……"

她伸手过去,被他的声音弄得有点小心翼翼的。她的手就要靠到缸边了,她想推过去。突然,她没碰到烟灰缸,烟灰缸已经到了他的面前。看他的样子似乎一动没动,依然坐着,两只手垂着。朝她望着。

"咦,怎么了的?"她的声音显出天真来,一脸稀奇的样子,"你再来。"

他叫她再看着烟灰缸,要她伸手去拉。这一次很快,她伸手去拉的时候,快要碰到缸边,烟灰缸却已经到了她的面前。

"你是变魔术的。"她说。

"变魔术的?"他摇摇头,说,"你把手伸出来。伸过来一点,摊开来,摊开来懂不懂?对。"他朝那手望了一下,随后又朝姑娘望着。她被他望得有点不自然,手想缩动,他的眼光制止了她。他的眼光中闪着亮。

"你还不满十八岁。"他的声音里有一种隐隐的叫人难以抗拒的力量。他觉得自己的力量在这个小姑娘面前慢慢地发出来了。她的表情鼓励着他。他顺着嘴说下去:"还要过几天才到生日……你没有哥哥姐姐,你有一个弟弟,严格说,他不能算是你的弟弟……你每天回家,家里总有好多人,但真正和你生活的只有一个人……也就是说,你的户口本上只有两个人……"

"你是条子?"她有点惊呼起来,吃惊的样子越发显出她的不谙世事。

"你坐着。别动。对。我不是条子。用不着害怕。"

"那么你怎……喔,你也是走江湖的。你真会算?"

"你是属猴子的。你坐不住。一到学校里教室里,就想说话就想动。你好想象,好快活,不想用功。班上有权有钱人家的女同学,你妒忌她们,你眼红她们。你喜欢和男同学在一起,你用这一点来和她们比。你越来越发现你陷下去。他们会为你打架,你就高兴,你就笑,你想报答男朋友,就用自己来嘉奖他们。你为此能弄到钱用。久而久之,你就离开了学校,你就靠你自己挣钱,你觉得你本事很大……"

他不再说下去,心中升起一种说不清的感觉来,这感觉使他说不顺了。她却兴奋地说着:"对的对的,你说下去,都对的,你看我以后会怎么样?"

他把眼光从她的身上移开去,停了停,像是整了整自己的心绪,说:"你还想怎么样?"

他的话连同他的声调夹着冷意。她低了低头,他第一次感觉到她不快活的样子。这使她显出孩子软弱的另一面来。她说:"我本来就不想怎么样,反正过一天是一天,干什么正儿八经地像个人干似的,过就要过得快活,有钱也是活,没钱也是活,对不对?"

他又用眼光盯着她,她一下子显得移出了他的感觉之外了。他有点不明白自己的感觉。他觉得自己的兴致一下子消失了,他为什么要对着这个不谙世事的姑娘说上这么多的话?

"你知道不知道有个叫苏艳红的?"他突然问。

"苏……她也是……"她不明白地,"她多大了?"

他也觉得自己问得奇怪,她怎么可能知道她呢?他说:"你去吧,我累了,我要休息了。"

"我会让你……"

"不要。"他这句话说得冷冷的。随后他想起来,伸手到口袋里去,说,"是不是我该给你……要多少?"

"不要不要……"她说不要时急急的,显出天真样子来,"你又没有要我……你也是跑江湖的,还给我算了,算得真准……"

冯曾高的手从口袋里缩出来,他发现自己口袋里根本没有什么钱。有多少日子,他都是人家为他花钱,根本用不着他开口。他也没有什么需要,他记得自己的钱都存在一个小存折上,他不会去用的。姑娘说得对,不会用就等于没有。他不用去拿存折,他看得出眼前这位姑娘的话还是真诚的。

"好吧。我还在这里住下去,说不准哪一天走。"他盯着她的脸说,"你以后还可以来找我。我有空时间可以给你算,但你千万不要想着带人来,我不想见到你带来的人。"

"你怎么知道我想带人来?你这个人真神的……我以后真的能再来让你算吗?"见到他点头以后,她往外走去,到门口时,她又回过头来说,"我还没有告诉你名字呢,我叫王红燕。外面叫我飞飞,那是他们叫的。我叫王红燕。记住了吧?"

十五

冯曾高独自走在故城街上,多少天中,他总是独自这么走着。他的眼,他的身,他的整个的感觉,他的心之门都张开着。他在寻找,他在发现,他在等待着她的身影的出现。他的感觉在呼应着她,捕捉着她的信息,他知道她无法躲过他的感觉。

他似乎是漫步着,一条一条街地走着,故城的街面,依然是那么个样子,他小时候印象中的几家大商店,门面陈旧得有气无力的。矮檐木雕,涂着旧彩。那些小街上,到处搭着脚手架,到处是灰泥与黄沙,冷不防搅拌机的吼声响起来。脚手架的里面是一幢幢形如一色的水泥楼房。走过几条街,他也就感觉不到小街的区别,景都看在眼里,又仿佛都不在感觉中。有一块半截碎砖从高楼六层处掉下来,上面的人呼叫着,那砖在脚手架的尼龙粗绳上蹦了几蹦,直砸到冯曾高的面前,几乎削着他的鼻子。他这才站住了,看到上面低头朝下望并朝他叫着的建筑工人。这些从县里乡里来的建筑工人根本没有太多的安全常识,依然嘻嘻哈哈地说着刚才的险景,怪着这个走路不带脑子的人。他们见他一直站着不动,想他是吓怕了,都哈哈笑着。

冯曾高张开着感觉,悟着刚才落砖的启示。平时这种感悟总是瞬间的。他悟了一会,心念还转着,转到了一些不相干的事上。他让自己感觉回转来,朦胧中现着一个"来"字。又一切迷糊了。他动身往前走,想着这"来"字,砖是突然出现的,那么她也会突然出现吗?她会来吗?为什么他感悟得不深,他并无预感到来的愉快。

几天中,他已经把整个故城的大部分街道都跑遍了。讲座的事已经结束,没有起到预定的效果,没有像外界传说的那样,早前联系的人也不再出现了。过去总会有些人陪着他,陪着吃饭陪着聊天,给他介绍他们的熟人,以此为荣的,但故城的人似乎更没有耐心,更具商业气了,他们不再出现,由他一个人在宾馆住着。从他到故城第一天,做了一个并不如意的讲座后,他就没有这种待遇,他开始觉得他在故城得到了自由的气息,清新之气正浓;慢慢地他觉得寂寞,他很想离开这里。但这一次他也感到了自己的惰性。他已经见着了她,他多少年来心中存着寻找她的念头,他知道自己在寻找她,他一定要寻找到她,这是他的责任和他的使命。

故城的雨季确实是个奇怪的季节,刚才还有阳光,那种映在墙边的橙黄的阳光,转眼阴阴的,又灰灰地飘起雨丝来。冯曾高的心却像被滋润了。眼前的一些街景又现出彩色的原形,映到他的感觉中来。他依稀觉得这一条街的布局很像他早先住过的那条小巷外的街道的。他凭着记忆模糊地走进巷子,再拐转去,他看到他早先住的巷子了,它竟然没有变,雨中一切静静的,没有几个走动的人,哄孩子的女人的声音隐在巷子的房屋中,还是那一般的木板隔着的旧屋。当年他住的是租的私人房子,以后他离开这座城市之前,就搬到了水泥楼的公房里去了。多少年了?二十年,三十年,二十年与三十年之间,时间没有流动,只是他的心流动了。他走到一个小巷子里,靠里的倒数第二间房,巷子里的房是连成一片的,那是他出出进进过多少次的地方,现在也依稀陌生了。他最早的有一段稳定时间的住宿之地。从那以后,他一直在流动着。房门是两扇的木门,关起来里面插上门闩,门臼久了有点滑动,门一下子很难关上,需用一只手把右边的门朝上抬一抬,两扇门碰着一起关上去。门板上现着一根根横着竖着的木筋,旁边一扇玻璃窗还都是锈锈的,仿佛永远也擦不净。从玻璃窗里面穿过去是一条板拦的过道,很窄,通着一扇薄薄的后门,后门外那条小巷里总也响着她的笑声。

巷子后面最后的一家,板隔着的半边屋,一个摇摇晃晃的竹梯,上面是矗着老虎天窗的小阁楼。她踩在小竹梯上身子晃着。他说,梯子会晃断的,你会摔下来的。她说,你上来呀。

阁楼上的空间也比他的小屋大些。他说玩什么?打牌,下棋,还是猜谜?她说都太啰唆了,抓猫吧。她就喜欢和那些孩子玩孩子玩的。他闭上眼睛,她还在他的眼上蒙上一层黑布,蒙紧了,再死命地勒一勒,眼黑黑中,迸出一些彩星来。他沿着板壁和家具高高低低地摸,听着她压低了还是清晰的笑声。他在门后樟木箱的拐角里从后面抱着了人,他说,苏艳红。按游戏规定他该这么说。她没作声,他就抱着她,他的手在她的前胸,那里已是软软的,膨胀了一般,他已有多时没见她露着的赤脖子,那里已经发出来了。他勒紧着,死命勒紧着,像她刚才一样。他越发觉得软,软到他的心里,他的心都软了下来。有硬着的,硬和软融成了一团。那以后多少年,他再没有过那种软的感觉。那种销魂蚀魄的心神荡漾,魔影般印在了他的心底深处。

　　他抱着,勒着,他一直没有作声地勒着。她也默默的。后来她说,你该说苏艳红。她的声音仿佛被勒紧了,远远的,卡卡的。他说,苏艳红。她没应声,他又说,苏艳红,你是苏艳红。她说,我不是。我不是苏艳红,你到别的地方去找她。她的声音在笑,笑声也是卡卡的。他说,你就是苏艳红。她说,我不是的,我就不是的,就不是的。他很高兴她说不是,他能继续兴奋地勒着她,他一声不响地依然勒紧着。他觉得自己的感觉在松软,他的手下软软的柔柔的,绵绵的松松的感觉从他的手部传到他的胸部。他觉得自己化到那柔柔软软之中,融入她的柔软之中。她那白白的柔软之处,如雪,如云,如绵,如玉,暖暖的,暖雪,暖云,暖绵,暖玉,化开来,无边无际的雪山,云山,绵山,玉山,两颗红纽扣就映托在峰顶尖上。他整个地化了其间,他在那柔软之间跌打滚爬。他的身子影廓在飞爬,滚动,那肉体的都化开了,实在的都消逝着,只有影廓在那上面翻滚。

　　魔影便是在那一刻销魂蚀魄间侵入。仿佛过了一辈子的时间。他听到她说,你不摸了?她的声音远远的,他觉得还只有他身子的影廓在听着她的话。他看到她转过头来。她的脸就在他的眼前。她的眼睛正对着他。她的眼眸很黑很圆。她的眼平时远看时,显得微微的斗,近时两只眼眸正正地停在眼睛正中。她的气息传到他的脸上,她没有笑,也没有恼,只是两只眼睛正对着他。他闻着她的呼吸。他的实在的东西慢慢地回到他的身子的影廓中。他听到她说,你和我后爸一样,老是喜欢不停地摸。他知觉到楼下有动静,他慌乱地从竹梯下去,竹梯晃晃悠悠的,他的整个身子在浮着,在最后两节的地方,他摔落下去,像飘浮下去的。他的头盖撞到了硬木桌的桌腿,桌腿是四方的,一瞬间,眼前墨黑之中,迸出五彩的星来,他感到他身子的影廓晃动,还有一些实在的未完全进入他的体内,飘浮得远远的,而另外一些异样的东西无声地进入进来。等他抬起身来,他看到她的后爸站在门里面一点的地方看着。她后爸佝偻的身子往前冲着,遮住了门外的亮,遮出一片黑影来。她后爸向前俯盯着,眼光冷冷的。他一时生出点寒意,他低下眼去,心中怀疑一切是她后爸作的鬼,他站起来,侧着身子从她后爸旁边走出门去。

那以后的多少日子,他总是远远地避着她后爸。他转到她后爸的身后,朝着他的佝偻的背影,他的头脑中跳着一串串的形象:她后爸倒下去,倒下去,一动不动地,他扁扁的脸上没有任何表情,他的眼睛半睁半闭着,眼黑变成白蒙蒙的,身上发出一股寒气来。

她后爸死了。他坐在窗前看着她家哭着喊着出丧的情景,他想到自己脑中跳出的感觉,他觉得兴奋而又有些不安。他站在后巷边上朝她家里看了一看,出出进进的都是人,他却还仿佛看到了她后爸躺着的样子,一动不动的,扁平发白的脸呆呆的,眼半睁半闭地脱了神。

雪飘飘地落到小巷里,开始落下来就如一层霜,慢慢地积厚了,变得白了,如绵,如玉,柔,软,雪住的时候映着闪亮的白光。后巷里停了一辆黄鱼车,车被白雪塑造了,显着根根锈黑的车轮钢丝。她说要搬家了。她母亲再嫁第五个男人。这里的房子退了租,她将搬到新后爸那儿去。他不知道她新后爸什么样儿,他无法想象他的模样。她告诉他的时候,在他的小屋里,她的手上在盘弄一个很小的塑料球,那球很旧,如同一个小人儿的形状。他很想绕过去,抱住她的后背,让自己再寻回那销魂蚀魄遗漏的实在。板壁那边总有着响声。他知道自己无法寻找了。注定要永远寻找了。

他对着她。她抬起眼来笑着,她的笑明显有着一种女人味道,两只眼眸依然是直直的黑黑的正正的,配上她的笑,便有着异样的意味了。她像是要故意躲开,引他去寻找引他着急的模样。

那天夜里,他躺在床上,一直想象着,心中显着那辆堆满家具的黄鱼车拉走了,而她独自留了下来。图景里显出了黄鱼车上硬木桌有点歪斜地用绳绑着,还有车在雪地上的车辙印,弯弯扭扭的,沾着了一点黑泥痕。她拉开了门,独自站在她原来的家门口,望着出巷子的车,她穿着一件对襟棉袄,上面是一件常青褂子,脸和白雪一样白。眼茫茫然的。她无法走动,只是站着。下面图像就不清了,带着他许多的意识。他不住地去展现那图景。思想乱乱地蹿动着。

到第二天,黄鱼车架着家具拖动了,车上堆得满满的,那硬木桌正歪斜着被绑在车顶上,车辙下弯弯扭扭的,沾了一点点的黑泥痕。车是她两个哥哥拖的,她出嫁了的姐姐也在扶着车把,她母亲走在后面。他没有看到她,他的心中有着一种兴奋和紧张。突然就见她拉开了门,走出来,她很快地跑到车旁边,整个身子像弹丸似的弹过去,她的脸上带着很兴奋很感兴趣的神情,她没站停一下,也没朝四周看一看,仿佛使着全身的劲地推那黄鱼车,车很快拐过巷子口去了。

多少年中,她拉开门,独自站在她原来家门口的形象,比现实的情景还要真切地显现在冯曾高的意象中。

门拉开了,一个姑娘单个儿站在门口,她问他:"你找谁?"

十六

冯曾高怀疑自己是不是有点走火入魔了。以前社会上也有人对他的神神道道的做法,评价为走火入魔,他还是自行其是。现在他也开始怀疑起自己来。他知道是自己的信念出了问题。她是魔影,一直隐在他心底。他无法跨越她。而正对她时,她是完全跳在他意念之外的。他有几次似乎看到了她的身影,每次她身边都有着个男人。只要他赶着过去,她就消失了踪影,像是在和他捉着捉不完的迷藏。他总也似乎一发现到她的影像,一时间身子定了似的,要过一会儿才能挪步向前,他也就失去了机会。他想到是不是自己潜在有一种避魔的意识,是不想真正与她相遇,怕自己陷到那旧时魔像中去。

初夏的雨季过去,故城便是一个热夏。冯曾高从大太阳底下回到宾馆,身上头上都渗出汗来。多少年他一直注意避暑之气,走南闯北,像雁儿一般夏往北行,冬往南迁,顺时节而行。暑热是运气之忌,然而,他今年在故城自我解放了。在宾馆门里服务台叫住了他,说是已近月底,要他先交一部分的房费,他知道这是对他的不放心,他已住了一两个月了,算起来也有千元的住宿费了。其他地方都是别人为他付款,他已经好长时间没有自己交费了。他又一次感到故城的不适宜,他不知自己怎么竟会在这家很不安宁的宾馆住了这么长时间,仿佛身上生出了一种惰力似的。他心生一念,乃是他该走了,外力正促他做出决定,他应顺流而行。他的身心都有一种疲怠感了。

走上楼梯,楼上走廊一时间暗黑黑的,就见一个女人站在他的房门口,她独自站着,茫茫然的。他走近了,听她叫出声来。他这才看清是那个小姑娘王红燕。她穿着一件连衣裙,裙料很透明,明显看得出里面武装带似的胸罩和下面短短的三角裤。

门开着,她说是她让服务员开的。她坐不住,就在门口等他,要不是很想见到他,她就想走了。他也有点奇怪,这里的服务员似乎和她们有什么默契似的,能为她们开旅客的门。

王红燕算是他的朋友了,这些日子她来他这里玩过好几次。在其他地方,他总是被人包围着,常常是小车出进在高楼花园小楼之间,根本不会有工夫和这样的一个小姑娘交往的。而小姑娘却对冯曾高越来越感兴趣。本来她就是凭着兴趣生活的。

　　王红燕进了门在沙发上坐下来。冯曾高去箱里拿了存折,到服务台交了款,回头过来。王红燕还坐在沙发上等他,见他就说:"我说你应该去挂牌行医的,保证能挣不少钱。"

　　前次小姑娘来时,头颈落了枕,说是现在满世界找不到个会推拿的剃头师傅。冯曾高笑笑说还是让我来吧。王红燕对他的笑,显着神会似的说,是不是我该躺到床上去?说时抖抖自己的衣裙要站起来,小姑娘的口吻和调子以及她的动态,让冯曾高心中一凛。他让她用手拔着脑袋,自顾自拿起一张报纸来翻。王红燕拔了一会,忍不住问,她该拔到什么时候,冯曾高说到她心中没有了不好的念头。小姑娘相信地继续拔着,又过了好一刻,冯曾高才叫她伸过头去,他似乎玩笑似的朝她颈处吹了一口气,小姑娘动动头,叫起来说她果然不痛了。

　　这一次以后,王红燕对冯曾高的态度仿佛敬若神明,她几乎是缠着要冯曾高收她为徒,要跟着冯曾高去。冯曾高只是说她孽缘太重,根底太浅,心念不正。那话又像是随便说说的,并不当真,依然不拒和她交往。

　　冯曾高很不愿意听到小姑娘说钱。他坐下来。小姑娘习惯看人脸色,天生成一种见貌辨色的能耐,便说着笑着,过去给他倒茶。冯曾高说不要,他说得很干脆。王红燕知趣地停了手。过了一会儿,她说他穿着凉鞋很不舒服的,她去给他拿拖鞋来换,他又说不要。小姑娘不动了,显着很委屈的样子,很可怜的神色,巴巴地看着他。他只顾自己倒了水来喝着。

"你说吧,到底有什么事要烦我?"

她愣一愣,扑哧一声笑起来,脸上便是红红的,说:"你真会算,我就想着对你说,有个人想请你看病呢,又想着你不准我带人来,所以我一直不敢开口。"

"你不是想着怎么带人来,你不是已经开口了吗?"

"说是要来。我就说,你说过不准带人来,我不向你开这个口,我说你说话很果断一定要人信的。我对你说,是想带你去……"她抢了一句说,"你没有对我说过,不准我带你去看什么人,再说你心肠好,是个大好人,也只有你才会去。"

冯曾高不由得笑了一笑,小姑娘天生有一种狡黠的鬼机灵,在她身上近乎天真活泼的天性,正因为此,他才不嫌地和她说说笑笑。

"你想想,我都怕你烦我,不准你带人来,我还会跟你去看什么人吗?"

这道理小姑娘自然也是很明白的,但高深莫测的冯曾高却是不厌其烦地说出来,显然是不准备顺着小姑娘的转弯的套子。王红燕一时没话了,脸上显着被他将着的模样。冯曾高不由得闪过一个念头,现在的女孩一方面懒极了,只想顺手得好处,一方面却有着一种说不清的不屈不挠之处,她一点没有被拒绝的沮丧的样子。

果然王红燕过一会儿又说:"你真不去啊?……那好……你好像上次问过一个叫什么苏什么红的吧……我想你是不是一直在找她……"

"是啊,是啊,她在哪儿? 你知道她?"冯曾高伸手抓住了王红燕搁在茶几上的手臂。瞬间,见王红燕笑啊笑的神情,他也清楚自己冒失了动情了。

"她是不是个女的?是不是年龄比你略小一点,你看上去真年轻呢……她比你还显年轻,是不是?"

"是的,是的。"冯曾高应着。他随即看到了小姑娘笑啊笑的神情,那神情仿佛说,我看你一直像个神呢,一般的正人君子呢,也是如此情种啊。那神情让他很气恼,却也是无可奈何的。

王红燕这时拿乔般地,好一会儿才约定了过两三天的时间,还让他去哪儿等她。到说定了时间地点后,她就起身走了,也没有再坐一坐。

十七

王红燕带着冯曾高走上一条两边林荫很安静的路,冯曾高知道这儿是故城比较高层次人住的地方。对这样的地方他并不惊奇,他没走到过这里来,因为他想着她不可能住到这里来。小姑娘在前面走得很快,只有时回过头来看他一眼。从她的步态和她回头看人的神情,他想到,他也许是受了小姑娘的捉弄。小姑娘看来待他如神人,但这样的女孩表面上一切都可能是作假的。这种理智的判断他其实一开始就有,但他不去作这样的判断,他有点绕着这判断,他对自己说,他的感觉让他去。其实那感觉也是他潜在的一种需要,他自己也弄不清是不是入魔。小姑娘的话本来说得是含糊的,连同她的神态。她的样子是怕他停下来思考,她大概自己也认为得意,会把这样一个人也给蒙了。她一定是受过这个人很大的好处,而为了他来骗自己的朋友。他想她怎么对付见了面以后的局面呢?这种小姑娘总是走到哪儿算哪儿的。要不就不是现在的她了。然而,冯曾高还是跟着她,他知道是自己愿意要跟着她。

在一座小院落的门前,王红燕揿了门边的电铃,就听电铃的小喇叭里传出声音:"谁?"喇叭里的声音是变了调的,嘶哑般的。

王红燕对着喇叭说:"是我,飞飞。我带他来了。"王红燕的声音是严肃的,脸上的表情也显得认真,仿佛正对着一个她心目中的偶像。喇叭里应了一下,似乎是嗯了一声,声音远了,略等了等,门开了,冯曾高就看到了一个女人的脸。

是她,不是她。不是她,是她。

"你是苏艳红。"他说。

她微微笑笑。她的笑里含有一种女人的柔态,显着万种风情,她像是应了他,又像是容忍了他的错误,一时不愿对人的错误提出反驳。

"黄苏虹。"她侧身让他进门时,这样说。

冯曾高不由得回转身去看看王红燕。小姑娘不知什么时候不见了踪影。大概她是认为自己完成了事,大概她是怕面对面戳穿了她的谎话。冯曾高只是本能地转转身。他的感觉依然对着面前的她,名字是一个符号,可以随着人的需要变化。

院落不大,小楼也不大,院落里长了一些简单的花,小楼的外墙也有点陈旧了,爬着一些藤蔓植物,显得很自然,不怎么引人注目。走进小楼里,小楼不大,房间也不大,但立刻显出一种奢华的气态来。小楼里没有别的人,那气态显着房主人的喜好。那气态不是这个女人的,又分明等同眼前这个女人的。冯曾高放平自己的心气来感觉着她,她显得陌生,又隐隐地显得熟悉。他觉得自己的气感到了她面前,就有一点紊乱。只有理智的习惯在起作用。她的回答分明表示她不是苏艳红,他却又有着面对她同样的感受,他真的中了魔了吗?

房里开着空调,响着微微的空调机的声音。她让他在一个四围铺着纱巾的沙发上坐下。从冰箱里倒了一杯冷饮,橙色的饮料似乎冒着诱人的冷气。她把一个橘子剥开了几瓣,底子还连着,放在他的面前。她的举动中有一种惯熟的气息,却又做得很有一点女人柔柔的情味。甚至动作里似乎溢着女人的脂香气。

她在他面前坐下,坐在一张转椅上,转椅对着他,略偏一点,仿佛倚靠着了他的感觉。转椅上也围着满是色彩华丽的花纱。她坐下时朝他一笑,那笑带着告坐的意味、歉意的意味、问候的意味、屈从的意味。那意味的阴柔气绵柔之极。他耳目一眩,努力平静着气息。平息之间,倏尔嗅到一丝腐败的气息,又被柔绵的香气卷混了。他看清了她的双眼,她的眼正对着他,黑黑的眸子,正正地在眼睛正中。他心中一阵惊喜,吁出一口气来。静静时,她仿佛还是多少年前的她,圆脸上还找不到一点变化人生的苦痛,只是她笑着时,眼角不由得叠起了皱纹,那皱纹往往会被她的笑中的情态遮没。

她静静地,她是在等待他说话。女人的等待。她朝他看着,似乎也带着一点熟悉的期待认识的话语。

"我是冯曾高。"

她又笑了一笑。黑眼眸跳闪了一下。

"飞飞说了。她说了你许多。"她的声音里带着女人的赞颂,这是常会使男人愉快的赞颂。"她说你神极了。"

"我在小礼堂做过讲座。是……北极礼堂……"他说着望着她。他是想问她是不是那次也去了。他觉得自己说话很不是味儿,他又何必提到小礼堂?她没去的话,他显得是在卖弄,她去的话,她会知道那是一次很不成功的讲座。然而,他心中总怀着那天他坐在台上突然而生的感觉,还有后来他赶出门时看到的她的背影。

她还是微笑着。似乎是知道,又似乎是去过了。他不明白她是不是确实去了。他不明白自己怎么在她面前失去了往昔掌握一切话题的自然。他从来也没有过的。再说他也弄不明白她是不是就是苏艳红。

他不想再显得冒昧了。他想用他的话先占据主动。他想恢复自信。他静下心，慢慢地运着气，去感觉她，他又嗅到了那一丝腐败之气。

"你是不是有病？"

她眼眨了眨，一笑，含着似的笑。她大概没有习惯对人说不，或者是否定词。他想她的意思里是说，飞飞一定对你说过的。那是带你来的原因。

"是……妇女病……吧？"他也不知道为什么自己说定了的话，也带着不自信。

她眼眸盯着他，含着赞颂，那依然是一种女人的赞颂，他看得出，那是使人愉快的赞颂，目光中并没有惊奇的含意。一个家中如此条件的女人生了病，不去医院，而找人到家中来。不是医院已无法可治，便是有不可为人道的疾病。

"是啊。"她说，"要检查吧？"

她身子动了动，眼角忽闪地瞥过房间那边的卧室。他的感觉中跳闪地显出那边的一张床来，钢架很亮，中间也盖着花纱，一床满床花的床罩铺着，白面子上跳着大红大红的花朵，极奢华之至，有一种诱人的气息。床周围是几幅淡墨的仕女画。醒春的画面。她躺倒在床上，躺在了那碎花之间，褪下下衣，如雪如绵的肌肤之间，隐入其中，有溃面如桃花绽开……

她的动作入他视觉，如同那日小姑娘王红燕起身一般，女人的一种极自然的，没有忸怩之态，平平常常，很随便的举动。那是一种女人在这方面寻找床本能所显出的随便，失去了她刚才极高雅的气态。他出于习惯地抬了抬手,做了一个摇摆的动作。他的心中荡了一下。那感觉却依然在跳闪。他想他应该让她做一个自贬的动作。念不正则魔生,他不知该说她还是他自己。那感觉还在他心中闪着。一时他说不下去了,他随口而说的气感紊乱了,他要想一想才能说出话来,这对他来说,在一个病人之前是从来没有过的。他再一次地感觉到她熟悉的影形。

"怎么……有病的呢?"他问。问出来以后,他才清楚自己和她已不是医生和病人之间对话,而是一般男女之间的说话了。

她深深地看了他一眼,眼中闪过一丝鄙视的意味,是鄙视他还是她自己?他看到自己的窘境。他脑中忽闪过当年他与她对着面的情景,又跳闪着如雪如绵的柔软,之间如桃花绽开……他深吸一口气,觉得心脏处刺痛了一下,跳闪着的刺痛,松懈式的刺痛,散开来雾一般的。他觉察到他的无可奈何。几年前,他练功到一个阶段时曾有过一次这般的刺痛,他潜在中她的影形那么真切地显出来,那一片如雪如绵的世界都映在他影廓之前。他终于度过了那一个境地。没想到眼下他又出现了这种感觉。而面对着这个女人,他一时竟无力去收敛自己的心感,他觉得自己在往下滑落着,他再吸一口气,平平地吐出去。这一刻他控制着自己不要站起来,走出去。他在面对着她。这是他最后的关头。

十八

这以后,他听到了她说的一段故事。她说她家里的出差,到了南方的一个城市,住在一个很高级的宾馆里,那个宾馆有名气,住的人很多,他是接一个的位才住下的,晚上照例在浴缸里泡了一个澡。她对他说过多次,要用淋浴。但他就喜欢泡浴,就在那次他传染上了风流病。她说他是风流染上的病。他赌咒发誓说他说的是真的。他把那风流病又传给了她。后来,他和她都用了药。他的身份不便去看病,是她找了医生配了药给他也服用了,他的病治好了,她的病也好了。可是那以后她却发现她的子宫里又有了另一种病,顽病,医生说这是那病的后遗症。她用了许多药,还是治不好。她只有悄悄地治病,不让他知道,她不想让他心理有负担。

他知道她后来的话是不希望他提出来见一见她家里的。她称他为家里的,他觉得她省略了主语。她的丈夫?她的主人?她说的故事很详细,一个由女人说起来的事,说得那般生动,说他的心理,说自己的感觉,她也几乎忘了他是来给她看病的,也许把他当作了一个闲谈的对象。她平心静气地说着她家里的说的假话。冯曾高心中浮着的是他的平常的理智,他平时给人看病总是不要别人说什么话,只是自己自信地滔滔不绝地说下去,最多是问人一句你懂不懂,你信不信?这时的他却一直没有声息地只顾听着,他的理智问,是她家里的说假,抑或是她在说假?他竟无法判断。他判断时,就带着一种茫然不自信。他甚至觉得自己听得很入迷,像听着一个久别的熟人在说着多年的生活,多年的故事,生动的人生故事。他忘了他是来给她看病的,而只是来会一会她,听一听她的说话,听一听她说的故事。不管那是她编造的还是真实的。

望着她的脸,听着她的话,他的印象中跳闪着模糊的影廓,新的,旧的,实的,虚的,渐渐地,他进入了她的故事中,他仿佛看着她的生病,她的找医生,她的治疗,她的悲哀,她的苦痛。完全同于一般世俗的同情。到她说完了,他还看着她,随后吁出一口气。

注意到她朝窗子看了一看,他也随着朝窗子看了一下,这才发现窗上已经有点深青色,已是黄昏日落时候了。他站起身来告辞,含糊地说了声,下次再来。她依然带着一种笑微微的神情,送他到院门口,也没想到一句治病的话,像是和一个久别的朋友谈了一会儿的天。

有好几天,他的头脑中总缠着她的形象,缠着这个叫作黄苏虹的女人的形象,那形象由于新鲜盖过了原来她的形象,她和她的形象相重相合,又相离相错,虚虚实实的,浮浮沉沉的,他平时若静若清的心境变浑了,模糊了,如烟如霭,原来那种毫无黏着的宁静感失落了,那种心如青天,一切如白云浮过的感觉失落了,却有一种生平从未有过的一种滑落的快感,感官的敏感程度加强了,加重了,过去不管吃什么,不管住哪儿,不管荣禄富贵的,吃最好的,住最好的,享用最高级的,承受最高礼遇的,都只是一种心境的淡淡的过去物,但现在一切变得沉重了,他几乎无法在小宾馆里再忍受下去。而她的一举一动,她的一颦一笑,都变得那么清晰,使心的感觉也沉重起来。他知道自己是陷落了一种魔境,一种前所未有的魔的考验中,他有一点无法自拔的感受,他感到了他的根基的不足,感到了他的孽缘,这是他过去时时告诫别人的。

几天中,他一直想着要再到黄苏虹那里去。但他一直没去,他的感觉在她家的院落门口徘徊,他知觉着自己已经在那儿走过了,去过了,只是没有进去。感觉到的,便是做着了。他为这做着的感到羞愧。羞愧的感觉也是他多少年所没有过的。他还凭理智清楚地想到,他不能这样去,他应该是去给她看病的,他不能顺着她的感觉走,他必须澄静心灵,顺气而行,高俯众生,他才有自信和力量。他静静地安着自己的心,将心来,吾为你安。他每日离开宾馆到市郊的林荫之处去散步,让气感充满内心,他像在做一件与魔搏斗的事,他有一刻还曾想到离开这儿,但他知道自己无法离开这儿了,就这样是无法离开了。他只有面对着这儿,要么他战胜了自己,走上了一个高境界,要么他便沉沦下去,沉沦到魔界,沉沦到地狱中。无论如何,他只有面对的一条路。

在宾馆的走廊里,他遇着了王红燕。她开口就问:"她是不是你要找的人啊?"冯曾高静静地看着她,他没想到她会这样若无其事地问到自己这件事。他真是无法理解现在这些小女孩了。堕落到心灵里。她做什么事也都不会在乎的,他又觉得也许她比他还多了一点禅悟之能力,更接近一点自然之力。他看着她的时候,她扬起一点脸来,柔态顿起,款款地靠近着他,像是要过来拉着他的手,摇两下,摆两下。不过他觉得面对她时,自己多了一点力量,她毕竟和黄苏虹无法相比。

王红燕跟着冯曾高进了房间。她在身后不住声地说着,自己找了他好几次,总是想着要找他玩玩,她说她心里还从没这样想着一个男人呢。说了她又笑,怕他生气似的笑。

冯曾高坐下来,面对小姑娘,他突然来了自信力,他说着这些天她的行动,说着她这些日的心理。他说得那么肯定,王红燕不由伸着舌头说他是不是跟踪了她。她说他真神,随后又叹一口气突然说:"我要救救你。我听我爷爷说过,往往阴气太足了,才会近神近鬼的,我真怕你太神要倒霉的。"

冯曾高感觉到小姑娘话的无知之中还是有着一种真诚的情感。不免又浮出一点俗情,心里却澄静了不少。

十九

冯曾高再一次揿响小院门边的电铃。他深吸一口气,慢慢地吐出去,这一吸吐中,他排斥了意念中浮起来的杂念。他必须保持澄明的心境。门上的小喇叭还没传出声音,门就开了,是一个男人开门出来。这个男人迎面对着冯曾高,眼闪了闪,而后朝冯曾高静静地看了一眼。冯曾高在对视的瞬间中看清了这个男人。他生着一张棱角分明的脸,颧骨显高,相应眼窝略有点陷,腮帮有点扁,对视间,他目光炯炯,喉咙里类似习惯地嗯了一声,随即便从冯曾高身前走去了,也没和冯曾高搭话。

黄苏虹正在小楼的楼梯上迎着冯曾高,见了他,在楼梯上停了步子,朝他微微笑着。她手扶着楼梯扶手,略低了点头,她一半的头发被上面的楼板遮住了。她用眼向冯曾高招呼了,便带冯曾高上楼,楼梯吱吱呀呀的。

倒了饮料,黄苏虹在转椅上坐下来后,冯曾高没有和她对视,偏着脸朝着墙上的一角,开口便说:"刚才我进来时看到了一个男人,我看他身居官职,现在是个厅局级的领导……"冯曾高没看黄苏虹的脸,从直觉上他感到自己说得是对的,他觉得气慢慢地顺畅起来,一种很好的状态,一个很好的开场白,现在他有信心地说下去。

"……他性格刚毅,并且有常人难以比拟的忍耐心,他的欲望强烈,为欲望的达到却有一种忍的力量,他立定目标,必须达到,不屈不挠,他自然还不满足目前的地位,他视他的上司为猪狗,而在这样的上司下面工作,就是他不断的痛苦……"

冯曾高继续相信着他的直觉是对的,他知道她正注视着他,但他却没有从她那里得到应有的呼应。她依然静静地。他不去看她,很快地说下去,捕捉着自己的直觉:"……他的家庭不幸福,社会的忍耐力使他在性方面淡漠了,显出力不从心的状态,这是他致命的内在缺憾。而另一方面他又在找他的想象的女人,他的性对象。在他的极盛时期,命运对他很柔从,他还会青云直上,直到他一下子完全衰败为止……"冯曾高还是没有从她那里得到强烈的惊奇反应,他不免加强他最后的语言力度:"……他是这所房子的男主人,目前是,也就是说这一段时期是。"

冯曾高终于偏过脸来迎着她。她还是朝他笑笑的,没有任何恼怒的表情,依然是那种赞颂的样子,女人对男人的赞颂。仿佛多添了一点什么,那是使他满意的。

"你知道的都对。"她说。

他有点茫然,她用了"知道"这个词,仿佛他是从哪里打听来的。他会从哪里打听来呢?往往他对生理状况的表述是最容易达到令人信服的结果,而她却似乎认为是一般的知道。他又怎么可能知道他的生理情况呢?她想他会从哪里知道呢?他和她相熟的只有一个王红燕,难不成她会以为他是从王红燕那里知道,莫非在男女之事上,小姑娘王红燕和眼前这位黄苏虹也都是无秘密可言吗?冯曾高突然又一次感到无从征服她,无从表现出自己,无从进入她内心。

冯曾高静静地和她对视着。她的目光中仿佛含有熟悉又好像是女性的柔和顺从。她默默地坐在那一围花纱之中,圆圆的脸上浮着微笑,那笑仿佛是习惯了的,礼仪式的,飘浮着的。她的衬衣领口处露着一片白色的肌肤,如雪如绵,如玉如云,他忽地心中跳闪着一点意象,他很快地吸了一口气,眼盯着她,对她说:"你,小时候曾住过一个小巷,你,在小巷的最里面一间,半边用板隔着,糊着一张张旧报纸,一张发黄发红的旧竹梯,踩上去吱吱呀呀的,上面是一间四围不能完全抬起头来的阁楼,一个老虎天窗,和你生活在一起的一个半老的男人,他不是你的父亲,他是你母亲的丈夫。他也是第一个接近你的男人。他死了,你就随家搬离了那个小巷。去依靠你母亲下一个男人。你的最大的愿望是不干任何事地生活,你曾这么对一个男孩说过。而他的最大愿望是做一个神医。应该说你和他都实现了自己的愿望……"

他说话的时候,自己的心间依稀显着她回忆的神情。说停下来时,他发现她正静静地对着他,仿佛在听他叙述一个很奇怪的熟人的身世。

"你就是那个愿望当神医的男孩喽?"她问。

他却仿佛听到那话音里含有着一点嘲讽般的意味。

"你是苏艳红。"

"我是黄苏虹。"

"你曾经是苏艳红。"

"我从来就是黄苏虹。"

她虽然说着的是否定的话,但那语气依然是柔婉的。那种顺至入骨的女性的柔婉。她的手自然地抬起朝前伸了伸,像是想过来安抚他一下。

"你现在也实现了无事而生活的愿望。你过的确实是无事而生活的日子。很享受,很满足,但是过得很愉快吗?"

他有点挣扎着说,想摆脱她手势的圈力。说出来时,他觉得自己用了太大的力,会伤了人的力。他根本没有伤她的想法,他的潜在心理莫非想伤她吗?

"你不知道我是有事做的? 靠做事生活着吗?"

她笑了,这时才像是她真正的笑。而原来的笑只是一种习惯。她笑起来,抬头纹和眼角纹都明显了,仿佛给她的话做着注脚。历经沧桑时光的痕迹。笑停下来,她又显着仿佛是开着一个玩笑似的神情。

他很想也放声笑一笑,但他没笑,他默默地看着她,目光仿佛要穿透地看着她。她微微地皱了皱眉头,仿佛在选择怎样的词来解释给一个孩子听清楚。她皱眉的样子显得俗。过去的她是从不皱眉的。

"我以为飞飞她什么事都告诉你了……"

"我知道的都不必她告诉。"他打断她的话,他今天想逆着她的力量。

"那你应该知道我也在做事,做的事和你一样。"

"你以为我是……"他没说下去。

"郎中啊。你不是医生吗?我也是。"她显得很认真地说着。

他又是默默的。她又皱了皱眉,说下去:"你知道馒头治什么病?"

馒头能治什么病?他望着她还是一副认真的样子,笑微微的样子,记忆中忽闪过一部济公电视里的对话:馒头治饿病。

"你知道了吧。是治饿病。那么你应该想到我也是在治病。专治男人们的病。"她笑微微的样子,像是习惯的,又像是逗着他一个大孩子在玩。

他终于笑了出来。他说:"你和王红燕一样,都是郎中喽?"她并不以为忤,他的笑声中已带有明显伤人的意味。她大概是习惯,也许是她自认为的职业的需要,也许她已形成了对男人的顺从至骨的态度,没有了对抗男人的态度。也许她承受了过多的男人的伤害,已不足为奇了。

而他却想到自己多少年的修炼涵养,对着她总还沉稳不了心境。

她说:"可以说是的。最多是医生和郎中的区别,大和小的区别,面对不同人的区别。飞飞她就像走方郎中,层次低了一点,面对的只是简单的生理饥病。在这一点上,不需要太多的治病能力,只要有一种舍身的信念就行。女人往往是自私的,很难有这种信念。而有的男人的这方面的病是复杂的,不是简简单单地靠肉体解决的。多少年中,很多人有一种本质上的隐瞒,既饥又不敢去求饱。而更多的是男人并不以为饱,层次高的,又不在一种简单的饥渴,一般的治饱他们无法接受。生理和心理上都饥,这不是一下子能饱的,需要慢慢的,情绪上的,心理上的,视觉上的,嗅觉上的,整个感觉上的饥病,都需要饱治。这就不是飞飞她们小女孩们能做到的。一般的女人也很难做到这一点。需要熟练的职业能力,需要全身心的关注,也需要高超的医道,出自内心的同情,发自心底的治疗,因为你将能给一个男人,也许是一个在社会上举足轻重的男人一生最好的饱治。使他的内心都生出一种对命运的感谢来……"

"当然,你饱治的就不只是一个男人喽?"他说。

她眼对着他。正正地,黑眼眸都在眼的正中。她的目光中仿佛表示着:那还用说嘛。她的目光依然是柔柔的,但他却觉得自己被伤着了,伤人伤己,伤自己的,本是自己刚才伤她的力量。

"那么,你呢? 你自己的人生呢? 你自己感到愉快吗?"他显得平心静气地问。

"我不入地狱,谁入地狱?"她依然笑微微地说,似乎是学着他的话。

二十

冯曾高去了黄苏虹那里好几次。

每次去他都只是和黄苏虹聊天,往往是他谈了好多的理论,从谈经说道开始,而后是她的一番淡淡的生活化的话。有时她只是随便地谈着自己的身世,自己的社会理解。她有她的理解,仿佛全是错了,仿佛又都有着她的理。从她的话里,他感觉着一种色彩,柔至极的色彩,欲望表现的色彩,听上去简单直率,却含着蚀人心骨的色彩。衣食住行,这类话题少不了避不开,都带着了女性的柔识,都含着至深至情的色欲。色欲色欲,冯曾高这才真正感到这个色欲之词的准确。听是无声无色的,却是至声至色。用最淡泊的话语说出欲之朴,蚀人心骨,黄苏虹还是第一个,并且她把它说得很实在,很有味,很动人,简直是一个性色的宣教师。

每次去时他都怀着治病的目的,他清楚她的孽病乃是缘于她的孽因。他从来治病治于心,而用药用外力治病乃是低一层次的标志。凡病皆起于心,心乱而邪气入,心正而邪气除。后来他也怀疑自己的目的只是虚的,只是对自己说的,他根本就没有针对她治病的手段。

有时想到她是入了魔界已深,他要拯救她。而他已无法拯救她,他已缺乏拯救她的力量。有时,他想到也许是自己入了魔界,正面对着魔界,而无法自拔了。

冷静下来想,他对她的话都理解。这些话对别的人说也许有点惊世骇俗的意味,但冯曾高坐在讲台上和病人说着的也总是让人觉得惊世骇俗的话。他觉得在这一点上,也许只有他能理解她的话,不以为奇。他也是郎中,一种走方郎中,他也是治着疑难杂症,比起那些只能治疗一般疾病的医生来说,他是神医。他也经常出进在高楼大院。大者不市,自然有人请着他,抬着他,他能得到很多的报酬。有时多到他要了没用的地步。他只是凭需要而取。那么她也是一样,她自然得到的也不同于小姑娘王红燕一样的待遇。她的生活之高,一方面缘于她的高压力,她需要付出精力,付出时间,付出她的女性的魅力,付出她的柔情,付出她的笑脸,付出她的屈从,付出她的心计,付出她的肉体,并且由此自身染成恶疾。为饱人而自伤。另一方面,她的生活环境的高布置高享受,也正是她职业的需要,针对不同层次的男人,行高郎中的需要。

他入魔界了。入魔的含意,诱惑至心,他居然能理解这样的含意。他对自己说,也许佛有至境大圆智镜,能体众生的善根,色欲之间,也有佛性与善根,色不异空,空不异色,魔即空,空即魔,关键是超越,而他已无法超越,自陷其里了。他必须从其中穿越过去,而不是陷入其里。

那一日清晨,冯曾高起了床,正对着窗外的淡淡的青色之气,默默地入静,吸气吐气,默默之念,以求心中一片澄明。现在他需要很长时间才能入静,常会浮想联翩,千万只鸟齐飞,千万朵花齐开,一时间五彩缤纷,一时间七音齐鸣,忽而又是一片墨黑墨黑,随而又从墨黑之间迸出五色的彩星来。每一颗星都化开来,化作很柔很绵的如纱如绸的一个个造型,极让人喜爱的一个个如孩童像,金童玉女般的像,像后一个光晕之间隐隐地若一个菩提之身。光晕涌动着耀目香气……就这时,王红燕推门进来,后面跟着的是一个穿警服的人。王红燕一看到他,就想要说话,被警察喝住了。

"冯大师,你认识她吗?"警察是认识冯曾高的,也曾带人来访过。

冯曾高看了一眼王红燕,便明其里。他说:"王红燕,自然认识,她找我来看病的。"

"我说吧,他就是不信。"小姑娘得理了,今日警察突击查房,她正好走在走廊上,问起来,她便报了冯曾高的名头。

警察笑着对冯曾高说:"冯医大师不光治病,还救人吧。"

冯曾高说:"是。"

警察对王红燕瞪了一眼:"你小心了,今日是冯大师为你说情。放你一马,别以为会瞒骗得了我。"

警察一走,王红燕就笑了:"我又得了一个靠山了。"

冯曾高默默地闭着眼,他在记忆着刚才被打断的情景,那些鲜亮的色彩,虽是幻景,却比真实的还要真实,不免使他有点留恋。

"我做不了你的靠山。我要走了。"冯曾高走到箱子边去。"能救你的永远只能是你自己。"他打开箱子,去取那存折,他想把它交给她,让她能做一点事,摆脱一下眼前的生活。拉开拉链以后,他就感觉到那里是空的一片。他又把拉链拉上了。他坐回到沙发上去。"能救你的永远只能是你自己。是你自己的心。"他对王红燕说。

"你是不是要走了?不会回来了?我会想你的,真的,我会永远想着你的。"王红燕红红着脸说。

下午,冯曾高又去了黄苏虹那儿,大热天已经过去了,她的小楼上依然关着窗,开着空调,永远是那恒常的温度。黄苏虹习惯穿着粉带红的长裙子,宽松式的纱绸长裙,隐隐的花纹,大花纹,薄薄的衣裙里露着粉色的肌肤,仿佛那花纹绣在那肌肤上似的。冯曾高只要进了这小楼,感觉就会调整到一种他陌生而熟悉的气态中,也就敏感起来。外在的感觉。深吸一口气,气中带着淡淡的香味,香味里含着一丝腐败气息,时间长了,那腐败气息也混于香味一体,成为特殊的一点沁人心脾的味儿了。

冯曾高很快地对黄苏虹说,他准备发放外气来给她治病,并配以针灸和中药。他一定会治好她的病的。

说这句话时,他说得很快,像是给自己下决心,又像是向她发誓言。

黄苏虹在冯曾高面前坐下来,她轻轻地用手掌从身后抚下去,抚平了纱绸裙落,同时坐下来,她的这个小小的举动显在冯曾高的眼中,有着无比柔和的意味。他的心里像甜甜地刺痛了一下。

"你今天气色特别呢,脸色红润得很好看。"她眼眸正中地看着他。

他感到自己的气上浮着,心头上浮的外感特别明显。这也使他想借假发外气发出去。他觉得身体里有一种很强的气感,多少时间,那气感越积越厚,越积越强。他知道自己应该使它顺畅,使它缓缓平和。气之清,乃是上极。这不是他的好处。应该在内在之间化和。但他已觉得无法弥合它,他知道这样下去,他便无法驾驭它了。而今天他感到它越发强烈地运动在他的体内。

冯曾高运了一口气,慢慢地吐出去。"你今天也……特别美。"他说。说出这句话,他觉得自己心中松快了些,他觉得自己的状态特别差。自我拘束得太过,乃是一种不自然的状态。

她认真的神情,眼亮亮看着他。

"你眼里也有女人的美丑吗?"她轻声地。含着一点嗔怨似的,又像是和他玩笑似的,又像带着习惯的赞颂,那女性的赞颂。

他运了一口气,没有再说下去。

"也许因为是女人吧,我眼里面总是五颜六色的,不管春天还是秋天,也不管阴天还是晴天。你知道了我童年家境不好,那时我是快快活活的,一条小巷子,现在想来也是多色多彩的,乐趣无穷。鸽子飞,卖叫声响。后来,我读到书里面,才知道我那日子很不好。现在人家说我悲惨,可是我没感到。我总好像和人家感觉不一样,就说男人,人家眼里,男人有老丑大小,气度高低,但我都觉得他们的心里都有一种对女人的美感,都怀着怜惜心情,不是社会上说的书上写的那样恶凶凶的,所以我现在不去看书,也不听外面人说什么。我觉得人都不怎么坏,人心对人心,你起了坏心,他才反应出坏心;你用善心,他自然也会感以善心。这里面男人也有性格刚的,也有性格弱的,外面刚的,里面往往会弱;外面弱的,里面倒反而刚。那也是五颜六色的。只要你有兴趣仔细品,仔细品,那也是一种愉快,一种欣赏。不是单调的,永远面对着一个人,一种面孔。我家里的那个他说,如果没有天定,那么他怎么做,也都只是他自己表现;就是有一个天定的命,那么他做的也是必然的;那么他又何必苦了自己;何不多做一点,不管幸福也不管痛苦,总比一生的白开水好。他说的是闯社会,我觉得他的求色彩和我的感觉一样,痛苦啊幸福啊是自己感受的,我自然地去感受天底下的各种各样的色彩,品各种各样的人,到哪一天死了也都是快快活活的。"

黄苏虹独自说着她的人生感。冯曾高只是深深吸着气,一口一口地吐出去。他无法和她搭话。他怕和她搭话。他的眼前又感受着早上现出的五色的光晕,逼人耀目的光彩。他觉得他的气在往上浮。她的声音摇摇曳曳,柔柔绵绵,至柔至软,那色彩也摇摇曳曳着。他觉得自己身子浮上去,浮到很高很高的境地,风声和寒声,孤独之极,光晕向两边闪开了,两边都是一般的自然之色,隐隐在后,他飘飘然而无所着落。他觉得他仿佛是裸露着,心之门仿佛敞开了,那些风,那些寒,那些五彩,那些光晕都无阻无碍地进入其间,他无法关起来,他只有看着它们被吸入,飞快地被吸入,旋转着飞快地吸入。

"我们……治病吧。"他说。

她微微一笑,轻轻地动了动,悠悠地站起身来,慢慢地向那边卧室而去。走了两步,她回过头来,面朝向着他,两眸黑黑亮亮地定在正中。她说:"来吧,治病不能那样坐着的呀。"

冯曾高直直地望着她,她的脸上浮起一种被眼光映红了的色彩。

他说:"你是苏艳红。"

她说:"我是黄苏虹。"

"你是苏艳红。你是苏艳红。"

"就是吧。"她微微笑了一笑,仿佛是哄着一个大孩子似的。她走进那边房间去,就听她在那里面说着:"苏艳红是我,黄苏虹是我,王红燕是我,到处的女人都是我……"

他的身子飘浮着。眼前跳闪着她仰起头来,黑黑的眼眸正正中地朝着他,满床碎花纱的床罩,如雪如绵,如玉如云,五彩的星闪动着,粉色的桃花般地绽开着,柔柔软软,至柔至软,影廓在浮动飘浮跌打滚爬……

不是她,是她。是她,不是她。

二十一

秋风卷过来,满街的树叶花叶咔咔地滚动着,故城的秋天,树木褪了活亮的青色,枝干灰蒙蒙地伸向天空,天显得很高,青色转灰,风中带着干爽的气息。只有古城墙,大块的旧砖上,依然是淡淡的青色,腐朽般的青灰色,风卷过去,恍恍惚惚间,旧城墙上,浮着古代士兵持长枪站立之像,闪闪亮亮地耀目,浮着金色之气,杀伐之气。再一恍惚,那些士兵仍是泥塑木雕,齐齐整整,隔距而立,城头上一排士兵,长枪如入云天。旧城新偶,青墙金兵,城门之下前道上流动着不息车辆,满是金属的鸣叫声、摩擦声、撞击声。舞着滚着满街的树叶花叶,咔咔卷到脚边来,卷了过去,卷了过来,来来去去无尽无止。

冯曾高漫步在老城街上,他的感觉在街四周流动,在秋风里舞着,飘飘浮浮。多少年中他一直带着这种感觉周游,他觉得这感觉也浮到了他身体外部来,浮出了体外,在身体表层游出游进,恍惚间已出体外,恍惚间,还在体内,恍恍惚惚,吞吞吐吐,他发出一声啸声,他感到那啸声在秋天灰白金气中游荡,那啸声却又只在他心中,路边的行人谁也没有感受到。

古城门立在旧城河口,盘旋一条环形路,那边是桥,宽宽敞敞的水泥桥。桥那边便是城郊,旧日的城郊,城郊上的一座青蒙蒙的山,满是林木的山,从林间踩出青苔腐叶的小径,通向山间几座亭台,几座征战亡故者的墓与碑。早年,他去那里秋游并集体祭奠过那旧日的亡灵。

冯曾高悠悠地走过环形街,目光避开映着亮的兵偶金甲之光,他也就看到了那边的她,那是她!与他回故城第一次在小礼堂见到时一般,穿的是大红色的上装,脸如满月,远远看去,两眸微微有点斗,依然是黑漆般地亮,她移动着他熟悉的步态,摇摇曳曳。他静静地看着她,随而他扬声呼叫了她一声。那声音仿佛还是在他的心中,没有人注意到,似乎她注意到了,浮着熟悉的笑意,朝他转过脸来。就这时,他听到了身后一阵金属的鸣叫声,一阵金属的摩擦声,一阵金属的撞击声,声音之大,像传入九天云霄之上,却又如无声无音。他仿佛感到身后被沉沉地击了一下,力量如同炸开了千年的城墙一般,却又如失重失量。他觉得自己倒落下去,又觉得自己飘浮起来。他依然注意着她,中间并无任何间隙之隔。他向她行去,不再犹豫,不再停留,他身轻如燕,展步如飞。她正迎着他,她用吃惊般的眼光迎着他,她的眼光闪亮闪亮的,眼眸正正地定在当中,仿佛闪亮出两道光来。他扑到她的身上,立刻感受到了那柔那软,至柔至软,如雪如玉,如绵如云。真切地完整地感受到了。他拥紧她,贴紧她,他和她之间没有了任何的隔隙,他终于寻找到了,他永远地找到了。他觉得自己进入了她的身子,他进入了那至柔至软之间,他和她已融合在一体了……

巽

二十二

市里有条河,河上有座桥,桥下有条路,路边有个人。

苏艳红那时念着的也是一个顺口溜,好像是从前有座山,山里有个洞,洞里有座庙什么的,其实她也弄不清自己念的是什么。刚才,她在屋里听到外面有警笛声,是飞驶而过的车上发出的声音。她也弄不清到底是救命车的声音,还是救火车的声音,或者是抓人的吉普车的声音。她只管跑出来,只看到一个车屁股在那边远远的岔路口上一闪,便没踪影了。她也就站在路边随嘴念着。一只手捏着空拳,捶着自己的股骨。

苏艳红的家搬到这儿来,已经半年了。搬家对她来说,是常事。这一年半之间,就搬了两次。每一次搬家开始她都觉得多了一点兴奋,丢了一点麻烦。兴奋的是每一次搬家,她都要迎着一个母亲找的新后爸,接触着新后爸的性格、脾气、爱好、习惯,还有家庭环境。她的姐姐们每一次对母亲的再嫁都是阴沉着脸,一副无可奈何的样子。只有她显得高高兴兴的。而每一次搬家,就会嫁出去一个姐姐。她上面有三个姐姐,搬到南城小巷时,大姐出了嫁。在小巷住了好几年,再搬时,二姐嫁了出去。搬到中心市来时,三姐又嫁了出去。眼下,家里就她一个人,她倒觉得高兴。她并不是一个喜欢冷清的人,她喜欢热闹。只是她的姐姐们似乎都不喜欢热闹,那些异父姐姐,总是对她说:"你别疯疯癫癫的好不好。"姐姐们老是骂她是猴种。那原是母亲叫出来的。在母亲嘴里,那是一句亲昵的笑骂,而在姐姐嘴里便就是恶狠狠的咒骂了。嫁出了一个姐姐,她就觉得耳朵清静了一片,身上卸了一点压力。都嫁了出去,她也就觉得特别轻松了,想怎么做就怎么做。从学校回来,一个人在家,哪怕是把家翻个底朝天,也没人管。

中心市是个小城市,对此苏艳红并无计较,住南城的时候,南城是个大城市,但她主要活动场所也只是一条小巷。从那里搬到了一个小县城里,县城虽小,她家靠着城中心,比起小巷来,反倒是热闹些。一出门就是川流不息的人群。中心市当然比小县城要大,但她家住的地方,是偏城的南边,门口一条街,街两旁一个个院门往后缩着,水泥浇得厚厚的。一般院里都是二三户人家,偏巧苏艳红家院里,住的是一对双职工,还有一对耳朵有点聋的老夫妻。苏艳红就觉得冷清了。出得门来,街上除了下班时分,平时没什么行人,也没有什么车过。只有一条流得不息的河,河水还清。南城小巷外面也有一条河,那河水就如黑油一般了。

苏艳红觉得这座城,这条河,这座桥,这条路,都没什么意思。不过她并不去想南城的小巷,和半年前住的小县。苏艳红没有怀旧的习惯。过去的事情她都不去再想。她只顾着眼前,只想着眼前,有意思就有意思,没意思就没意思。有时她突然笑着叫着从屋里冲出来,那笑叫声使有点聋的老夫妻也惊望着她,她却是自笑自的。笑的时候,往往腰有点哈下来,笑不可支似的。也往往忘了她究竟为什么笑的,只觉得她想笑。

市里有条河,河上有座桥,桥下有条路,路边有个人。站在路边的苏艳红嘴里无意识地念着一个她也弄不清的顺口溜时,她开始东张西望。她想着了一个人,脸上便现出了笑,笑意微微的,她很少这样笑意微微的。

二十三

苏艳红搬到中心市桥下街来,上的是桥下中学。几年中,学校受社会运动的冲击最大,读书成了一种人生的过程,本身没有什么意义。教师教得没意义,学生学得没意义。上学是学生要应付的事情,去了学不学,学什么,没多大意思。因为毕业并不靠成绩分配,前几届一概是上山下乡当农民。学校也没有重点普通之分,没有多少年以后的高下之分,统统就近安排。苏艳红对这样的安排是很拥护的。

学校添了一门军训课,也是全国统一。苏艳红在小县里上军训课时,这课往往是闹着玩的。小县里的学生是杂色的,常有从农村上来的,土里土气的,搞军训都不像个样子。中心市桥下中学的这堂课却是极其认真,也唯有这一堂课认真。听说前不久有附近部队里的军人来训练过。几个班一同整齐地在操场上齐步走,正步走,立正卧倒。苏艳红特别喜欢上军训课。她缠着后爸去弄了一套军装来,穿在身上,腰中束了皮带,在那时是最时髦的了。英姿飒爽,儿女奇志,不爱红装,独爱武装,只有这一堂课,苏艳红没有笑声,而偏偏这堂课上,常常传着女同学的笑声。

体育课并到了军训课之中。那日,分班进行。苏艳红班上是跳远,一个个轮着跳。隔壁班上是翻越障碍,一个个轮着翻。苏艳红跳了一次从那边绕过来,就听隔壁班上在叫笑着,都在喊着:"姑娘不行!姑娘不行!"那声音听去就是一批顽皮男生的笑闹。几节军训课在一起上,苏艳红和他们也有点熟,便过去说:"什么姑娘不行?男女都一样,看我来。"本来她就嫌一个个地等着跳远等得无聊,看着别人翻障碍翻得高兴。这时她奔过去手一攀脚一蹬,翻过了障碍,很得意地拍拍掸掸手,转绕过来。却听那笑闹得越发高了,依然喊着:"姑娘不行!姑娘不行!"连旁边站着的女生们也都笑着。苏艳红大感不解地随众人眼光看过去,这才发现队伍旁边孤零零站着的一个男生,粉红着脸,低着眼。那眼细细长长,下巴尖尖,形如瓜子,不能说是白面书生,而是那种黄白,应该说是淡黄。却是黄得细腻,黄得清净,黄得单薄,黄得秀气,站在那里怯怯弱弱的。苏艳红脑子转了转,也就想到姑娘的称呼,实在是冲着他去的。见他那样子,觉得这称呼也确实恰当,也便大声笑起来,笑得哈着半个身子。她的笑声使男生的笑闹声更高起来。苏艳红望着他,只见他脸色越发红起来,虽看不到他的眼,但那脸连同整个身子都显着一种表情,仿佛就要掉下泪来。苏艳红大声的笑,也就转成笑意微微了。

笑声缓下来时,那男生略略抬起眼,斜着瞥了一瞥苏艳红,只见那眼中之光闪了一闪,仿佛含着一种深深的嗔怨。苏艳红感到自己被刺了一下似的,心颤颤的,她还从来没有过这种感觉,一时脸上笑凝住了。就见那男生慢慢转过身去,走到靠着他班上女生的地方。她们在练跳马,见他过去也都没在意。

回到自己队伍中的苏艳红却一直注意着他,他没翻障碍也没跳马,只一直偏靠着女生一点站着。

那次以后,苏艳红很快打听到这个男生叫林育平,很快她注意到他的家也在桥下街上,离自己住家只隔着六七个院门。很快她在一次放学的路上,遇着了他,她走过去叫了一声,"林育平",便笑了。他偏了一点眼,朝她看看,眼光依然是闪动了一下。苏艳红感觉到他还是在嗔怨着自己。她弄不清是因为她的笑,还是上次她的翻障碍的举动。她只觉得自己很对不住他。她看着他怯怯弱弱的样子,很想伸手过去,抚抚他,碰碰他,摸摸他。

"我是苏艳红。"她又对他说,还是笑,见他没作声,她说:"我就喜欢玩,什么都想玩,我就喜欢笑,什么事都笑。姐姐都说我是疯婆子。现在我的姐姐都出嫁了。没人再说我了。"

他抬头看看她,她迎着不是笑。他没笑,似乎积怨很深,他的手捻着挎在肩上的书包带。苏艳红看到他捻动着的手,小手指微微地跷着,那手指也是淡黄色的,尖尖的,净净的,怯怯弱弱的,单薄的,秀气的。

她是从学校出来,穿到斜角的楼房群的水泥路上,遇见他的。他们一同走过一个楼房,他就说:"你别老……我不要让……"

苏艳红说:"你是怕人家说什么,是不是?我就不怕,我什么也不怕。"

那时学校里男女学生的界限都划得很清,特别是他们一层年龄的学生。

"我不要嘛。"他甩了一下书包带,书包在他肩上晃了一下,带子滑落,书包掉下来,他赶忙抓住了。苏艳红忍不住地还是笑起来。

苏艳红随着他走了一大段。他走快,她也走快;他走慢,她也走慢。他一拐身,进了一条很小的壁弄,那里一边是高楼的山墙,一面是一所厂家的围墙。穿巷风凉凉的。苏艳红发现这弄堂不是走往家的路,但她还是跟着他。

"我不漂亮吗?"她说。苏艳红越发靠近着林育平,"我们班上的男生有好几个给我写条子呢。"

壁堂里几乎没有人走动。他略略偏过脸瞥了一下苏艳红。她生着一张白白的大圆脸,他能肯定她的眼有点斗,她大概是在哪儿刚疯过的,头发前沿额前湿漉漉的,像浑身冒着热气似的。

"你漂亮不漂亮,我不管。"他说。他的语气中并无冲撞的意味,却还像赌着气。

"你不是男生么？哪有男生不管女生漂亮不漂亮的?"苏艳红笑着对他说着。不过她立即感觉到她哪儿说得不对了,只见他朝她转过身子,脸对着她,眼还是一瞥,目光更亮地一闪,又很快地低下去,细长的眼颤动着,他的浑身都仿佛有点颤动着,像是快要流下泪来。苏艳红心也颤颤的,她伸出手去按在他捻书包带的手上。他一下子把她的手撩开了。接触他手的感觉也是细细长长的。他的手撩动的感觉也是细细长长的,不猛烈,没有劲。

"谁跟着我,就不是……人!"他说了,很快地跑前去。苏艳红听他的语气知道他是真生气了。她弄不清自己的话怎么使他生气了,她甚至也记不清自己说的是怎样的话了。她笑了笑,慢慢摇晃着身子,依然跟着走,只是没有跟到他身边去。她发现出了壁弄,也就靠着她家的那条街了,只是略微多绕了一点路。她见他一转,在一个院门里没了踪影,原来是通向他家的一条捷径,刚才他倒并不是想甩开她的。

苏艳红在他家的院门外站了一会儿,并朝里面张望了一番。院里的格局和她家有点相同,多了一个葡萄架,架上葡萄叶绿绿的。苏艳红觉得看上去很舒服的。

二十四

多少年以后,苏艳红接触了诸多男性,在情感、心理和生理上都很成熟,成熟得就像那葡萄架上紫红的葡萄串了。对不同男性的性格也就都能随行自然了。她不是一个爱记忆爱回想的女子。过去的永远都只具有过去的意义。然而在桥下街生活的一段日子里,她却常常想着林育平,他和他的性格对她有着一种不平常的吸引力。她的心因他开着了一扇门。

那次以后,有三四天苏艳红都没见林育平从那条壁弄回家。

在一个课间休息时,她在操场上见到了他,便走过去叫一声:"林育平。"他站着,像是没听见,再叫他一声时,他扭过脸去,往旁边跑开了。苏艳红很想赶上去,不过她想到他大概是不喜欢旁人看到他和女生在一起。苏艳红觉得自己和他一接触也就添了一点心思,怕弄不好他就不高兴了。平时她很少烦什么神,去想什么是什么不是,只是顺着自己的想法做。

这天放学的时候,苏艳红在学校那边的楼道处,等到了林育平。她一直在那里看一个摆转盘做生意的。那时做生意是要挨批的,既要迎着人,又要躲着人。这种转盘生意很简单,一个圆盘一根木轴,木轴头上面吊上一根针,下面摆了一些糖果画书什么的,针转停到一条条线上,也就有彩。都是几个小孩子在那儿转。苏艳红看了好一会儿,看得有趣,只要转针快停到下面有好一点东西的线上,她就叫着笑着。几乎忘了她是想等到林育平。只是她口袋里没有带钱,要不,她也很想去转上两转。

她偶一抬头时,见到林育平过来,迎笑着叫了一声:"林育平。"他没应声,自顾自走着。苏艳红觉得他并不怎么拒绝她了,便赶着他,一边看着他那张显得很清净很秀气的脸,和那双细细的眼睛。

"你前两天躲着我的,是吗?"她说了,又怕自己会说得他不高兴。

"我不……"林育平没有说下去。

她觉得他的话总不说完,要她想一想是什么意思。她也弄不清他是什么意思,只觉得他应了她的话,似乎他不再对她生气了。

她便又说:"是不是你回家还有哪条路?你说给我听听。我搬来这多长时间,就是路怎么也分不清,到处的路都好像是一样的。"

她只顾朝他说着,他默不作声。她知道他在听着自己的说话,也就高高兴兴地说着。走到他家的门口,他朝她看了一眼,进去了。苏艳红看得出他的眼光是向她道别,也就高高兴兴地口中念着什么回去。

  第二天早晨,苏艳红走进林育平家的院门,穿过那个葡萄架,葡萄架上的葡萄还是青的,她摘了一颗放在嘴里,很酸,赶忙吐了出来,一边好笑着。到了林育平家门口,见林育平正在门外面的水池边洗碗,她叫了一声:"林育平。"林育平扭头见是她,没作声,又转过脸去洗碗。屋里面光线有点暗蒙蒙的,大概是葡萄架遮着的缘故。桌前坐着一个男人,很像在南城小巷常见的普通人家当家人的样子,喝着粥,嘴里喝出着声音。她想是林育平的父亲。他的眼盯着苏艳红看。苏艳红习惯地朝他一笑。这当口林育平洗了碗回房去。只听里面男人问他:"是你同学吗?"

  林育平低低地"嗯"了一声。

  "人家女同学上门来,等你上学,你就这个样子,不声不响,没有气性的。"他父亲说着,笑着招呼苏艳红进去,停下手上的筷,问苏艳红住哪里,家里有什么人,爹妈在哪儿做事,赚多少钱,苏艳红歪着点头,一一应答着,一副笑容可掬的模样。

  林育平已收拾了东西,肩上挎着了书包,见父亲在和苏艳红说话,也就站着。他父亲赞了苏艳红一句,说:"看人家女同学,出相多么大方,就看你窝头窝脑的。"

  林育平一声不响地听着。苏艳红笑着说:"林育平比我好。文文静静的,我啊,家里人都嫌我疯,说我一点不像女孩子的样子。"

  林育平父亲摇着头说:"你像你像,谁说你不像女孩子?我家这一个倒不像是个男孩子。"

  林育平用脚在地上画着印子,画了又用脚轻轻搓。苏艳红说:"林育平,我们走吧。"林育平还是没动身子,他父亲说:"你还不走干什么?"林育平这才和苏艳红走出门去。

出了门,苏艳红对林育平说:"你爸爸是不是对你很凶? 你是不是很怕他的?"

林育平说:"谁要你来……"

说着他就自顾自往前走。苏艳红跟上去说:"怎么没见你的妈妈?"

"她在里面……"林育平又不说了,大概是坚持不想和她搭话,显着要她想到她是死皮赖脸地跟着自己。

"你爸爸他是你亲爸爸吗?"苏艳红又问了一声。

"你爸爸才不是你亲爸爸!"林育平狠狠地说了一声,偏过脸来,眼光闪动。他嗔怨时身上颤动着,脸上红红的。

"我现在的爸爸真不是我亲爸爸。我亲爸爸的样子我也没见过。我倒有过四个不是亲爸爸的爸爸。"最后一句苏艳红自己觉得说得有趣,哈哈笑起来,笑得腰弯弯的。

"我刚才看到你爸爸对你那么凶,就想大概要是亲爸爸,大概不会对你这样的。"笑过了苏艳红又说。

"你……后爸对你凶吧?"林育平有了一点兴趣地问。

"我后爸啊,对我倒不凶。四个后爸没有一个对我凶的,倒都很喜欢我的。我姐姐她们就骂我天生会讨后爸喜欢。"苏艳红又笑。

前面拐出路口就到学校了。林育平望望苏艳红,苏艳红知道他眼神的意思,却依然和他一起走着。林育平站住了。苏艳红也站住了。

"你怕什么? 是我跟着你的,又不是你跟着我。"

"我不喜欢……"林育平说着停住了。

"我喜欢嘛。"苏艳红有点玩笑似的,像是故意要逗他生气。

林育平脸上黄黄地显着红,这时他的神气狠狠的,很惹人注意的。苏艳红只顾看着他笑。

"你……活该有四个后爸的。"林育平说。

"那是我妈妈的事。有三个后爸是死了的,连我爸爸是四个,还有一个根本没结婚就分开了的。都说我妈妈是扫帚星。可是我知道,谁叫她老是找的是老头子呢。"苏艳红滔滔不绝地说着。

林育平不说话了,他蹲下来,也不抬头看苏艳红。停了停,他慢慢捡着一根树枝在地上画着。苏艳红也蹲下来,看着他树枝下的一道道线。林育平抬起头来,他正看到苏艳红朝他笑意微微的脸。

"你走……"林育平眼瞥了一下,垂落下去,浑身都仿佛在颤动着。苏艳红就站起身来先走了。站起来的时候,她的手在他肩上轻轻地抚了抚。林育平使劲地晃了一下肩。

二十五

到那年暑假时,苏艳红和林育平关系很熟了。有一段时间,苏艳红经常到林育平班上去,见了林育平,就笑微微地叫一声:"林育平。"他有点红着脸不作声。她却高高兴兴地,也和他班上的几个高个子男生招呼,她和他们相处得很好。那几个班上的顽儿头,都围着苏艳红,和她说笑。有女同学暗暗地议论着,说苏艳红身子这么早就发开来了。确实,眼见着苏艳红浑身显出丰满来,衣服都像是包了在身上,到处鼓鼓的。林育平很想自己身子也有那么丰满,可是他就是显得单薄瘦弱。他不再显着拒绝苏艳红的样子。他觉着班上他敬重的高个子男生,都对他另眼看待了,不再嘲笑他,不再哄闹他。他心里清楚是苏艳红的缘故,大概是苏艳红向他们说了什么,要不就是他们看得出他与苏艳红的交往。这使林育平不再拒绝和苏艳红在一起,另外他又感到心中有点妒忌着她。他既希望苏艳红来了先和自己招呼,又并不希望她的出现。

到了暑假,苏艳红经常出进林育平家。她常是走到葡萄架下就叫一声:"林育平。"接着把头伸进他的家门。她看得出,他不希望她在他父亲在家的时候来。她也弄不清为什么。她常常只清楚他的表情,他的意思,但不清楚为什么。她也不想去弄清楚。只是顺着自己的心意去做,希望看着他。有时故意在他父亲在家的时候去,和他父亲谈句话,显着笑容可掬的模样。他的父亲很欢迎她去,照例会在她面前数落林育平几句。林育平照例也是默不作声。苏艳红感到他心里在嗔怨她。有时她会当着他父亲的面,问他父亲为什么对林育平这么凶。说林育平很好的。说自己家就是没有男孩,母亲老说她是个男孩就好了,好像有个男孩就不会有那么多后爸了。她这么一说,他父亲显得对林育平和颜悦色了一些,不尽说使他难堪的话了。但林育平并不高兴她的话。在这一点上,他同样觉得有点恼恨她。她也感到林育平并不高兴,还是弄不清楚。他父亲在家的时候她去他家当然是偶然的,她也不想他老不高兴。

苏艳红没怎么见着林育平的母亲,极偶然听到一下她在里房轻轻的叫声,是很轻很软的叫声。后来苏艳红见到了她。那次他母亲坐在桌边,低着眼听他父亲说着什么。苏艳红第一眼见时,还以为她是林育平呢,冲她叫了一声"林育平"。只见她微微抬起一点眼,苏艳红看到她脑后的长发,有点愕然。他母亲只是瞥了她一眼,就不再理会她了。他母亲也是一张修长的脸,也是淡黄的肤色,也是很文气的,浑身都显现着一种秀静的神情。在显得有点阴暗的家中,看不清她脸上的细微,远远看过去,根本看不出她是四十来岁的女人。苏艳红向林育平提到他母亲时,她看得出林育平回答得比较勉强,似乎不怎么愿意谈母亲。苏艳红注意到林育平应母亲的招呼没有对父亲那么认真,似乎并不把母亲看重,她也弄不清楚其中的原因。同时她也看得出他母亲对自己不怎么热情。往往没有权威的人会被人忽视,苏艳红也就不去追问什么了。

暑假在家的林育平显得精神了一点。苏艳红发现他平时什么都胆小。她去见他时,总见他在做事,洗衣服,烧饭,还有收拾家。苏艳红清楚那是他父亲关照了他的。他父亲关照了他一句什么,他总会记得清清楚楚,赶着去做完。他家里总是干干净净的。苏艳红喜欢干净,但她不喜欢他总是用水冲地。他家里是水泥铺的地,他每天都用水去冲一遍,冲得地上湿漉漉的。苏艳红站着他家的门槛叫着林育平。只见林育平赤着脚裤腿挽得高高的,两条修长的腿也是淡黄黄的,在一层水地上很轻盈地走着,走得很小心又很轻盈。地上的那层水亮映着他的脚,越发显得秀气。

"你做什么老站在门槛上?"他声音里充满着不高兴。

苏艳红笑笑地退下来。她知道站在门槛上要给人家触霉头的。这是一种忌讳。当年在南城小巷时,就有过一个比她大一些的男孩告诉过她。她也是站在那男孩家的门槛上,那男孩是带着笑告诉她的。当时她还对他生了气,当然是故意的,弄得那男孩赔了不少的小心。以后她还故意当着那男孩的面踏他家的门槛,那男孩显得无可奈何。

林育平用水去冲门槛。苏艳红退得远远的,本来有点潮湿的门槛印着了她两条浅浅的脚印,水冲了以后显着了外面的一点亮。苏艳红嘴里像吃惊般地叫着。林育平却显得高兴地笑了。他的笑很少,往往显出了他的精神,给人一种很得意的感觉。

似乎只要和水接触,林育平便显得精神起来。那日苏艳红去他家没找着他,回头在街上转悠,远远地见靠她家不远的河堤上,站着一个穿着游泳裤的男生,她一眼就发现那是林育平。她已经看惯了他的淡黄黄的肤色,只见他两手一伸身子一纵跳下了河堤。

那样子完全不同当初面对翻越障碍和同学们讥笑时的模样。似乎换了一个人。走近河堤,苏艳红看到他在河里左一侧身右一侧身地划着水,自如得真像一条鱼。

夏天的河水很清,是淡绿白色的。就见林育平往水中一钻,过了一刻才钻出水来,只在水中露着一个头。他见了苏艳红,很得意地笑着朝她扬着手,嘴里喊着:"下来吧。"苏艳红还是第一次见他那么自在地向自己招呼,也就脱了长裤和衬衫,穿着一条短裤和背心,爬过河堤慢慢地下水去。

这是她第一次下水。她平生什么都不怕,不知怎么地就是怕水。原是不敢下水的,经不住林育平招呼,不管三七二十一下了水,但见白色的水一层层地涌过来。她屏着气走到齐胸的水里,再往下走,只觉得血在往下沉,那水仿佛涌进自己的身体,自己的身体像是开了一扇门,而血一下子沉了下去。稀里糊涂中,没知没觉地只管用手乱打着水。心像压着什么往下一直沉下去。她想退,但已不知东南西北,只是凭着本能动着身子。水从她眼耳鼻嘴中汹汹涌涌地钻进去。她叫不出声来,觉得身子也往下沉着。就这时她觉得自己有了一个着力点,像被什么托住了,她使劲地攥着那东西。她感到了滑滑的一个身子,她在昏昏的感觉中,也能意识到是林育平在托住她。她只顾攥紧着他,他挣着身子,尽量不让她攥得太紧。直到他把她托出水面,她依然攥紧着他。他把她靠在河堤上,拉开了她的手,自己又蹿到河里去了。

苏艳红站在河堤上,浑身水淋淋的。她望着林育平在水里游动着的身子,刚才的感觉还在她的心里。她接触过男人,但她还从来没有这么深切地感觉过。她直直愣愣地望着林育平,只见他游到了一个船舷边,扶着船,头一甩去,想是甩掉头发上的水。他爬到了船边上,他那修长的淡黄的瘦削的只穿有一条游泳裤的身子整个地映在了她的眼中。显着她从来没感到过的男人身体的美。那时她还不清楚美的概念。她只是呆呆地看着。她完全不知道周围桥上路边的人的眼睛,都在望着她自己,望着一个背心短裤都被水粘在身上的姑娘,望着一个身材丰满的水淋淋的姑娘。她所有裸露着的皮肤都映着斜阳,闪着一种如雪如玉般的白亮。

二十六

多少年后,苏艳红回头过来想到林育平。她想到爱情这一扇门,她是怎么走进去的?这一扇门开在哪一个点上?她自己也弄不清。要说是情感的话,她似乎觉得和她接触的男人都有情感。那么作为爱情来说,是不可能有那么多的。要说对林育平的情感特殊,她以后接触的男人也都各有特殊性。一个男人和另一个男人都是不一样的,都有着他们不同的色彩。要是说因为第一个男人的话,在林育平之前她就接触过了男人,在肉体方面要比林育平更进一步。好在苏艳红也从不回头想什么,也从不想把什么事弄清楚。在那一个阶段,她的心中有着一个林育平,常会想到他,喜欢和他在一起。至于爱情,就算是有一扇门,那门也是虚的,若有若无的,看不清的。看清的东西,苏艳红有时也觉得不清楚,不要说看不清楚的了。

苏艳红是喜欢夏天的。除了水,她喜欢夏天里的一切。她本身就是夏天生的。她的母亲就不喜欢夏天。苏艳红感到她母亲不喜欢夏天。自然她也弄不清楚是为什么。她觉得大概是她母亲太胖的缘故。四十多岁的女人生了四个孩子,已经显出老妇人的样子来。往往上班回来,先要坐着喘上一会儿的气。自从苏艳红记事开始,她母亲好像就是这样的。她后爸说她母亲是疰夏,她母亲说自己是孩子生了太多的缘故。都是为了你们。这句话,她母亲原来对着苏艳红和她的姐姐说,现在只对苏艳红一个人说了。也用都是为了你们这句话。苏艳红知道姐姐们很不愿意听母亲说这句话。苏艳红却不感到怎么样,她自小就听惯了,母亲什么事都会说:都是为了你们。

从外人的角度看,她母亲的一生很不容易。嫁了好几个男人生了好几个孩子,要拉扯她们长大,搬了好几次的家,适应一个个新的陌生的生活,实在是不幸的。但苏艳红和她的姐姐不会这样认为。苏艳红早就听姐姐们私下里说她母亲是自找的。她们一点也不体谅母亲。这一点她母亲也清楚,所以就老是不停地强调吧。苏艳红后来也想到母亲她确是自找的。苏艳红想到这句话时,已经离开母亲好多年了。她的意思里并不是认为她的母亲不容易,而只是认为她母亲是自愿如此的。至于当时在家里,她母亲一点也不累。特别是夏天,她母亲几乎是什么事也不干,仿佛是什么事也干不了。家里的事都是苏艳红和她姐姐干的,搬到中心市后,事情也就都是苏艳红干的。苏艳红印象中的母亲,也就是一个很享福的母亲,外面有后爸赚钱养家,家里有女儿做事。很长一段时间,苏艳红对未来的想象,就是将来能过像母亲一样的生活。

与母亲不同的是苏艳红的后爸,却是不喜欢冬天,可以说是惧怕冬天。一到冬天,便把身子缩了起来,颈子里裹着围巾,耳朵上戴着耳套,手上戴着手套,回到家里还是不断地擦着手,双手笼在了袖管里,嘴里发着咝咝的吸气声,仿佛气接不上似的。母亲会笑着说:"看你冻死鬼一样。"后爸也就笑笑,摇摇头,弄不清是冷的反应还是否定的意思。奇怪的是在苏艳红印象中几个后爸都是一副样子,连母亲和他们的对话以及反应都是一样。苏艳红也弄不清是不是她母亲找后爸都是用一种眼光去找的,也许只是同一类型的后爸才会看上母亲。那么让人感叹的是,他们也都会得到同样的一种结果,再一次让母亲做寡妇,也依然都是在冬天。

后爸又死了。母亲哭得呼天抢地的。两边院门里的人家因为平时院门重重,来往不多,也都被母亲的哭声引来,就连聋着点的老夫妻也注意到她的哭声,她的哭声一起,便围着好些邻居,嘴里念着可怜,尽量帮着做点什么。母亲只是埋头号啕大哭,鼻涕眼泪整个是个泪人儿似的,念叨着后爸生前的好处,念叨着自己的命苦,哀痛着自己的命运。哭得周围的人也都流着泪,包括那一对老夫妻和平时交往不多的双职工。只有苏艳红忙前忙后地忙着事,似乎也不流泪也不伤心。注意到这一点的邻居,又听着母亲念叨死者对孩子的好处,都暗暗觉得这个姑娘还真不大懂事,遗下这么个不大懂事的女孩和一个伤心的身体很弱的寡妇,越发觉得她母亲的可怜。

姐姐们都来了。往往只有后爸的死,才让出嫁的姐姐们聚在一起。她们默不作声地安排完死者的葬礼,默不作声地应付完死者以前的家庭亲戚的麻烦。母亲只是哭,一直哭到一切结束。四个女儿和她对坐下来,她擦去了泪,叫一声:"我的命怎么这么苦啊。"

这时苏艳红像是真的想到了后爸的样子,也许是看到了姐姐们都在了身边,眼泪就一颗颗地滚落下来,姐姐们也都默不作声地转过头来,看着她哭。随后她们的泪也滚落了下来。这时苏艳红的母亲也就静静地看着四个女儿在哭。

"都别再哭了吧。"过了一会儿母亲说。

三个姐姐和母亲说话。她们这时才开口叫她妈妈。她们谈话时提出来,要母亲不要再急着找后爸了。母亲说我把你们都养大了,她们反来复去说着要母亲不要找后爸。母亲也翻来覆去说着:我把你们都养大了。后来姐姐们商量了一下,说愿意每人每月出五元钱给小妹作生活补贴,加上母亲的工资生活费肯定是够用了。还是一句话要母亲不要急着再找后爸了。

苏艳红起先只是听着,后来她说:"你们别劝她了,她要找她走,我是不会再跟她走了。"

姐姐们没有应声,只是望着她,眼光中含着同情。也许这样的话她们曾在一次相同的情况下说过的。没想到这个以前和母亲有点相像的"小疯婆子"也说了。只是她们想到,你不走怎么办?总不至于还在读书就嫁人吧。城市里已经提倡晚婚,也没这种可能呀。

最后母亲没说定什么,但好像是应着了什么的意思。

苏艳红陪姐姐们在中心市玩了几天,心情就快活起来。姐姐们走了,家里没有后爸的日子对于苏艳红来说是不多的,她有一种冷清感。母亲回来的时间明显迟了,有时星期天也不在家。苏艳红误了一些课,挎着书包去学校时,想着要见林育平,想着自己套着黑袖套去他家里,大概又会被他忌讳了,就站在他家的院门外大声地叫林育平。才叫了一声,见林育平已挎着书包出门来。

林育平见了她,朝她看看,也不作声,只顾往前走。他的神情懒懒的。苏艳红这几日出进在火葬场和哭声之中,也没在意,依然和他随便说着话。林育平只是不应声。一直走到那条巷弄里,林育平才说了一句:"你做什么也戴黑袖套?"

苏艳红这才看到林育平的手臂上也戴着一个黑袖套,她早就看在了眼里,竟没有注意。不由得笑起来说:"你家里也死了人啦?"

一句话说完,就见林育平蹲了下去。苏艳红弯下身去看他,听他呜哇的一声哭起来,双手捧着脸,眼泪从指缝里直滚落下来。他的双肩一抽一抽的。

二十七

　　林育平的父亲死了,死在另一个女人的家中。对这一个女人林育平和他母亲也都是熟悉的,他父亲并不避他们。听到他父亲的死讯,他们去了医院,那是死了以后送去的。究竟怎么死的,怎么会死的,苏艳红只从林育平嘴里听到一点,她弄不清楚,只是感到林育平对那女人很仇恨的口吻,但这件事并没声张,想母子俩哭都是不大会有什么声音的。不会像自己母亲那样哭天抢地的招人。苏艳红竟也就没有发现这件事,也没听说这件事。住在一条街上的人家大概都知道她家死了人,却很少知道他家也死了人。苏艳红本来还以为死的是他母亲呢。她想着他母亲那有病的样子,而他父亲是那么健壮,那样有生气。要不是林育平自己哭着说出他父亲死了,她真准备问你母亲怎么死的话来。

　　林育平侧过头来,看着他泪流满面哀痛欲绝的样子,苏艳红心里都是一颤一颤的,她一下子也哭了起来,她哭着说着:"我也死了爸,我也死了爸呀。"她伸手去围他头。她把他的头围得紧紧的。

　　林育平的头摇晃着挣扎着,就听林育平在她的胸前发出含糊的声音来:"我是亲爸,我是亲爸……"

　　"我们都没有爸了。"苏艳红说。她只想着不要他再哭。她不想他再哭。

　　以后的几天中,苏艳红总是往林育平家去,帮林育平做做事,和他一起说说话,听他说他父亲的事。林育平说完了总要说一声:"你不要对别人说啊。"她就说:"我不会对人说的。"像保证似的。

　　学校就快放寒假了。好在那年月里期终的考试也是考考而已,成绩并没多大用处。考完了就放假。苏艳红有更多的时间找林育平,也把林育平带回家里来,她觉得现在这个家完全是她自己的了。

　　林育平很长时间不能从他父亲的死之中摆脱出来。脸上总是带着一种哀戚的表情,眉眼低着,也从来没有一点笑意,什么事都鼓不起精神来。有一次,苏艳红到他家里去,外间没有人,伸头往里间一看,只见林育平正和他母亲面对面地坐着,淌着泪,只听到一声声的低低的抽泣声。苏艳红退出身来,庆幸自己没叫出声来。这段时间她去找林育平都不再大叫大喊的。林育平的背朝着门,苏艳红看到了他母亲抬着的眼光,他母亲对她的眼光总含着一点什么,苏艳红觉得不像是敌视,也不像是喜欢,更不像是亲热。她不喜欢看到他母亲的眼光,她感到林育平太像他母亲了,见一次就有一次这样的感觉,她自己也弄不清。似乎是母亲影响了他的情绪,也只有他母亲才这么长时间地哀痛着。而自己的母亲哭的时候哭得昏天黑地,很快就又说又笑的了。她不觉得自己的母亲好,不过她又觉得像他母亲那样老是和儿子一起伤心是很奇怪的。原来她一直有一种感觉,似乎他父亲对他母亲来说是一种压抑,他母亲现在应该是感到解脱了的。

　　林育平第一次到苏艳红家来,站在门口,似乎有点忸怩不安,朝四下院子里看看。院子里几家的门都关着,他还是犹犹豫豫想进不想进的。苏艳红说:"我家没有人的。"

　　"我知道。"林育平进屋了,一边说着。

　　因为没有了后爸,家里的收拾也就马虎了,东西放得有点乱七八糟的。林育平在屋中间站着,用挑剔的眼光看了看。天窗上一片光正映在他的脸上,他闭着一点眼睛,头略略地歪了点,被光映着的半个脸上,泛着一层淡淡的红,像涂了一层色彩,他的眼眨着,睫毛长长的,扑簌簌的,总像含着什么似的。

　　苏艳红也站着,看着林育平,笑意微微的,看了一会儿她笑起来。

林育平看看她。没等他说出话来,她就说:"我看你的样子蛮好玩的。不不不,不是说你好玩,"苏艳红神情难得认真地说,"你可以去当演员上台的。"她心里还含着笑。

"我外公就是当演员的。"林育平有点夸耀地说。

"演什么的?花旦吧?"苏艳红问。她母亲很喜欢看戏,嫁到县城里,家门斜对面就是剧场,她经常弄票看戏,一到来好戏班子就兴奋着。苏艳红曾经想到母亲肯嫁到小县里来,是不是因为也看中这个剧场的。

林育平低了低头说:"我也不懂。就听我爸说过的。我妈她……你不要对别人说,说了……"

"你放心好了,我们说的话,我是不会对任何人说的。"

苏艳红又像保证似的。后来他们一起在里屋坐下,说着没多大意思的话。说不清是不是在苏艳红家里的缘故,林育平显得比平时话多了一点。苏艳红翻箱倒柜地把家里的东西拿出来给林育平看,还翻出了压在抽屉底处的几张照片。那些照片苏艳红好像也没全看到过,她认得有两张是小县的后爸和最近去世的后爸与母亲的结婚照。除此以外居然还有几张母亲和一个男人拍的风景照。她看惯的母亲穿着总是随随便便的,似乎只有这样才相配老样的后爸。但照片上的母亲显然是打扮了的,相反那个男人却像是很随便的样子。合照有三张,还有两张是母亲的独照,看得出是那个男人给她照的,不光后面的风景与其他的合照相同,单看母亲脸上的神情也显着一副要取悦男人的模样。

照片是摊在床上看的。苏艳红把照片一股脑地揉乱着,嘴里说:"哪百年的照片。"林育平却感到兴趣地拿着一张人像大一点的合照看了一会儿,又看看苏艳红说:"照片上的这个人很像你的,是你的亲爸吧?"

听此一说,苏艳红便拿过照片看看,又去旁边五斗柜上锈雾迷迷的旧镜子里照照自己,笑笑,又不笑,摇摇头,又点点头,随后就把照片丢到床上去。说:"我也不知道他是不是我的亲爸,谁知道她和哪一个照的。反正我一出世就没见过我亲爸。谁是我亲爸都没多大意思。"

林育平重去拿了照片看,看了一会儿说:"你爸……不管亲爸后爸,反正是你爸……他倒真像个……男人的。"说了他的脸上也含着一点笑意,他笑的时候,嘴角和眼角都有点弯弯的,像孩童般地得意着。苏艳红望着他,过了一会儿笑起来。笑得腰弯下来。林育平被她的笑弄得有点不知所措,脸色发红。苏艳红的身子靠到了林育平身边。他正坐在床沿上。她突然一下子把林育平的头给抱住了。抱的时候她还笑着,林育平直晃着头,声音含含糊糊的。苏艳红笑着越发把头在胸前抱紧了,和他打架似的。他的头摩擦在她柔软的胸前,她觉得她的胸能感觉着他的细长眼,尖尖的鼻,小小的嘴,和瘦瘦的腮帮,仿佛还有那长长的睫毛。她的胸从来对男人还没有过这样敏感的触觉。她抱了一会儿,不再感受到他的反应,他的反应成了她内部的一种感觉。那新鲜的感觉让她神迷。他站在船舷上只穿一条游泳裤的形象在她的触觉中游动,淡黄黄的,修长的,光滑的,细腻的,裸露的身子,闪着一点感觉上的亮光……她不由得慢慢移下身子来,她的鼻尖在他的额头上滑落,蹦跳在他的鼻梁上,最后她感觉到了他的薄薄的嘴唇,她想深深地感觉,她向那儿伸出舌尖去,那儿抿合着。她想把那条细缝挑开来,越挑却是越紧了,越紧她就越用力去挑,以后她的感觉便都在挑与紧的搏斗中了。

也记不清过了多少时间,他们默不作声地像是做着游戏。终于游戏结束了,她和他离开了身子,互相不让步地直望着。后来他摇晃一下头,像甩水似的,又用手擦了擦嘴说:"你舔得我一嘴的口水。"

苏艳红听了便哈哈地笑起来,笑不可支地,手肘反撑着床,一只手乱舞乱舞的。林育平被她的笑弄生气了,站起来,红着脸朝她望着,身子像要转去离开。苏艳红不笑了,慢慢歪着头从他的肩头望过去。林育平感觉到了什么,回转身去,他看到一个胖胖的女人站在门口,从那女人笑的样子上,他想到她是苏艳红的母亲,同时他想到她大概是看到了刚才的情景,也看到了床上的照片。

"你走开嘛!"苏艳红朝母亲叫了一声。她母亲就转身走了,背影还仿佛带着笑。

二十八

快过年了,苏艳红的母亲有一天突然提到去小县一次,并要苏艳红陪她一起去。

"是不是你又要嫁人了?"苏艳红问。

"死丫头,我要嫁人带你去做什么?"母亲说。

"叫我去做做参谋呀,还就是让我同意呀。要不,要我陪你去那里做什么?"

"我为了那里的房子。听说有人要占我们家的房子。你将来下放也可能到小县去的,房子可不能让了出去。"

母亲嫁到中心市里来时,一个熟人住进了小县的房子,苏艳红当时根本没有想到那所房子的归属。这一年多她好像长大了不少,想母亲嫁到那里没多长时间,作为一个遗孀自然继承,倒弄了一所后爸的房子,那些和小县后爸有几十年血缘的亲属反倒什么也没得到。城里的房子紧张,那些人当中当然有想占房的,假如是她苏艳红也会生出占房的念头来的。苏艳红心里向着母亲,另一方面也想到母亲一次次的嫁人到底还是不吃亏。眼下她们住的房子又是自己的了。

"你下一次要嫁人的话,再嫁一个有房子的。"苏艳红笑着说。

"死丫头,越来越没大没小了。"母亲也笑着说。

苏艳红就随母亲到小县去。她们住在原来的房子里。那家人家空出了床,安排房子的主人。苏艳红并没听到有什么关于争房的话题,在那里过了一个年。再到小县城里,她觉得一切也不错。母亲走东家串西家,走得很忙,她就带着一张嘴去吃。找以前的一个个同学谈天,和她们说她班上同学谈恋爱的事,也说到她的林育平。小县城还不开化,那些同学都听得一愣一愣的。

过了年又开学了,有一段日子苏艳红没见着林育平了,上学去家里没找到,放学去看他没看着,问起来说他每天都上学啊。找了两次,他班上那个大个子说:"林姑娘有了新朋友了。"

苏艳红和他们这些人说惯了笑话,并不当真。想着要见一见林育平,第二日起了一个老早,到林育平家中去叫他。林育平还在吃早饭,看见她没作声只顾自己吃自己的。苏艳红看惯了他的样子,也不在意,只是不想见到他母亲的眼光,就在小院子里看葡萄架。林育平挎着书包出来了,她和他一起走着,和他说着话,他也应着她。

走到小壁巷子里,苏艳红笑着问:"你有女朋友啦?"

林育平一下子脸上红了一片:"我有什么……女朋友?"

苏艳红感觉到他的神情确实是有了一点变化,问到这件事时,脸红得也快了些,不过他的话倒也不像是说假。她还从来没听他说过假话。自从他父亲去世以后,他总有一种淡淡的哀痛在神情上的,一个年过了好像消退了。他显得有点精神了。苏艳红弄不清楚,也不去多想。就和他说起了小县的房子,又说起了小县里的风俗人情。林育平只是听着。

这天放学苏艳红去找林育平,又没找着他。这么过了两三天。苏艳红在最后一节课的下课铃一响就出了课堂,挤开着放学的人群,看到林育平从他的教室里出来,也不往旁边看,步子很快地只顾往另一边走。苏艳红只见他在人头之中晃着。她想叫他,怕他是听不见,就赶着过去。她突然决定不再叫他,想着要跟踪他,看他到底做什么去。她贴着墙学着电影里跟踪的样子。他走到了学校的后角,那里篱笆上有着一个洞,他钻了出去,钻得很灵活。从那里过了楼群,又过了一条马路,他进了另外一所中学。到苏艳红赶过马路,林育平已在那所学校里没了踪影。

苏艳红靠在学校旁边的墙上,她第一次感到心里很难受。她想到他肯定是有了新的女朋友了。他没看上她。他看上了另外一个女生。这一刻间她醒悟到自己是恋爱上了,同时是失恋了。苏艳红感觉到了悲伤,她的面前闪动着一串他的形象。她还没来得及把那悲伤的滋味品一品,便又看到了林育平的身影,他和一个比他高半个头的男生一起从学校出来,那男生推着一辆自行车,一出校门蹬上了车。林育平跟了两步也跳上车去,车扭了一扭,又稳住了,听到那男生斥责着他。他不好意思地笑着说着话,身子往前抱紧着那男生,像是对他表示道歉的样子。

苏艳红笑了笑。她心里并不觉得好笑。

以后的许多日子里,苏艳红和林育平很少在一起。她知道他经常和那个男生在一起,偶尔一见,苏艳红觉得他仿佛长大了不少,脸上也很少显出他怯怯弱弱的情态来。她深深地感觉到他的疏远,又感到本来就是如此。她觉得他越发吸引着自己。她也不知是他变了,还是自己的心境变了。有时她独自站在桥上,会有一种怅然若失的感觉。也不知自己失了什么,总好像有什么事不大对头。以前往往有自己不大清楚的事,也就任它不大清楚,现在常常要好好想一想,特别是林育平的说话和情态,一想就想出了许多的烦恼。原来面前的世界好像是彩色的,现在常常显出黑白的镜头来,眼前有点灰蒙蒙的。她觉得自己的性格也变得柔软了。

有一次,母亲从外面回来,见女儿一个人坐在床边上,望着窗子,也不知坐了多少时间,屋里静静的,这在以前是从来没有过的。只要苏艳红在家,走到院门口就能听到她的动静。苏艳红见着母亲笑了一笑,好像一下子又活了起来。母亲问起来,苏艳红说只是在床边坐了一眨眼工夫,她说母亲是笑话她。母亲说她是要想嫁人了。大姑娘有心事留不住了。

就这么一天天地过去,苏艳红他们就面临分配了。这一天,她在学校操场上找着了林育平。她拦在了林育平的面前。他朝她看着。这一阵子林育平有时也会和她聊聊天,他的脾气苏艳红也习惯了。他有时和她说说笑笑,显得很开朗的样子,有时又不怎么理睬她,好像生着她的气。苏艳红往往会想到他是从另一个人那里得到了什么反应。这一点只是凭着女性的敏感,她自己也感到这敏感有点莫名其妙。

"林育平,我问你……"苏艳红忍不住地说。他看着她,她突然觉得自己不知该怎么说。她从来都是想说什么就说什么的。"我……算不算你的女朋友?"她说了,意思是很明显的。

林育平显然没想到她会这么问他。他低下眼去,说:"我妈说……"

苏艳红说:"我不管你妈怎么说。你说呢?"

林育平支吾了半天,说:"我不知……"

苏艳红说:"我想知道。快分配了,是男女肯定都想分到一起去。"苏艳红还是说话时刚想到了分配,就说了出来。

林育平突然好像犯起小性子来,他涨红着脸说:"你别问我!"说完他就从她身边钻过去了,钻得很快很灵活。

那两年社会的潮头转得快,突然,学校宣布从苏艳红那一届分配不再上山下乡了。于是教师的威信也逐渐恢复了,开始抓起了教育质量。这一来又到了夏天。

终于学校毕了业,林育平分到了酱醋厂门市部,苏艳红分到了丝织厂。

二十九

进了厂的苏艳红站在蚕丝机前,看着一根根银白的丝被抽出来,蚕茧在水中微微地跳动着,白生生的蚕茧打着旋。从机器这一头望过去,一排边的白生生的蚕茧都一般地颤动。许多的女工穿着一色白的工作服,低着头接着断了的丝。那白得透明的丝。仿佛她们也被什么牵动着,颤颤的。

更少见林育平了。他在家的日子没有定准,有几次苏艳红去他家里,一路叫着进里屋,只见他母亲静静地坐在床旁的一张木椅上,木椅上铺着一块色彩朦胧的布。她母亲静静看着她。苏艳红也就缩回头去,走了。

林育平的门市部在城的另一头,苏艳红也去过。一个很小的门面,开着两扇木门,里面的柜台是一个横面加上一个拐角,拐角里面用门帘挂着,大概是通后面酱醋厂的会计室。林育平围着一个围腰,长长的一直围到胸前,手臂上套着一对护袖,都是蓝布的。里面生意清淡,没有顾客。几个女营业员也在说笑着,林育平双肘伏在柜面上,微微低着点头,眼垂着,脸微微红着,好像她们是在说着他。他好像也在说笑。苏艳红叫了一声:"林育平。"走进店去。

他抬起身来看着她,苏艳红想他又会对自己摆出一种神情淡淡的样子。一瞬间中,她确实从他的脸上看到了这种表情。很快他红了红脸,向她招呼着:"你……来了啊……"他向柜台上的同事介绍说:"我的同学……"苏艳红觉得做了工作的他显得大方了一点。

小门市部和林育平家里一样暗蒙蒙的,开着的一个个酱醋的缸和瓮头,溢着一股混合的酱醋的甜酸味,嘤嘤嗡嗡地飞着几只苍蝇,间或停在同样显得黑蒙蒙的木柜台上。木柜台上露着木质根根的筋,被磨得光滑滑的,筋边的木质又显得松软了。苏艳红嗅着味,有一种乌七八糟的感觉,她觉得他站在那里面很不相称。

苏艳红露着笑,像别久了见着的熟人一样说着话,说着自己的工作,说着社会的传闻。那时都是那样说话的。说了一会儿,她带着笑和他的同事道了别,又明显向林育平丢去一个眼光,回头走了。出得门来,她吞吐了好几口气,还觉得嗅着那股酱醋味。

以后见着了林育平,她总像嗅着了那股酱醋味道。她依然笑意微微地看着他。他却越来越疏远她。苏艳红知道那还是因为他有着另一个男生的朋友,她弄不清那个男生怎么会隔在她和他中间,她隐约地感觉着什么,又还是弄不清楚。有时想到自己是一厢情愿,正如人家说的单相思,偏又不大服气。她对他一直很好的,她实在弄不清楚他为什么会这样。

那时在城里做了工作的年轻人,自有一种幸福感,因为周围总是有人谈着乡里插队知青的生活。城里流传着知青哀伤的歌曲,流传着知青痛苦的故事,相比知青,不管是在丝织厂,还是在酱醋厂,都是让人羡慕的。多少年以后,再想着那种生活,苏艳红就觉得那幸福实在是麻里木笃了。

幸福的生活过得快,一年过去了,又半年过去了,苏艳红的故事还没有更新,她在丝织厂那一段生活是最平静的。以前是随着母亲流动,而再后一点是自己在流动,只有那一段时间像是凝止了,最多像蚕茧在抽丝机的水槽里微微地颤动。苏艳红后来想到,自己竟会那么老实地过了那么一段生活。那段生活她的回忆中好像是空白,什么也记不起来了。

又到了一个夏天,苏艳红工休在家,她那时能安安静静坐着,能乱七八糟地自己也不知想些什么。她坐着想着,外面响了一阵的不知是救护车还是救火车的声音,那时街上抓人车少了。她忽然就想着了学生时的夏天,想到了那年游水的事,她起身去林育平家里,她觉得她和林育平关系从来就没有断过,只是和他在一起的时间少了。

穿过阴暗的葡萄架,林育平家的门开着,里面静静的,她怕叫着又会看到他母亲的眼光,便轻轻走进屋去,伸头朝里屋里看。一眼见着了林育平的背影,他坐在床踏板这一边的凳子上,而他母亲常坐的那张木椅上正坐着那个男生,她最早见着时的那个男生。现在他应该也是个有工作的了。苏艳红这一次才完全看清这个男生。他们称过去的男同学还是男生。她想他应该算一个男人。他坐着,上身显得很长。林育平的身子弯着。苏艳红完全看清了是个男人了。他一张国字形的脸,颧角略高,腮显得薄了点,脸上有几块生青春痘遗留下来的红印痕。他的眼光流动得很快,流到她的脸上,停下了。他的身子一动也不动,还保留着和林育平相联系的表情。

林育平靠他坐得很近,从背影上看几乎贴着了他的身子。林育平的一只手正在翻着那个男人的一个领子,像是那个领子怎么也弄不平整,他很细心地很有耐心地翻着。嘴里轻轻地说着什么。恍惚中,苏艳红还以为那是他的母亲。那动作应该是属于他母亲的。只是那男人的形象让她有所醒悟。她很想退回步子。一瞬间中,林育平似乎触电般地感觉到了什么,猛一下转过身来,苏艳红看到了他红红的脸,和红红的细长眼。她便叫了一声:"林育平。"惯熟地踏前一步。

"你来做什么?"林育平像是叫着。

"你有了男朋友,就不要女朋友了?"苏艳红说。

"他不是……男朋友……你不是……女朋友……"

苏艳红听得笑起来。林育平满脸通红的样子,她觉得很好玩。她觉得他把话都说岔了。她一直看到林育平是细声细气的,还没见他这么发急的。

那个男生说话了:"人家来玩,你怎么了?"他本来就看到了苏艳红,开始只是愣愣地望着她,等她和林育平对话时,他在椅子上动了动身子,微微地一声不响地笑看着他们,这时对林育平说了话。林育平一下子安静了下来,转脸朝着他,像是不愿看到苏艳红。

苏艳红显出了笑模样,迎着男生的眼光。她和男生说了几句话,她的眼角瞥着旁边的林育平,只见他微低点头,他的身子有点颤动似的,他的腿靠着那铺着花布的木椅把手,手指垂靠在那男生的臂上,手指微微地环起,细长而淡黄,他的眼光垂下来,瞥着稳稳地坐正在椅子上的男生。那男生脸上显着一种很沉稳的神情望着她,眼中直射着亮亮的光。坐着的和站着的形成一股对比强烈的气势。一个宛宛转转,一个坚坚实实。他们的后面是一壁干干净净的墙。旧式中式床框上,挂着一顶白尼龙蚊帐,一个银色的床钩钩着一片折皱着的帐沿,很绵很柔的帐沿搭在木椅边,贴着那男生另一只手臂,融成了一个画面。当时的苏艳红想不着用柔和刚来形容那幅画面。但那个画面很久都让苏艳红感到一种淡淡的疑惑。

三十

　　以后的半年中,苏艳红还如以前那样和林育平交往。一天,苏艳红下班,见母亲在家里和一个男人正说着话,母亲说着笑着。每次苏艳红看到母亲和男人在一起,发现她都是穿着一件土黄色的春秋装,那短短的春秋装使她显得很肥,但也显见她是打扮了一下的。她的头发却总是蓬松散乱着的。苏艳红弄不清那些男人怎么会喜欢她母亲的,而她母亲也总会找到一个个的后爸。许多当时弄不清的事,苏艳红以后都弄清了,几乎是不费神思就弄清了,连同她和林育平的事。但她以后又不再去想那些过去的事了,她又不需要去弄清楚了。

　　母亲带回来的男人目光转来又旋去地盯着苏艳红看,苏艳红对此倒是习惯了,有时带笑去迎着那目光,那目光也就闪开了。

　　男人走后,苏艳红问母亲:"你是不是又要找后爸了?"

　　母亲说:"死丫头,是给你说对象呢。"

　　苏艳红虽然接触过男人,也自己找着男朋友,但别人为她找对象还是第一次。她想到,自己是到了应该找对象的年龄了。苏艳红就笑着对母亲说:"是他的儿子吗,也像他一样是个丑八怪吗?"

　　母亲说:"要是他儿子就不差了。是党员呢,还说组长当了要当值班长呢……是他邻居的孩子。"母亲对苏艳红说了一些情况,说着笑着,像真的又像是玩笑般的。

　　苏艳红说:"不要不要,假如是他那要当值班长的儿子呢,我倒想去和他见见的。"说着也笑。笑得腰弯弯的。

　　母亲说:"你还想着那个一副姑娘样子的姓林的吧?我看啊他喜欢的是男的朋友,你不会入他心里的。"

　　"你看到的?"苏艳红问。

"是吧,我这双眼睛,什么男人看一眼清清爽爽的。"母亲带着夸耀的口气。苏艳红弄不清楚母亲话中的夸耀因何而来。但她听了觉得很好笑。

偶然有一天,苏艳红出了院门见林育平从街那边走过来,他手里拿了一条毛巾。她知道他是去河里游泳的,叫了一声:"林育平。"这天林育平显得很精神,温和地应着她。苏艳红说:"等等我,我也下河。"

林育平站着了,说:"好的,走吧。"

苏艳红便说:"你可要教我呢,要不又像上次一样淹了我。"

林育平抬着脸说:"我是不能包你的,哪有你上次那样往死里攥人。看你的样子活里活络的,一到水里像僵尸鬼一样。"

苏艳红咯咯地笑起来。说:"你知道我为什么喜欢你,因为你是我的救命恩人嘛。"

林育平脸红了红说:"快走吧。"

苏艳红在屋里面磨了一会。林育平在外面叫了一声。苏艳红在里面应了一声。林育平有点等得不耐烦,走进去看看,见苏艳红穿着一条短裤,上身是一件小背心,背心小小的,腰弯着还在箱子里掏什么,露着裤子和背心间一大块雪白的身子。

林育平说:"你找游泳裤啊?"

苏艳红手伸在箱子里,头旋过来。林育平斜靠在门边,从他那儿看过去,迎着面的是她一个硕大无比的屁股和一张挤尖了的脸。她的脸上都是汗,湿着了一大半的头发。

苏艳红说:"我不记得家里有没有游泳裤。"

林育平说:"你自己家的东西买没买过,你总是知道的。"

苏艳红说:"大概是没有买过了,我家里没人会游泳。可是我想去游啊,要不你陪我去买一套。你看我现在穿的这个样子,能下水去吗?"

林育平又看看她,她正歪着点肩,身子很丰满的她鼓着腰,她的胳膊撑在腰上,露着腋下一点黑黑的腋毛,和胳膊的肉互衬着,显得黑白分明。林育平说:"你上次好像……也……"他没说下去。

苏艳红笑起来说:"那时我还是小姑娘,现在这样出去人家会不会骂?其实穿着游泳衣,比这样还露得多。"

林育平说:"那么你还去不去?"

苏艳红说:"去,去就去。"说着就走到林育平身边来,林育平正要回转身,却被苏艳红跳上来一把给抱住了。苏艳红依然咯咯笑着,把他的头按到自己胸上去,她的胸部和颈部的肉体就触到了他光光滑滑的脸上。她站在床脚踏板上,向前撑着他的身子,很快她的头滑下来,和他贴着,形成了一个人字。她又用嘴去找他的嘴。她还记得那一次舔他口水的事。

林育平摇晃着身子,他没甩得开她,却把脸给挣扎出来了。他含糊地说:"你别闹。"苏艳红不再笑了,只是使劲地搂紧着他,只顾搂紧着,一声不响地搂着,搂着搂着,他不动了,但她感觉着他蓄着一股劲,随时要甩开去的劲,她的手臂还是搂紧着,一动不动地搂紧着。

林育平像是透了一口气地说:"你放开……我就不我……"

苏艳红说:"我不放。"胳膊上的劲松懈了一点。林育平头动了一下,她又把胳膊搂紧了。

她是站在床脚踏板上往下带点压劲的,林育平腿歪着点儿,像要支撑不住,苏艳红把身子搂正了,但还是没有松劲。

"你再这样……你再这样……"他嘀咕着,苏艳红的脸贴着林育平的头发上,她看不到他的脸,但她像是看到他涨红了脸的样子,她还是不管他,她觉得要是松了劲,她就不会再有这样搂紧他的可能了。永远不会再有了,他会永远离开她了。

在那个夏天的黄昏,苏艳红穿着一身很短的背心小裤,和穿着一条短裤的林育平在她的家中。他的身子直线条似的站立着,她斜过去撑着他,她的手搂紧着他的头,她嗅着一种深深的他体内发出来的那酱醋味,他的光滑的身子就在她的手下,她却只能用自己的裸露出来的身子去感受他,这是她有生第一次感受一个男人的身子,她的感受日后变得极其丰富多彩,然而她最深刻的记忆仿佛只有这一刻。也许她以后并没有回想,她是个从不回头记忆的女人,但她应该是无法忘记这一刻的。

"你是因为他,我知道你是因为他!"苏艳红叫着,声音不大地叫着,"你只喜欢男朋友,不喜欢女朋友!"她想着了母亲的话。

他把她的手臂挣脱了。也许是她的劲弱了,也许是听了这句话他恼怒了。他一下子甩开了她,他清楚她在说谁。他的脸上很快地泛着红,又变白了。她以为他要朝她发火,这一次她很想和他大闹一场。突然,他一下子旋过身去,没再看她就走了。

三十一

母亲下班回来了,她们摆一张桌在小院里,吃过晚饭,苏艳红坐在小桌前乘凉风,母亲到里屋去洗澡。过一会儿,听母亲在里屋叫她。她想大概又是母亲忘记拿了什么衣服,正坐在浴盆里叫唤。她进屋去,见母亲已站在了里屋的浴盆边,穿了一身刚换上的短衣裤,那条红短裤显然是新买的,有点硬硬地挺在白而胖的大腿上。苏艳红有时会想到,自己的皮肤显然是继承了母亲,母亲的皮肤也是那么白,但她有时看着母亲那白而胖的身子,想到将来自己的皮肤也会附在一个胖身子上,不由得生出点厌腻的感觉。

母亲站在浴盆边告诉了苏艳红她要出嫁的消息。苏艳红不免有点吃惊和气恼,她问母亲,就是那个男人吗?

"哪个男人?"母亲说。

"那天那个,还说为我介绍对象的。"苏艳红说。

母亲想了一想,笑着说:"不不。"母亲告诉苏艳红,她要嫁回到小县去。是小县后爸的一个熟人,说起来苏艳红也许也认识。母亲接着说她还是很喜欢小县的,她说着小县的一件件的好处。

苏艳红没有说话,她看着母亲,母亲越发显胖的身子,穿着一条宽大的红短裤,短裤下面是白胖的大腿,腿下面搁着一只长条盆,盆里是一层浮着的灰灰的脏肥皂沫。

后来苏艳红对母亲说:"你要出嫁你出嫁吧。但我不会跟你去。"

母亲说:"没有我,你一个人怎么过?"

"我都工作了,和姐姐一样是大人了,我还可以找个男人啊。"苏艳红笑起来,还是那样笑得弯着了腰。

隔了一天,苏艳红在她学校后面的一条街上,遇见了和林育平交往的那个男生,苏艳红就走过去招呼那个男生。那男生先是有点发愣,随后便含着了一点沉稳的微笑。苏艳红说:"你是厂休吧?"她走近了他,她的声音柔柔的,苏艳红也感觉到自己一下子获得了一种柔柔的声音。

那男生说:"你怎么知道的?"

苏艳红说:"我就是知道嘛。我还知道你是一个不同一般的人,你将来要成为大人物的。"他似乎又是一愣,但没有否定的反应,只是静静地看着她,他的目光中添出了许多许多的成分。

后来,苏艳红就和他一起走去。她微微地靠近着他,小鸟依人似的,他挺着胸,步子走得很稳。

又过了一些日子,苏艳红的母亲出嫁了,嫁到小县去了。苏艳红独自在家里,她常常请了病假在家里。她实在不想站在那一长条一长条的机器的水槽边,对着那一颗颗在热水里颤动的白蚕茧。她坐在床沿边静静地想着什么心思,她觉得一个女人是需要有这样的心绪的。

她听到外屋有声响,是一个人的脚步声,她并没站起,只是嘴里问了一声:"谁啊?"她的问话也是宛宛转转的,这是新近在她身体里添出来的味儿,她一下子就完全把握了。

她抬了抬眼,看到了走进门的林育平。他的脸上泛着一层红,红的里面又夹了一层白色,他的眼中水汪汪的,苏艳红也弄不清自己为什么很是喜欢他的神态。她笑意微微地看着他。

"你怎么让他……"林育平像是在发着脾气,脸一下子全涨红了,手向前舞啊舞的。苏艳红笑得厉害了,双手撑着腿,脸还是朝着他。她静静地看了他好一会儿,她觉得赌着气的他显得富有生气,她也弄不清她是喜欢还是不喜欢。她很想站起身来去抚抚他的脸,让那红褪下去一点。她是真的站起来了,林育平却退后了一点。

"你没问他吗?他没告诉你吗?"苏艳红还是笑意微微地说。

"他……我……是你。"林育平甩了一下手,像要甩掉什么,头也跟着一甩。"我又没有害你,我又没有害你……"

苏艳红说:"他是个男人,真正的男人,他当然喜欢女人。你看看外面都是一对对男女谈恋爱,都是一对对男女结婚成家,男人只有喜欢女人,两个男人再要好,也抵不上一个女人。"

"你真不……你抢我……你太坏了!"林育平叫出来,尖尖的声音依然压低着。

苏艳红说:"我跟他说的,我不是他的女朋友,起码不是他将来的女人。我喜欢做谁的女朋友,你知道的。我早对你说过的,我做你的女朋友,我也弄不清楚我为什么要你的。其实他比你更像一个男人。不过我不怎么喜欢他。我知道他只是需要我,和需要你一样。他并没有真正的喜欢,什么人他都不会真正喜欢。我们两个倒是有真正喜欢的感情,为什么你就非要和他呢?"

林育平赌气似的别了一点脸,像是不想面对着她:"我就要……我就不……我不喜欢……他不那个……我就再……"他不再说下去。

苏艳红也像是发了火,冲着他说:"你再找一个男的是吗?有多少男的喜欢交这种男的朋友?你真的找到了,我就再去和他好一下,我看他还会不会再和你好。你要是去找一个女人的话,我倒是没有办法了,你有本事去找,看别的女的会不会比我更好,更对你这样喜欢。"她一边说一边向他走近,像是和他赌着气,又像是和他玩笑了。

林育平向后退了一步,防着她扑上来要搂紧他似的。他们就这样站着,互相看了好一会儿。那一眼的时间很长很长,仿佛定了格。她身子往前冲一点,总像是要扑上去,而他身子往后仰着一点,像是一直在防着她扑过来。苏艳红始终是笑意微微的,林育平脸上泛着红,那永也消褪不了的红。

后来林育平就走了。

三十二

多少年以后,确实是多多少少年以后了,苏艳红在小县的街上,遇见了林育平。那也是一个夏天,小县街上安安静静的。没有树荫的一边马路上是刺目的阳光,商店门口都挂着凉篷,有树荫的一边摊着几个摊子,路上的行人不多。苏艳红身穿着一身粉红的连衣裙,是那种十分考究的时装,胸前似是挂落着一道道波浪般的式样,使她的胸脯更显得有一种惑人的丰满。在小县剧场的斜对面,她见着了林育平,只一眼她就认出了他,似乎没有任何的时间的隔隙,她张嘴就叫了一声:"林育平。"这时林育平已走近了她,他抬头有点吃惊地看着她,随后隐隐地脸上显出一点红来。他穿着一条西装短裤,上面一挂汗衫,走路依然显得文文静静的。那一瞬间苏艳红的感觉好像回到了当年中心市的桥下街上。她向他抬了抬手,像是要伸手拉他。林育平不由得身子往后仰了一点,眼往太阳亮着的方向看了一看。苏艳红就笑了,依然是笑意微微的。

"没想到你在这儿。"苏艳红说。

"我也没有……"林育平没说下去。

接下去,苏艳红提议到她那儿去坐坐。林育平带点疑惑地跟她去了。路上苏艳红告诉林育平,她是来看她孀居不久的母亲的,她现在住在招待所里。她领着林育平来到招待所,她不时回头看一眼身后走着的林育平,似乎很怕他没跟上来。到招待所的门口,林育平拖远了一点,偏低着头,苏艳红注意到服务台那边的眼光,就投过去一个嫣然笑容。在招待所里面他们走近了,林育平还是第一次到这里面来,不知这里面还有一幢门面很漂亮的宾馆楼,茶色玻璃的门推开来,登时感到了一点凉意。他们上了楼,一路上,苏艳红都是用笑意和服务员招呼。房间打开来,林育平听到了那嗡嗡作响的空调器的声音。他看到了一个从电影里看到的宾馆房间的情景,他没有想到在他居住的小县里,也有这样的所在。显然这安着两张铺的房间里就苏艳红一个人住。

苏艳红招呼林育平坐下,给他倒了一杯茶。她的动作娴熟,样子柔和,也显着一种电影里人物的姿态。她口没停地和他说着话,眼神示意了一下,自己走进卫生间去,听得出是开水龙头洗脸,声音从卫生间里传出来。

她洗了脸出来,拿过一张椅子靠在林育平前面坐下,她的额发上闪着一点水亮,似乎还冒着热气。苏艳红停了口。她默默含笑地看着林育平,似乎是许许多多的旧事都到了眼前。他的脸还是那么淡黄细腻的。这许多年中,她见过了许多的男人,各式各样的男人,几乎所有男人都有着他们的特征,那些男人与她的接近都超过了林育平。她还是清楚地记着了林育平。

苏艳红的注视有一种柔柔地逼入人心的意味,苏艳红自己清楚这一点。现在她清楚了许多的事情,往往是立刻就清楚的。她注意到他的局促。他几乎不是靠着沙发的,只是斜搭着一个角,他会觉得累的,她自己就往后靠靠移动一下身子,想他会不自主地跟着她动的。他动了一下,却依然还是斜靠着沙发。她笑了笑。身子往下弯了弯。

"我现在在这里有了家。我结婚到这里来的。我老婆在这里工作,我就调来了。我喜欢小县城,这里好。你又去过中心市吗?桥下街大不一样了,乱糟糟的,到处是高房子。我还有了孩子,六岁了,调皮得不得了。我和他妈妈都不是这样的嘛。我在食品公司仓库里,她在百货公司营业部里,福利待遇都还可以。外面变了不少,这里也快要变了。再变老百姓也一样过日子,发不了大财,好不好坏不坏的……"林育平应着苏艳红的一句话就说开了。他一下子说了许多。像是怕停下,她会说出什么来。

他说话的时候,苏艳红依然看着他的脸。她这才看到林育平的脸上也开始有隐隐的抬头纹了,刚才在外面阳光太亮她觉得他还是那么年轻,现在看出他也已是一个中年人的样子了。他说话更使她感到有一种陌生感。她是很想去掉这种陌生感的。

林育平大概也感到自己说得多了,停下来问一声:"你呢,你现在当然……"就此住了口。

"我现在还是一个人。一个自由自在的人,算是独身女人吧。"她开始说话时总是微微一笑,话里含着一种蚀骨的柔味。

"你当官还是做……"林育平说。

"什么也不做。"她笑意微微地说。她轻轻地很自然地把手搁到林育平的膝盖上来,那白皙的保养得很好的有着一种光泽的胖胖的手,柔柔地似有似无地搁着。如同她的话一样,带着一点旧日的玩笑。

林育平先是有点疑惑,后来他两眼朝门口紧张地望望。苏艳红也朝那里随便看一眼,说:"没有人会来的,房间我包了。服务员都听我的。"

林育平低着点头,脸上逼出了一点红来,这不是刚才阳光映着的红了,她感到了旧日的他一点点地进入他身上,她清楚他的眼光虽然不是对着她的那只手,但他的感觉还盯着那只手,像在逃避着那只手。她继续把那只手搁在那儿,还微微地移动了动。一种旧式的梦,又回转心来。她接触了许许多多的男人,她知道很少有女人具有她在男人面前的魅力。她成了许许多多男人的梦,她让那些男人完成了梦。眼前的林育平显着是一种很琐碎的男人。她曾经想着他成为一个真正的男人。他现在有一个家,似乎是成了一个真正的男人了。但和她接近的那些男人比,他显着一钱不值,相差远过十万八千里。可是只有在他身上遗留着旧日的属于她自己的梦,她很想能圆一圆那梦的。

苏艳红的身子慢慢地向前冲了一点,他惊觉般地动了一下,更斜靠到沙发把手上,他们之间回复了多少年前的一个姿势,似乎一切在一瞬间都回来了。

过一会儿,他站起身来,说:"我……要回去烧饭了……她快……"说完,他向她道个别,走了。

苏艳红垂下眼来。她清楚他是急着要回到那个女人身边,他是急着要回到他的那个家里去。他那个待熟了的家里。他是怕流动,他需要的是稳定。社会上有许多这样怕不稳定的男人和女人,过着不怎么好过的贫困的日子。社会却因他们取得了稳定。对他们的生活她几乎带着一点怜悯,然而,她是不稳定的,她想到了她偏偏少了一个家。

坎

三十三

　　林育平手伸进口袋触到钱包的一瞬间,心中预感似的叫了一声:不好。赶忙地把钱包掏出来,拉开拉链,他一眼就发现那张五十元钱的票子没有了。

　　他把小钱包里里外外翻了一个遍,钱包里面有着几张碎毛票,他翻出了一张折成一长条的十元钱票子来,眼盯着那张票子,心中直念着:不好不好。他一时想起什么来,赶快回转身往菜场跑,他的身子早已向着那个方向了。他像冲锋似的跑着,也不管街边人的目光。他的心里一直叫着:不好不好。他跑到靠河堤的那条农贸街,拨开人往里挤,也不管旁边人的嘀咕。他看到了那个有点记忆的长条形青菜筐子,筐子边空了一块,那个笑笑的总拿眼朝人瞟着的中年农民,已经不在那里。林育平不死心地一个个摊位地找着。他把所有的农贸场都找遍了。他又回到一开始的地方,开口问那个长条形青菜篮的女主人,他一时不知怎么问,说来说去说不清楚。那个女人带有点害怕似的朝他望着,只管摇着头。慢慢地她听清楚了他是问刚才在她身边中年卖菜人的模样,她开始反问他是找他做什么。说了老半天,林育平也不知道她能不能回答他的话,却只是带着稀奇的神情一再问着他,到底错了多少钱? 到后来,他想到她会当一件事回去说给人听,而她根本就不清楚刚才旁边究竟站着的是不是他问的那个人。到后来,他也清楚他已无法找到那个中年菜农了,心中叫不好的声音也弱了下来,只觉得头晕晕的。他重新回转身走上大街,似乎对自己说着什么,自己也不知道说的是什么。

林育平提着篮走回家去,他凭着熟悉的知觉走着,拐过家门口小巷角落时,那个梳着短发的女人朝他说着什么,似乎是问他是买菜啦。他应了一声。她每次见了总和他说些什么,他也每次都停下来应着她。他今天只是应了一声,就穿过小巷很快地走回了家。他想着要快快地回到家。开门的时候,他摸了好一会儿口袋,似乎才摸到了钥匙。其实钥匙在他手头碰了好几次。钥匙又在锁眼里转了好一会儿,他就是打不开那把铁锁,铁锁由于时常日久,已经有点锈了,而匙眼里,锈弹子不对型,需要把钥匙往上抬一抬。他使劲把锁转上两转,像要下狠劲把锁拧下来。锁最后还是开了。他走到桌边,这才想到自己还提着菜篮子。他去放下篮子,又回到桌边来坐下。他再一次掏出那只钱包来,他把包里所有的东西都掏出来,放在了桌上。几张毛票,几张块票,几个铅角子,一张十元大票,还有两张快揉烂了的公共汽车票,一张买东西的发票。他把钱包倒过来,扣在桌上,抖上几抖,随后他就望着那一堆东西。他也不知道望了多长时间,好像心中一凛,他就有了记忆。他开始记起了前面的事,记忆从他站在大街的邮电局门口掏钱包开始,往前倒过去,他记得路上有个熟人和他谈了几句话,他几乎是没有停步,他还记得那个熟人朝他用手空握了一握。他当时有点兴奋,感觉到了一种精神。正是带着那点兴奋,他才记起来似的去掏口袋的。他掏口袋的时候,好像旁边还有一个熟人,他想着那个熟人是谁。那个熟人肯定把他的样子都看在眼里了。他想到了那个人的眼光,同时他又心中说着:想他是谁干什么呢?他的记忆又往前倒去,他从菜场那一路过来,他到了菜场,他走了几个摊子,他买了几样菜。买那几样菜时，他用的都是小票子。就在买鸡蛋的摊子旁，他挑了好一会儿，并和那个笑笑的中年农人说了好一会儿话。他觉得他的样子很使人舒服。那一排边有好几个鸡蛋摊，他正是看到了他笑笑的样子才过去挑他的蛋的。挑完了蛋，他盯着秤看着，他知道许多人都会在秤上玩点花样，他每天几乎都要点一点那些玩花样的家伙。这个中年农人笑笑的，手显得特别快。他让农人重新称了一次，手法依然那么快。他想到那时自己就应该把蛋倒出来，不再买他的了。他和中年农人谈了一会儿价钱，去掉了一点零头，把蛋放进篮里，才掏钱给他。中年农人还是笑笑的，似乎他们的交易里面本身有许多的愉快。就在他掏钱出来时，有人在他的屁股上撞了一下，他回头去看，没看到人。他仔细看了看两边走过的人。在他生活的这个小县城里他认得的人很多。他还看了几个偏着低着头的人，是不是会有人在好笑着。他没有看到熟人的脸。这时中年农人给他找钱，他是接过了再数一数，没有感到错，才走了的。他一边还往旁边看看，会不会有熟人突然笑着招呼自己。

　　那个中年农人笑笑的样子。他走的时候，就觉得那种笑笑的样子不大对头，他好像还对自己说上一句什么呢，大概心里快活得不得了。他给他那张钱的时候，正好是给人撞了的，会不会他们是一伙的？自己怎么会记得是五元钱的票子呢？为什么要有五十元钱的票子呢？怎么就不再要他找了呢？怎么会的呢？

　　林育平心中突然显出一张五元钱的票子的模样来，皱皱的，折着，颜色暗乎乎的。他心里亮了一亮似的。他好像是有一张五元钱的票子，他给那个中年农人的是五元钱的票子。他不可能弄不清楚地给了他五十元票子。他的心中激动了一下。他静下心来，去想自己那张五十元的票子的用处。他记自己几天中的消费，记进了哪家百货公司,记买什么会消费五十元钱。他一时有点记不清楚,头因此而有点晕晕的。慢慢地他的思绪记忆往前再倒去,那里一片茫茫的,他记不清什么来,许多的事也搅一起转着而来。他往家里新添置的东西去想,想得头昏,却还是想不起来这几天如何用过五十元钱。那张五十元的票子又在心中显出来,他没有对它的消费记忆。他心中凉了一凉,它可能是遗失了,要是遗失了的话,还不如错当了五元钱的票子用了,还少损失了五元。

那中年农人的笑笑的模样又显出来,那笑的意味总有点异样。异样的意味明显起来,像定了格。那张五十元的票子也显出来。他的心中像茫然虚空,又朦胧紊乱。不住地跳动着那张票子。他使劲捶了一下手心,嘻了一声,心中似乎蒙了一层悲哀,悲哀进入了他的心,无限地扩大开来。

三十四

小巷很小,然而小巷人家的声音总是杂乱的。说话声、泼水声、叫喊声,混成一片,那是黄昏到来的时刻。在杂乱的声音中,林育平还是听到了妻子和孩子的脚步声。那是一种熟悉的细微的频率,也不知是不是多少年中亲情的感应的结果。随后他等着木门吱呀地响起来。他心中有一点紧张。他看到了妻子开门的大半个身子,身子后面是女儿的身影。他习惯地显着笑迎着她们。妻子扫过他一眼,转身去放包,一边和后面的女儿说着话,说着她在学校里的事。妻子的话中带着点教训的口气,那也是林育平听惯了的。女儿只是安安静静地听着。

林育平正在炉前忙着做饭菜,这是他下班后的常事。他想用做事来平息一下紊乱的心理。见到妻子熟悉的身影,他觉得心里安宁了一点。他停下手来,想要为妻子接过包或做点什么。妻子看惯了似的,并不注意他。只是朝菜锅看看,嘴里说着:"还吃青菜啊?"

"蒸了蛋,蒸了蛋的。"林育平应着。妻子朝他看看,他朝她笑笑。

妻子没再理会,自去桌边掏包里的东西。女儿已坐到小桌边往外拿课本了。这时林育平问了一句:"你拿没拿我钱包里的钱?"

林育平问得随意,心中却带着一点紧张。先前他回忆时,曾记得他上班以后,掏钱包时看到过那张五十元的票子的。那记忆很显明,然而他还是带着侥幸地问出来。一时带着希望,希望他的记忆是生出了疏忽。

"我拿你什么钱?"妻子说。

林育平不作声了。他打开锅盖翻菜,热气蒸在脸上,使他的心静了一静。他想不说什么。他知道他说了也没意思。他忍住了,一直忙着。到菜都端到桌上,轻声把妻子催到桌边,他们都坐下来吃饭的时候,林育平突然就说了:"我钱包里的五十元钱……"一说出口,他的话也就忍不住地一下子倒了出来,说买菜,说那个中年农人,说他的笑笑的样子,说自己的心情,说自己的记忆,说到了哪家商店去过,说到了这一天的经过。妻子只是吃着饭,听他说着,眼睛看着他。妻子吃饭的时候,嘴动得很生动,嘴抿着,一鼓一鼓的。妻子的嘴本来就显得有点往前拱,林育平觉得这嘴的拱形看上去也有一种亲切感。

妻子没有说话,林育平似乎越发懊丧地说:"五十元钱呢,要是五元钱也就算了……"

"真的没有啦?"妻子说。

"是啊,我都找遍啦。"

"你啊,五十元啊!"妻子像是这时才清楚一切似的叫起来,"我说你,就把钱这么送给人了。大方得很呢,有钱得很呢,平时一分两分钱都对我算得仔细呢,五十元钱连一声水响都没有,就莫名其妙没了……"

妻子说动头时,林育平没有声息了。他听着她的一声声的埋怨,心里仿佛松懈下来,那埋怨声里也仿佛带着那种熟悉感。他一声不响地看着她,等着她说下去。他只是偶尔看一眼女儿,女儿也一声不响地朝他望着。慢慢地,妻子说话的含意越来越强烈,有一种热力在林育平心中升起来,他不由得咕了声:"又不是我故意给人的……"

"你故意给人倒好了,你还会故意给人啊?你还有这个气量啊?你就是给我也没这个气量啊。你给了人,人家还会说你一句好话呢,这样不明不白地就丢了,自己也弄不清怎么丢了,也不知你的魂丢了没有……"

"好了,好了……我心里哪里好过啊。"

"……平时显得精明的样子,小处算,大处丢,芝麻当作绿豆大,西瓜烂了也看不着,跟你这个人也是倒霉,你还有爽爽气气地给过我五十元钱的啊?我用一点点钱你都要问上个十七八句,算筋算骨,每天都吃的是青菜、青菜,吃上一次鸡蛋就说钱丢了,怕买就不要买……"

"你还有没有个完!"林育平突然叫起来,"你不去买的?你不去用的,你不去花的……"他自己也不知怎么说下去,他使劲捏紧手上的碗,他很想把它摔到地上去,他觉得不摔出去心里堵得很,头上涌着许许多多的热气,乱哄哄的。

"我想用啊,我想买啊,我想花啊,你还有气量让我买让我用让我花啊?你不就每个月比我多拿几十元钱的外快吗,好像不得了了,钱都捏在手心里要捏出汗来了,要丢到外头去才好过……你不就是有本事朝我叫吗？外头软里头硬,前头虫后头龙……"

林育平终于把碗从手中脱了出去。他是把碗一下子翻过来扣在了桌上。他扣得重,碗边的瓷爆飞了一块。他看着那飞出去的瓷掉落在地了,便一滑身子,靠着板壁,蹲下去双手捧住了头。

"你不能把碗砸了的啊,把碗扣过来算什么？嗤,和碗杀憋气呢……"妻子说着。

林育平身子靠着板壁,他很想使劲用肘关节把板用力捅通了,他使着劲,但只在板上形成一点很轻的摩擦声。妻子继续说着,一边起身收拾着碗筷,又冲对女儿说了一句:"快吃快吃,总是人前吃到人后,面皮吃得老厚。"

林育平一晚上都一声不吭的,也不做任何事,早早地上床躺了。一躺下来,他的头脑很快地变得清醒起来,亮起来,那些白天的事都又显出来,中年农人笑笑的神情,还有那张五十元钱的票子,一点一点地显着,衬映着他一次次的用钱的过程,特别是中年农人的说话和交钱那一刹那后面撞他的感觉,他心中又重重地嚯了一声。

"你还没睡着啊？"妻子问。林育平是感到妻子上床的。他只是沉浸在自己的回想中。那些乱七八糟的变乱起来的印象,在妻子的这一句话后,都旋成了一片。他使劲地动了动身子。妻子的身上有一种暖意,一种熟悉的亲近的暖意,化解着他心中印象的结,他的眼中掉出泪来,他忍住不让自己泪直淌出来,他忍住不哭出声来,他上牙咬紧着下唇。妻子伸出手来在他的头上抚抚,妻子的手指硬硬的,她说了一句:"算了,别想了。想也想不回来了。"

他一下子就旋身抱住了妻子,他贴着妻子的胸,妻子的胸平平的,妻子是那种长而瘦的女人,周身显得扁平。现在那儿却有一种热力,她回报他一个紧紧的抱,使他生出了一种冲动,他只是要回避那旋转的印象,他只想得到一点安慰,他只想得到一点宽解,他只想有一处可躲避之处,于是他使自己成了一次男人,使妻子成了一回女人。他的头晕晕的,没有清醒的印象。而平时他的生理因为头脑清醒而常不如意,这一次却达到了一点好效果。

妻子用手又抚抚他的头,嘴里说:"睡吧。"妻子的声音带着柔意,含着一点睡前的呢哝。

"我睡不着。五十元钱呢。我从来就没丢过东西。一下子却丢了……我早就想破开来的,要是早破开来就好了……要是有钱人本不当回事,现在当个体户的这点钱算什么,可我们是靠工资吃饭的,一个月能拿多少钱啊……"

妻子的声息却轻了:"睡吧,不要想了哎。"她很快就传出均匀的呼吸来。

林育平一下子却有越发失落的感觉,他很想避开她变得软软的身子,他自己的身子似乎也一下子变软了,很想靠在一个强有力的身子上。

三十五

有好长一段时间,林育平每次用钱便会想到弄没了的那五十元钱。有时买菜,他会突然再拿回递出去的角钱元钱,重新看一遍,迎着对方明显鄙视的眼光。有时他又会想到自己和菜农争上半两二钱的,其实只值一两分钱,要多多少少个分钱才能到一元,又能到十元,而能到五十元啊。那天以后他连买了两次鱼肉也没花了十元钱。他很想摆脱那五十元的记忆,他想到那算得了什么,丢就丢了吧,可是只要接触到钱他自然会想起来,似乎惯性似的,那天的情景又回转来,显着那个中年农人笑笑的神情。有时他上菜场会四处张望一下,想再看到那个中年农人的模样,似乎那模样的人到处都是,而他也清醒地想到,他就是看到了那个中年农人,他也无法和他理论,不说过了时间没人会认账,就是他自己也无法就确定是给了那个中年农人。

　　林育平想到这样的事总是会过去的。只是他每天要和钱接触,一旦和钱接触,那钱的记忆就冒出来,有时只闪着一个印象,使他的心里哆嗦了一下,颤动了一下,冷凛了一下,他便深切地感觉着那个印象。有时妻子偶尔会回来说,她在店里面看到一件漂亮服装,接下去便说,要是不丢那五十元钱,她就可以去买很漂亮的衣服了。林育平心中不由得又会浮起那日懊丧的情绪来,失落的感觉便又沉重起来。家里采购的事都是他干的,妻子是不买东西的,妻子也不清楚现在的行情,难得妻子买了一件东西,也会问他一下是买得便宜了还是贵了,也会向他报一下账。妻子买的东西几乎所有的都买贵了,她还只是过去物价平抑时的用钱方式,不知道现在的店里,包括有的国营店,也是能多赚就不顾一切地赚。他对妻子的回答不免会让妻子扫兴。妻子便会说:"你买你买,还是你去买喔。"于是所有的事自然落在了他的头上,这是他自找的,他也很想让妻子去买,去做事,只是每到她报账时,他就有亏了的感觉,他无法忍受她亏了的事实。每天他都会清一下账,把每用的一笔钱都对起账来,对得清清楚楚。自那日以后,他没有再这样做。有时他会给女儿买些零食,这对女儿来说,是极难得的消费,似乎有点受宠若惊。过去他总向女儿灌输吃零食不好的理论,他心里清楚,他是舍不得花钱。现在他想到,买一点零食又能花多少钱?在单位里,他是很少参与起哄打平伙的,现在有时也会凑上一个份子,显得很大方的样子。

　　他还是能感到自己内心是太小气了,他总是计算着很小的数字。妻子说,那是他当过酱醋店的营业员,一两分钱算惯了的缘故。他当营业员的时候确实从来没有少算过钱,头头总是夸他的账目清。那是在中心市的时候,离开县城有几十公里的地方。他在那里出生,在那里一直生活到他结婚成家。他还没有成年的时候,就没了父亲。他和体弱多病的母亲生活在一起,那时候他的消费都是几分钱几分钱,偶尔有几毛钱在身上,也都是一分两分地算着用,在心里算得十分清楚。中学毕业后,他进了酱醋厂门市部卖货,他那时的计算能力是一个工作几十年的老师傅都不及的。然而,他却是从学徒开始拿工资,每个月只有十六元钱,交了母亲的伙食钱,他依然只有每月几元钱的零用,而几元的零用钱,他都凑了起来,到过年时会有存款几十元。他结婚的时候,用上了那一年年积下来的钱。那时结婚也用不了太多的钱,那些钱都没用完。

已过去好些日子了,林育平依然感觉着那五十元钱的痛苦。似乎淡了,却又似乎嵌进了他的心底,隐隐的,无声无色的。林育平一生似乎没有经历过什么大的波折。他很难记起来他有过什么痛苦。他的生活平平常常,除了少年丧父之外。但是父亲留给他的印象是强制的,父亲没了以后,他曾有过一点解放的感觉。父亲在时,钱也是不往家里来的。父亲是死在一个他叫她阿姨的女人家里的。到现在他都不知父亲是如何死的。父亲的死给他痛苦的感觉是短暂的,几乎是没有记忆的。他学校毕业,分配进店,那时时兴插队,他被留在城里进企业,应该算是很幸运的。后来由人介绍对象,结婚成家来到小县,也很顺当,一切都很平常。当然他有他自己所认为的痛苦,那些痛苦的记忆都是无法与人言道的,都是微不足道的,过后都没有了记忆。相比之下,这丢失五十元钱的痛苦,对他来说是太深刻了,太沉重了。有时候他觉得他是很难再摆脱了。

连同用钱的记忆,存钱的记忆和过去在中心市的印象都不时地涌到了心中。

三十六

有一天,林育平对着妻子说,他要去南城一次。妻子没有作声,只是朝他望着。自结婚以来,林育平最多是回中心市去过,其他的地方他似乎都没去过。他不好游玩,就是有机会出去,他也总是推家中忙不开。对他要出去,妻子自然感到很奇怪。林育平对妻子说,他是出差去,给单位买东西。妻子早想到他一定是公出的,前些日子刚听说从小县到南城的路费又涨了不少,他不可能自费出去玩的。就是这样妻子依然感到奇怪。林育平过去也有出差的机会,他都是推辞了的,他说怕到外面去奔波,其实她知道他是怕到外面去用钱,他说过一点出差住勤补贴是不够的。他们结婚的开头两年,还谈过到繁华的南城去旅游一次,但都是只说不行动,慢慢地,到有了孩子,就再也没提过。

林育平说:"听说补贴费也提高了。这次出差也不麻烦,就买点东西。"

妻子说:"你有事瞒着我的吧?"

"瞒你什么呢,我能瞒你什么呢……我想穿了,人干吗呢,还是要出去走走。"

妻子相信了。林育平没有什么会瞒她。他熬不住话,什么话都在家里说。但是这次,林育平确实熬住了话,他没说出来。起码有一个念头,他感到他已丢了五十元钱,丢了五十元钱以后,他想到也许应该花掉五十元钱,花掉了总比丢掉了好,他想以此来冲淡自己懊丧的心绪。

林育平就到了南城。

从车站一出来,林育平就感到了一种被繁华街道吞没之感。他曾在城市生活过,他也在电视上看到大城市的街道,但他被人流涌着,到了一个宽场上,各种的车辆,到处亮着红红的尾灯,游浮着一种繁华气,扑面而来,使他感到畏缩不安。他不由紧紧握了握提着的包。那包里并没有什么值钱的东西,他只是出于紧张,出于一种不由自主。有人问他要不要"的士",他带点慌张地摇头;有人问他要不要住宿,他愣了愣,随后还是摇头了。他想起了县里人说到的许多事,说到现在已经开始有的带"鸡"的旅店。他努力显着自己是个城里人的惯客样,其实他也不知自己究竟想找如何的住宿。他一连走了几家旅社,那儿都挂着客满的牌子。最后他走进了一家大旅社,他问了一下价钱,便有退缩之意。按现在的规定,他的住宿报销是最基本的,超过的部分由自己出。他本想出就出一点,好在就几天工夫,但他一听到具体价格,有一瞬间他想退缩,随后他似乎下决心似的想,就这样吧,用就用吧。他在填表时,很快地计算了一下,他要贴进去每天就是十多元,这住的还是一般的房间。对着那个男服务员看他的眼神,他很想一下子就住到最好的房间去。但他还是控制住了。填表的时候,他也曾想停下手来,抽身离开。他嘴里嘟哝了一下,吐着一种含糊不清的声音。他就像出车站被人流涌着走似的,填完了那张表,一项项地填得很实。等着把钥匙拿到手,他找到了他住的双人房间,那里的一切是很一般的。他进房时把房里设施一一看了,在一张床上摆下了他的包,随后在沙发上坐下来,他的心里就生出了悔意。那悔意是他填表时便预感到的,一阵阵的悔意浮上来。这一下子已经是六十多了。想了一会儿涨上来的六十多,他的心定下来。他该去做点事了。他觉得他离开这里就像丢失了什么似的。他把整个房间看了一看,他什么也没丢下,甚至毛巾也没挂起来。他的包在他的手里,他感到丢失的在冲动中已经丢失了。那种悔意跟着他,使他很快地走了出去。

　　林育平一下午几乎把南城的风景点都跑遍了。他也不知道自己为什么会这么迅速,他也不知道自己如何会有这么大的劲。他本来做事悠悠的,在单位仓库里,每发一次货,他都会对上好几遍。都说他是个慢性子的人,细心的人,有人想催他快一点,甚至和他闹过。他依然还是悠悠的。而这一天,他像被什么赶着似的,一个一个景点地跑。他原有计划,是在南城的几天中,尽量悠悠地好好玩玩。中午他出了旅社,来到第一个风景点的时候,他还是这么想的。他寻着一个风景点的饭馆,在靠窗的位子坐下。他想要几个菜,独自好好吃一顿。他是出来寻享受的。他压抑着内心一点悔意的想法。他拿到菜单,仔细地看了看,那上面的菜很贵。但并没有开始预计的那么贵。他点了两菜一汤,他忍住了不去计算。他对自己说,他要享用享用。他要的是一盘鱼,一个炒素,一个蛋花汤,他花去了十多元钱。等菜的时候他朝窗外看着,尽量显得悠悠的。外面的小摊上,很多是买面包汽水的。许多游客一边用吸管吸着水,一边咬着面包。他尽量显着比他们要悠然的神情,他是享用来的。等菜的时间长了一点,他感到有点不耐烦,慢慢地,他就想到了他也许应该像窗外游客一样吃面包喝汽水的。他不想去想钱,他想他可以省下许多的时间来,但钱的计算仍在他心中浮着,后来就一下子冒出来。他爽性想下去,一瓶汽水和两块面包最多也只要一元多钱吧,就是最好的面包也只要花两元多钱吧。到菜一个个端上来时,他的心中悬着这种计算,又满是悔了。他想要品一品饭菜味,但口中没有多少感觉。糊里糊涂地吃完了一顿饭,从饭馆出来,他就开始了奔波式的游览。他不知自己是不是想压抑悔意,和吃饭一样,他没有品赏到风景点的美景的感觉,给他留下的印象似乎还不如悠悠地坐在家中的椅子上,看电视里风景的那种感觉。

三十七

林育平拖着重重的腿回到旅馆。他的房间门开着,一进门就见里面烟雾腾腾的,吸顶灯光暗黄黄的。房里坐着好几个人,连他的床上也靠着人,散散地坐着。有一张沙发却是空的,两张沙发间的茶几上摊着几个纸包,纸包里剩着半个烧鸡,还有碎烤鸭、排骨什么的,都是熏类的红红的菜肴,叫人看了生腻。两个空空的白酒瓶,一个立着一个倒着。那个靠坐在对面床上,脸上红红像乡下人一般肤色的人,看上去是住宿者。红脸者见了林育平表情很爽快,显着一副跑惯江湖的样子朝他招呼。林育平没有任何表示地走到自己的床边,把包搁到了床上。床上的那个人让开了身子,但床上已经弄得皱皱巴巴的了。林育平感到心中的悔意更化成了一种恼怒,几乎要形于色。但他还是克制住了。

"你从哪来的?"对面床上的那个红红脸的同宿者,似乎什么也没在意地问着他。

林育平不怎么情愿地含糊地应了一句。

红红脸的同宿者继续地问着:"公出的吧?做什么生意?发什么财?"他就只管问下去,林育平只是随便地应着,慢慢地,他觉得自己不表示热情有点过意不去,神态慢慢地缓了过来。

后来,房里其他的人都退出去了。红红脸的同宿者也没管他们。看得出他们是他的随行者,而他是他们的老板。林育平已经从他的自我介绍中知道了他是做生意的。是做那种各种各样的生意的,什么生意好做就做什么生意的。红红脸的同宿者听说林育平在一个县的物资部门工作,就盯着要和他谈谈,并报着各种物资的现价和转手价。林育平还没来得及告诉他自己只是在仓库做修理工,他就丢过烟来,是当前时兴的红塔山,滔滔不绝地说开了,几乎是粘着了林育平,使林育平不好再重作表示。

林育平自去卫生间洗了一个澡,他故意在里面多待了一段时间,他讨厌红红脸的同宿者的话,也想着要好好泡一泡,但他很快发现那浴缸里的陈垢,也是红红的铁锈似的。他想到了一些关于性病流行的传言。他站着使用莲蓬头,但莲蓬头坏了一时热水四处散射着。幸好他预先把衣服都放远了。他在卫生间里很有耐心地修着莲蓬头,用布和绳子扎好了。他做这事自是老手、熟手。他修好了莲蓬头以后,这才站着好好地洗了一下。水还是嫌冷,这就不是他能够修理的了,要不他还会多洗一刻。最后他关了莲蓬头,拧了毛巾把身子擦红了。

"你比娘们洗澡还费事。"林育平出卫生间时,那个红红脸的同宿者笑着说他。他有点急着要和林育平讲话,等得有点心烦了。林育平一下子红了脸。他扭过脸去背对着他。红红脸的同宿者却过来拍了他一下后背。"你怎么……"林育平带点嗔意地回转身问。那个红红脸的同宿者又笑着朝他说开了。

林育平躺在床上,听着红红脸的同宿者不住地说着。床靠得近,他能嗅得到他嘴里喷出的酒气,他不知这个人是因为酒,还是天生就喜欢和人说话。他不住地说着:"现在只要做,就能挣钱;撑死胆大的吓死胆小的;没有不受贿赂的;一笔生意能赚几千元、上万元……"

"那么你赚了几万了吧?"林育平忍不住问了一句。

"几万? 一年没有几万还混什么?"

林育平不再应口了,往被子下面缩缩身子。他觉得这个人大概有点海吹,但他的口气又不像吹的样子。他在力劝林育平也下下海,只有下海才能过日子。他说他过去是什么,是谁也瞧不起的乡下人,一根稻草也要想着往家里拿。现在出来,要不是这个旅馆没好床位了,他才不愿住这样的房间呢。高级宾馆他都是直出直进的。有了钱怎么花都行,小钱不去大钱不来。

林育平能想到那豪华宾馆的生活,他去过一次县的招待所的高级房间,他觉得那生活和他隔得遥远,但身边的这个红红脸的乡下人却把这种距离给缩短了。拉到了他的身边。

红脸同宿者借着酒意,对林育平说个不歇。林育平只是听着,许多的道理他并不觉得新鲜,但两个男人同宿一房,彻夜长谈不休的情景,还是在婚前才有的,许多的记忆回到他的身体中来,回到他的心间来。他直往被里缩,只让思绪默默地缠在声音里。而红红脸的同宿者像遇上知音一般依然说着。林育平只觉得记忆的潮一股股地向他涌来。

三十八

林育平要去找江志耕,这个念头他出家门到南城来时就有的。他没对妻子说。起初还只是悬在心中,似乎只在他的潜意识中。他一直没对妻子说起过江志耕,这是唯一没对妻子说过的事。连同那些记忆都没让它们再冒出来。现在他能想到他这次出来,其实是想着要去找一下江志耕的。就是想去找他的。他把这个意识埋了很久了,五十元钱的失落,诱发了它。

林育平走出旅馆,他没有打听,也没有打顿,上了一辆公共汽车,像是去一个惯熟的地方。他没有去过,也没打听过,却对那个地方,神往已久。他去每个风景点,都会把买的地图看了一遍又一遍。他怕走曲路。他一出车站就买了一张城市地图,似乎第一眼就把江志耕的地方看准了。他还没想明了要去,但他已经看清楚了。他现在要去,用不着再看了。一旦去的念头明了了,像在心里打开了一扇门。他再也无法抑止自己。

多少年了?那时他还在中心市,还是一个高中的学生。中学生。他和江志耕亲密如一人,同出同进,同起同坐。多少日子里,他下了课就从校园后面的篱笆墙的窟窿钻出去,穿过一条马路,拐到江志耕学校里去,坐上他的自行车的后座,搂着他的后腰。车开头有点扭扭歪歪的,很快就稳住了。江志耕说他一句什么,像是说他样子轻身子重。他就脸红了。他的口气中有一股力量,一股叫他着迷的力量。他们有时在他的家里。中心市的家,门口有一个葡萄架,家中暗蒙蒙的,房里安安静静的。林育平觉得最亲的就是江志耕了。林育平从小对父亲有一种迷恋,是对强者的迷恋。但他怕父亲,父亲对他总是一种很严肃的神情,他似乎和父亲隔着什么,他只能带点畏惧地听着父亲的一切吩咐。他和母亲也隔着什么,母亲总是不声不响的,母亲显得柔弱,脸上总似乎带着怯弱,总似乎带着病态,总是在房里不出来。母亲很少注意到他,母亲的眼里似乎永远只有父亲,他不知道自己是不是先天更多地接受了母亲的禀性,而后天又秉承了母亲的眼光。家中的眼光中心永远是父亲而父亲总是不在家,父亲远远地隔着距离。林育平觉得那时只有江志耕最亲近,不可能再亲近了。他愿意为他做一切事。江志耕那时也是一个高中生,似乎比他大上一两岁。那时学生大一两岁就显得大了不少。江志耕显有一种威严,身上似乎有一种强有力的气感。在他面前林育平有很服帖的感觉。他很想看着他靠着他,就像接近了父亲的感觉。后来,他离开了江志耕,应该说江志耕离开了他。他知道江志耕是因为了一个女人。她使他离开了自己。他一直恨着她。她也是他的朋友,他那时认定她不是他的朋友,是她死乞白赖地要和他交朋友。他心里只有江志耕,他讨厌她,反感她,而最终江志耕却跟着了她,因为她离开了他。她的一种力使江志耕离开了他,他知道这是她报复他。

他自己有时也弄不明白是不是因为这,他才离开了中心市,"嫁"到了小县去,他再没有过真正的男性朋友,他能真正依靠的想对他诉一诉、说一说的男朋友。他身体中确实有母亲那种柔弱的感觉,父亲去世后几年,母亲也跟着去世了。他就结婚到了小县。他是离开江志耕。他无法和江志耕再生活在一个城市。他很想忘掉江志耕,他一直这么做着,但他好像还总是能知道江志耕的情况。江志耕一直走在仕途上,一直走在官场上,这确实很适宜他的气质。那时林育平觉得他像他父亲,现在看来,他不像。父亲具有的只是一种男人的冷漠、男人的粗威。而江志耕那时就显出了权威的力量。江志耕的官一直做到了南城,几乎每两三年就升一级半级,跳着跃着,林育平内心注视着他这个青少年时的密友。他不去想也会自己想到。他清楚自己对他依然有着一种崇拜。他想到江志耕时,有时产生出许多细细微微的意识。在许多个修理车的空闲时间,每次是蒙蒙的灰雨天,仓库里安安静静的,到处堆着的物具。看着四周静静的一物,蹲着,手上是油腻腻的,黑乎乎的。地上脚边是几根钢丝,几根皮圈,闪着白光和映着铁锈。嗅着铁锈味,意识中浮现着他的形象,淡淡的,模糊的,自己有一种骄傲的感觉。为他而骄傲。这种骄傲也成了他生活中的一点乐趣。

三十九

林育平来到一个高围墙的大门前,从大门口望进去,里面的一幢高建筑显得很远,中间是长长的发白的清净的宽道,两边是绿绿的树木。岗亭上站着一个保安人员,威严地挡着尚未走近的他。他到传达室去办手续。他有点迟疑,但他还是去了。站在大门口的时候,他就觉得,这一幕正是他想象中的,现实却又离着他的想象,让他却步迟疑。传达室问了他找的人名,用一种狐疑的眼光看着他。

他说:"我是江志耕的同学。"

"同学? 找他干什么?"

林育平敏感到,他也许被认为是来冒同学告状什么的,也许认为是来高攀办什么事的,总之是来找麻烦的。现在这种找门路的人很多。红红脸的同宿者已经告诉过他。林育平的敏感使他的回答迟疑了一下,那个传达停住了推过来准备让他填的单子,而拿起了电话。林育平一瞬间很想走开。他一直想着他和江志耕久别初见,会是什么情景。他一点也没准备,他将先要在电话里和江志耕说话。他在出来之前,在卫生间的镜子面前,细细地看了自己的仪容。他多少是老了,也许还不怎么显,都说他并不像四十出头的人。而那一瞬间,他觉得自己毕竟是四十岁的人了,是四十的中年人了。江志耕又是怎样的呢?

传达接通了电话,说了两句,便又朝林育平看看,随后把电话递给了林育平。那边传来声音,声音很客气但是干巴巴的,查问似的:"哪一位?"

"我是林育平。育平哪。"

那边一时没有声音。林育平有点着急地,就对着话筒说着:"我是你……中心市,你不记得了……我是林育平、小林子,桥下中学的……"

林育平正对着电话筒说着,那边突然就有了声音:"你把话筒给传达。"林育平把话筒递给了传达,传达又应了两句。放下话筒后,显得很热情地告诉他该怎么走,怎么走。

从宽大道一直往里走,走到里面一时反倒看不见大楼,是一丛丛树木遮住了视线。一切安安静静的,毫无喧哗之声。一切如同林育平的想象。进了大楼,大楼底下也有一个门卫,又问了他两句。大楼里显得很暖和,林育平知道这是开着空调。高高的大楼从外面看还是一幢一般的砖结构的房子,里面显得高,显得华贵。从一进门的厅里抬起头来看,上边是一层的楼梯,那楼顶就越发地高了。多少日子以后,那高屋顶便总是在他的梦中出现。

走上楼梯以后,楼梯上层站着一个人,显着一点笑,问:"你是林育平吧?"这是一个年龄不到三十来岁的小伙子,个头不高。林育平一时感到他有点熟。但他不可能是江志耕。林育平一瞬间内心中还闪着江志耕的感觉。随后他跟着他往前走。这时,他想到了刚才电话里的声音,是他接的电话,一定是他。那么自己根本没有和江志耕通话。刚才他在兴奋之间,敏感地觉得江志耕的声音显得陌生了。年轻人把林育平带到一个很厚重的红色木门前,对门里说:"他来了。"并侧过身来示意林育平进去。

在办公桌那边的人欠了欠身。林育平一眼认出那是江志耕,真的是江志耕。

一眼看过去,江志耕变化很大,他显得老了,眼皮垂得很厚很重,眼眯起,眼光从一条缝似的里面闪出来,显着的又分明是旧时他的眼神。他的脸没有因为官位而显胖,相反地,似乎比年轻时要瘦了些,国字脸型就更标准了。颧骨高耸,脸色黝黑,不细腻的皮肤薄薄贴在脸上,带点沉沉之色,失落了许多年轻时的笑意和一种幽默的气质。不过,林育平还是能认出江志耕来,他的根本的一种气质还在,只是深化了。他看人的模样还是那样沉着。还有的是说不出来的,特别的,深深的,精神的,内在的。似乎又是林育平熟悉的。虽然说走在大街上,林育平很难认出他来。但看到他的样子,林育平并没有太大的吃惊。也许他想到江志耕应该是现在这个样子,他并没有显得那种高高在上的傲慢气,那气质在他的心里,他把它隐在内里,只通过一条缝似的眼睛里逼射出来。林育平觉得一时想不出话来说。

两个相别了二十多年的旧日好友显然都认出了对方,但一时都没说话。只是默默地对视着。

其实也就一瞬间,林育平觉得有点慌乱,被江志耕的眼光弄得乱了。林育平的脸上尽量露着笑意。他想转转眼,带点熟稔的亲近的微笑。他的身子动了一动,不自觉地扭了一下,变成了肩膀扛了扛。他手在膝上搓了搓,脚也随之靠拢了一点。他看到江志耕依然纹丝不动地看着他。林育平心中升起那种旧日对他的依恋情感,他感到自己的眼里要流出泪来,他的脸上依然浮着笑意。

江志耕的眉头耸了一耸。他伸手在桌角的红按钮上揿了一下。不一会儿,那个在楼梯口接林育平的年轻人便到了门口。林育平有点慌乱,一时间他感到他是进来逐客的。他甚至想站起来。年轻人只是很快地扫了他一眼,甚至像是没看他,只是面对着江志耕。江志耕把桌上的一个文件递给他,简单地吩咐了他两句,年轻人低头看着文件就出去了。

"你有什么事吗?"江志耕转过脸来,问了一句也许他一开始就该问的话。他的这句话却问得很温和,并不像话本身那么公事公办的,他的眼中甚至也带着那点温和。

"我就不能来看看你吗?"这句带点嗔怨的话,林育平是低下头去说出来的,说得很轻很轻的。

四十

在江志耕的办公室,他们没有说上几句话。很快就有电话,就有人来访,那个年轻人总是出出进进的。林育平只是默默地看着江志耕处理接待,进门来的人眼光带点笑意地看着林育平,但江志耕却似乎忘了他。江志耕有时站起迎着,有时只欠欠身,有时只是端坐着。略有空闲,江志耕也会独自闭一下目,像是在想一点什么问题,林育平只是静静地看着他。江志耕偶尔抬头看一下林育平,像是才发现他,又像是奇怪他怎么还在这里。林育平这时想说什么,他没说出来。江志耕也没再理会他,接着自去打电话,或叫那个年轻人来。林育平现在能肯定那年轻人是江志耕的秘书了。他不知道江志耕平时是不是都这么忙,刚才他们也曾有一段安静的时刻,但林育平没想到要说话,没想到说什么好。

终于,江志耕对林育平做了一个手势,那是指他这一刻没空的意思,他一边抓着电话,一边在纸上写了一个地址,打完电话后,他把地址递给林育平,让林育平晚上去那里找他。说完他又自去挂电话了。林育平出门时,见他正低着头在纸上记什么。

林育平想到自己坐在那里看着江志耕的样子,肯定显得傻乎乎的。但他还是很喜欢坐在那里看着的。那正是他想象中的江志耕。这一刻他不怀疑自己以往总在想着江志耕。江志耕的形象从二十多年之前走到了他面前,那么真切。他很想留在那里一直看着,他甚至想说,我不会打扰你的。但他不想违背江志耕的意思。

离开江志耕所在机关后,林育平一直在街上毫无目的地逛着,他寻了一个简单的店铺吃了一点面条。他没去品面条的滋味。他心中全是江志耕那儿的感受。那些感受都在他的心中回味着,带着一点兴奋。他一遍遍地看着纸条,看着上面江志耕的字,看着上面的地址。他想到那是江志耕的家。他想象着那家会是什么样子。

林育平按着地址找了好长的时间,找到了那个新村,新村名称明明和纸条上的地址是一样的,他还在怀疑。这是一片很大的建筑群,每一幢楼的式样几乎都是一样的。他要找那个数字很小的楼,却像淹没在了楼群中。他转了好几个圈,又回到了刚进去的路口。已是吃晚饭的时间,也许是《新闻联播》时间,楼群间行走的人很少,他找不到一个人来问。他很怕自己是去迟了,江志耕会等得不耐烦。过去也一直是林育平去找他,去等他,去看他的。对他今天的接待,对他今天的宽容,林育平心里有着感激。他们分手的时候,他对林育平说过:"你别来找我了。永远也别来找我了。"林育平当时并不怨他。他就是那种很有决断力的人。林育平迷恋的就是他那种决断气质。他是因为那个女的。林育平当时并不相信他会一直喜爱那个女的。但林育平想到,他和自己是完了,就是他不再和那个女的来往,他也不会再见自己了。那一句话是他的一个断语,他把它说出来了,就不会收回去了。然而今天,他似乎忘了那句话,他自然是不再和那个女的来往了。林育平知道他成了家,他的妻子不是那个女的。当然他不是因为那个女的再和林育平见面的,他已宽容了过去。林育平不怨他的断,似乎过去的断的原因在于自己,自己现在得到了他的宽容。

　　林育平又找了好一会儿,他开始怀疑是不是有一个和地址上一样的地方。这里似乎没有地址上的号头,单单缺了这个号。江志耕不可能住在这里,就在带着怀疑胡乱地走着时,他看到了那个被他遗漏的号,找了几遍都没见着的号。它夹在了两个号中间,他应该能看到的,只是他一直没仔细看。

　　他上了三楼,揿响了电铃。他有点惴惴不安地看着上面门缝里隐隐透出的灯光。门开了,开门的是一个女的,背着里面的灯光,她的脸是阴阴的,看不清脸色。她问:"你找哪一个?"问声中带着狐疑。

"我找江……志耕。江……"林育平开始想叫江志耕的官名的。下午到江志耕办公室去的人都叫他的官位的。

"他还没回来。"女的想关门了。

林育平赶忙地说:"是他叫我来的,今天……就今天下午……"一边说着,一边把手中纸条递进去。女的将条子看了一会儿,才移身让他进去,神情依然带着狐疑。在里屋的灯光下,林育平才看清,面前的这个女的还显年轻。他刚才一见面时曾想套近乎地问:"你就是嫂子吧?"幸好没问出来。其实从刚才的神情和说话口气中,他就应该听出的。但林育平从来对女人的注意不多,在这方面他一点也不细心。

也许现在的妻子常常是年轻的,特别是身居高位的家庭。但是这个面前的女人肯定不是,她的气质不像,他想她一定是个家中的保姆。想到这一点,他的神情自然了不少。他告诉还带有狐疑神情的女人,是江志耕让他来的,他们是几十年的朋友了。

林育平被让进了一间作为客厅的房间,里面放着书橱和沙发,林育平坐下,外面那个女的也不知手头上忙什么,她侧身朝着他,有时还朝他投来一瞥。林育平有点不自在,东看看西看看。他进门时就发现这种公寓式的房间,和自己住的也大同小异,只是房间多了两间,房间略大了一点。这和他的想象有点距离,他一直想象江志耕是住在那种有大客厅的洋式楼房,像电影电视里的一样,所以他白找了好半天。他也狐疑,这里是不是江志耕的正家,还是另置的别宫。那个女人的样子也使人怀疑,她打扮时,只是容色气质不够。林育平自己也知道他对女人的审美是不行的。妻子常常说他不会看女人,只会认男人。

终于门响了,不是门铃是敲门声,那个女的赶忙地去开了。听脚步,林育平就猜到是江志耕回来了,他站起来,听着那边说:

"……有个人……"江志耕的声音:"是吗?"江志耕在房间门口看到了林育平,他似乎有点不记得似的:"喔……"他的神情却是开朗的,不像在办公室里那样严肃。林育平像见到亲人似的。他等得有点心焦,也被女人看得心焦,他真怕他今天有什么事不回来了,或者到另一个地方去了。自己怎么对狐疑的女人解释呢?贵人多忘事,他不一定会记得自己了,刚才一瞬间中,他也清楚,江志耕确实不记得约了他的事了。不过江志耕的神色很好,他觉得快慰。对江志耕,他从来要求不高。

四十一

江志耕似乎在卫生间和厨房里忙了一会儿。林育平坐着,只是从脚步声中猜想到。他想站起来,走过去,但那个女人使他感觉到自己应该坐着等着。他隐隐地听到那女人的声音,像在汇报着什么,江志耕只是嗯着。嗯的声音也是微微的。林育平生出一种对这个女人的说不清的厌恶感。后来江志耕进房时,林育平见他上身换了一件便装,很宽松的,脸上显然洗了一下。林育平觉得新鲜,过去的江志耕并不太注意仪表的。他清楚,这是女人长时间在起作用。但外面的那个女人已没有声音了,听得出是走了,是给遣走了,好像刚才门响了一响的,只是林育平的注意力都在江志耕的动静中了。林育平的心情明亮起来。

"小林子,你实话告诉我,你来找我到底有什么事?你先前说是公差,是不是要我批什么条子?"

江志耕把端来的茶杯放在桌上。他的气色很好,他的话里跳跃着难得的高兴的情绪。熟悉领导心理的人明白,倘在这个时间请办什么事,总是能成功的。林育平却真切地听着了那句小林子,也就是说江志耕又回复了旧的称呼,念起了旧情。他带着一种笑,迎着江志耕,眼中浮起了一点泪光。

"我就是来看看,看看你……我多少年,我一直……你的一切……我都……晓得……"林育平说得断断续续的。

江志耕朝林育平看了看,这一眼深深的。随后,他移过了脸,对着正前方,那边挂着一张气功画,他双手撑着腰,双肩轻轻地摇着。林育平带着笑看着他的毫无掩饰的动作。

"你晓得?你晓得什么?你算来巧了,再过些日子来,你大概就不会在那幢大楼找到我了。"

林育平省了一下他的话,便问:"你是不是又要……"他的话中带着欣喜。

"今天和我谈了,就在你走后……"江志耕在沙发上坐下来。坐下来的那一刻,他的神情变一变,仿佛凝住了。他的口气也变了变,这变化细微,林育平是细心人,他感到了。

"人事变动是大事,你不能随便说的。"江志耕说。

"我会对谁说呢?……你知道我……我怎么会……说你……"林育平赶紧地表白着。表白得结结巴巴的。江志耕又看了看林育平,眼光中含着一丝说不清是情意还是鄙视。他往沙发上一靠,不再是端坐的模样子,很随意地斜了一点身子。口气也随便起来。

"你还是那个样子。"

"我还能是什么样子呢?"林育平眼中又含着了一点泪光。他很想在他面前捧着头大哭一场。他也不知自己为什么想哭,也许就是想向他哭一哭。

林育平眼眨了几眨,他长着一双像他母亲一般细细长长的眼,眼角翘翘,一眨一眨的,睁开来,里面是黑黑的眼眸青青的眼白。很分明,掺了一点泪光亮亮的。他看到江志耕一时看着他,看得很专注。他有点不自然地又笑了笑,微微地,带点不好意思。江志耕把身子直了直,抬了抬手,说:"你说你是生活在小县?"

"我结婚去那里……妻子是站店的……孩子也……"

江志耕又抬了抬手说:"小县我去过两次,好像都是住在一招,一招后面靠右边的那幢宾馆楼,条件还可以。"

"是的,是后面右边……"林育平就想到了那个当年把江志耕和他弄断了的女同学。那次,那个女人突然在小县街上遇着了,把他带到了后面右边的宾馆楼里,他也就是第一次知道县里那儿有一个带空调的如电影电视里的所在。他不愿想到那女人,他更不愿对江志耕谈起她。

"你们县的书记姓肖,叫……肖川舟,对,县长姓田……田……贝立。两个怪名字的人在一个县里。我去的时候,他们都到宾馆来陪我吃过饭。田县长很能说,肖书记不大讲话。这倒是一对配合默契的对子。今后肯定是姓肖的书记仕途大有发展……"

江志耕说到县长书记时,习惯似的加着评语,像给他们作判断打分。林育平静静地听着,这些县里的权威长官,虽然离他不远,是在一个县里城里,但他觉得他们离他很远很远。而小县离南城远远的,在江志耕的嘴里却显得很近很近。他说着他们的口气,似乎比他们还要高一层,有指点的意味。这使林育平更带着一种敬慕的神情看着眼前的江志耕。

"……你找我,到底要我帮你做什么?"江志耕说到后来,突然又转回来望着林育平,这么问。

四十二

林育平真想说出一点自己为什么要来找江志耕,让他相信。他觉得自己也确实应该有个理由。要不怎么会在分别二十多年以后突然找到江志耕这儿来。他想说他一直想来,他想说他一直怕江志耕不睬他,他想说他是见着了当年那个女同学,他想说到那丢了的五十元钱,他想说自己一直注视着他的消息,他想说他一直没有忘了他,他就是想见见他,他实在没有别的意思。他也不知道自己是怎么的想法,怎么会来的。林育平后来把这些想法都断断续续不清不楚地说了,除了那个当年的女同学他隐去了没说。江志耕这次只是听着他说着。像是法官在审理时辨别着他到底是不是说的是实话,确定着真假。

　　他说完了,江志耕还朝他望了一会儿。后来,他似乎相信了他的话,他相信他并不为什么,就为了来看看自己。这对江志耕过去和现在交往的人来说,是从未有过的。林育平前面讲的理由都搭不上边的,都是无意义的,也都是莫名其妙的。更奇怪的是那五十元钱。毫不沾边的事,亏他还说得出来。那五十元钱的丢失带给他的心理,江志耕感到有点怪诞。江志耕多少年中一直是跟有理性的人打交道,一直是用理智控制的。只有过去他和林育平交往时期,是怪诞的,是缺乏理智指导的,任由感情左右的,可笑的。那时他还年轻。多少年中,他学会了真正控制感情那怪物。他不能不慎重。他有时也会有控制不住的时候。他觉得在当年和林育平的交往中就显示出来了。现在他看着林育平,当年的朋友,看着他那张好像没变化的脸,还是瓜子形的,细腻白嫩的脸。他是一个老百姓,一个庸人,一个平常人,却又是一个怪诞的人。江志耕再一次想到他说的那丢了五十元钱的事,不由得哈哈地笑出声来。

　　江志耕的笑使林育平也跟着笑起来,他很想看到江志耕的笑。江志耕的笑使他愉快极了。

　　"你真好笑,我很长时间没有这样笑了。你今天看到了,我整天都在忙着。你想来看我,你大概想我是什么样的生活,像个官僚？像个花天酒地的贵人？像个电影电视里专门说说空话的高级干部？我忙，有那么多文件要看，那么多人要接待，那么多的事要考虑，有时会莫名其妙地做不少的事，见不少的人，就像今天突然见着了你。你没来求我什么事，别的人都来有所求的，求我这个求我那个，每个都说是第一次，每次都是那么麻烦，偏偏每一次都有无法推辞的理由。有公的有私的，公的往往好解决，私的往往难解决，好解决的倒容易推掉，而难的反倒要想方设法地去做，因为你欠着什么，过去欠着的还要应付，将来要欠的现在就要开始还掉。……你大概想我是什么生活？想我大概和电影电视上一样一心为公，廉洁奉公？现在你说是你说的，他说是他说的，他做得了就做，做不了，你就等于白说。你不在上层你就不明白这其中到底是什么，说简单也简单，说复杂复杂得让你摸不着头脑。当官是没法从学校里学的，当官是一门学问，却没法在学校里学。你看到的当官的主要是电影电视里的。往往好官总要和下面的人说说笑笑。然而你说笑是有分寸的，假如你总是和他们说笑的话，你的威信就没有了。我也很想说说笑笑，放开声音来笑，我就是那样笑，也要让人感到我在笑。不好笑的他们也要跟着我笑，弄得我也不知道什么是好笑的，什么是不好笑的。对下面是要温和点，但要有一种距离，不是我要，是他们要我要，你懂不懂？对上面就更复杂了，当官是什么？当官的学问就在于人事关系上。所有的事，大致一样，就像书本上写的，条文多得很，心里装着国家装着人民，都一样做，做起来就不同了。是什么学问？什么也不是，一件事出来，没有背景，解决都一样。不过对没有背景的我来说，是不存在的，都有背景。我自己也往往会成为背景。不自觉地成为背景……人事关系，最难办的是什么？是考虑周围邻居，是考虑同级干部，更关键的是对付上级这一点上。因为你要靠着这一点才有力量，你是听命于这一点的,一天的事,一天的精力,百分之二十是放在做事上,百分之八十是放在关系上。百分之二十是放在下面干部及老百姓的反应上,百分之二十放在周围隔壁的同事上,特别是那些和你有竞争的干部上,还在百分之四十是放在上级领导的思虑上。什么事做对做错都不要紧,要是没有得到上级领导的首肯,你就是大大地做错了。对于领导,也不是去顺着他,有时候反一反,倒对了,就看你放哪一点上,看你放对了没有。他的心有一扇门,你要走得进去,进得去,你才知道你该做什么,怎么做。这个上面不是一成不变的,上面的还有上面,每个人都在猜,上面也会有变化,今天的上面和明天的上面你都得要进去,你都得考虑到,你走错了一步,那一步的错,也许会到很迟很迟才显出来,你就别想再上去了。做官像骑虎,骑在上面是很难下来的,你一下来,人就很难受了,你就无法承受,你的一切也都没有了,做其他学问的,人停下来,那些学问还在。铁打的衙门流水的官,那些衙门一直还在,我上一任的官他坐过我的位置,他到哪儿去了?他退回家去了,他也就不存在了。我很清楚这一点,我现在无法退了,一退就什么也不是,什么也不存在了。你要在任上做点事业出来,是让你做到什么程度,可以让你做到什么程度。谁都想做一点事,没有时间和精力,也没有可能性。你只能想着那扇心的门,你怎么走顺了。而你自己心的门最好谁都不要让他进去……跟你说这些干什么?说了你也不懂的。你能懂吗?"

林育平先是点了点头,很快就又摇了摇头。他真的不知道自己是该点头还是该摇头。从话当中,他什么也都似乎听懂了,但他确实感到听不懂,那些话确实像一门学问。他说是走进门去了,看到里面的一重一重的,他也摸不着头脑,他也不知究竟怎么走往哪儿走。不过他觉得有点兴奋,他感到江志耕让他进了一扇门,这扇门不是谁都能进去的,他对进门的本身不感兴趣,但江志耕的对他的独特的态度和情谊,正是他所希求的。他感到兴奋,有点隐隐地感到,他不应该表现出这种兴奋来。

江志耕像是说疲倦了,一下子收住了口,略歪着点头,身子坐正了一点。他说话的时候一直望着林育平,那眼却是蒙蒙的,像浮着一层什么。他像看着眼前的一些幻象,那些实实在在的幻象。他的神情激动,脸色有点发红。林育平有一瞬间,感到他说话的时候,也有点像那个红红脸同宿者,都带有了一种梦幻似的神情,说着一种道理。那道理在林育平听来确实都隔着一段距离。他说完了,现在林育平盯着他,脸上红红的色彩仿佛一下子消逝了,仿佛根本没有过,仿佛只是林育平自己刚才的一种幻觉。江志耕微眯着眼,那眼中又逼出一道光来。

四十三

那一晚以后,到林育平离开南城,一直到他回到小县的一段时间中,林育平还为江志耕的一番话而迷迷糊糊的。他想弄懂那番话。他还觉得有点兴奋。他想站在那门里往里走一走。他走不进去。他无法进去,而对江志耕来说,他仿佛很快地把那扇门给关上了。他曾对林育平开过,林育平很高兴他为自己开过。他不知江志耕如何为他开的,他是需要向一个人开一下。一个人的心是无法永远不为人开的,林育平想到自己去找江志耕,也正是想向他开一下自己的心之门。他想得到一点呼应,他想得到一点依靠,想得到一个人的强有力的力量,他想起江志耕几次问到他的话:"你到底为什么事来找我?"林育平后来才想到,自己是有事去找他。自己想向他敞开自己心中的一扇门,对别人他无法敞开。也没人希望看他内心,给他内心以力量。江志耕也一样。但林育平意外地得到了江志耕对他敞开的门。他清楚了江志耕也有这种需要。他觉得喜出望外,这比自己向他敞开还要使他愉快。

林育平后来也想着向江志耕说什么。他也开口说了,他尽量显得也像幻觉似的说自己的事,他想着自己要推心置腹的,说得脸红红的,说得江志耕信着他,感到他的亲近。他说了好几句,他觉得自己并没说得激动,毕竟自己没什么好说的。他只说了第一句话时,他就看到江志耕游移的眼光。江志耕似乎还带着点疲乏的笑,林育平感觉到他的精神已经游移出去了。林育平越发觉得自己说不出什么来,说得一点意思也没有,说得一点深度也没有,甚至说得一点诚意也没有。他能说什么呢,说自己的工作,说那些修车的事,修车的主顾们的事,他还从来没有真正注意他们,他们的事又有什么好说呢,说他的妻子吗,说他妻子的唠叨吗,诉一下自己之苦,苦在哪儿?有什么可以引得江志耕的注意呢?有什么能走进他的心中去呢?慢慢地,他想着要说那个当年的女同学了,那个曾经夺走江志耕的,那个在二十多年以后,又在小县街上相遇,邀他去见识了宾馆楼高级房间的那个女同学。他知道自己只有说到她,才让江志耕看他显得是敞开了心之门,林育平突然感到自己对江志耕刚才的一番话并不是真正感兴趣,他感兴趣的是江志耕向他诉说了,向他一个诉说了,向他一个人敞开了心。而自己不知怎么敞开心,他只有说出那个女同学来。他敏感到江志耕会感兴趣的,他也敏感到也许会再一次丧失江志耕对他本人的兴趣,而移到了那个女同学的身上。他没有办法控制自己,他要让江志耕感兴趣,他要回报江志耕对他的敞心,他要让江志耕注意,依然有精神,依然带着那刚才红红着脸的神气。

林育平开口说到了过去,准备说那个女同学的名字了,那个女同学的名字已经在他的口头了,江志耕还是带点厌倦了的神情看着他,他想江志耕会集中精神的。他正要说出名字来,门铃响了。林育平看到江志耕朝门投过眼光去。身子动了一动。林育平就自己站起身来,赶快地过去开门,他还想着自己到底应该不应该说出女同学来。他开了门,门外是个女人。他一开门就往回走,他的感觉中是个女人,他觉得她干扰了自己。他想是刚才被支出去的女人回来了。他重进房间时,看到江志耕站立起来了,从江志耕的神情上,他发现了少有的关注的神情。林育平曾经看到过的,正是当年对着那个女同学的神情。他想也许是狭路相逢了。他扭回头,怕自己正对着的是那个女同学的笑啊笑的眼光,怕江志耕再一次携着了她的手而去,而毫无顾惜地丢下自己。但是林育平看到根本就不是她。根本就没有一点相通之处,眼前的这个女人显得单条,瘦弱,文文气气的,安安静静的。林育平素来对女人不多注意,要不他会觉得这个女人显得年轻,也许还是个姑娘,从她的脸上和神态上看去,还宛如是个姑娘,并不比刚才出去的那女人年龄大。但林育平注意到了她眼角的皱纹,他知道她是个年龄并不小的女人,林育平甚至感觉到那是另一个她,另一个能够吸引了江志耕注意的女人。他已经敏感到他无法再和江志耕谈下去了,江志耕会毫不犹豫地支开他。从江志耕的眼神中,似乎对她的出现有一种怜惜,有一种关顾,甚至有一种歉意。

"小兰,你回来……这是小林呢,这位林育平是我同学……过去中心市的……现在在小县……"

林育平看江志耕,他从他介绍的口气中,想到那大概是他的爱人。他没想到江志耕说话也会断断续续的,也有点不顺气。从亲近程度上看,她一定是他的爱人。是不是他的妻子他不清楚。女人朝林育平看看,她的眼光中含着一点忧郁。林育平弄不清楚女人,和江志耕生活在一起的女人应该是很幸福的,他有社会地位,有男人气,有强有力的气质,有生活的信念,有抱负,有高水平的物质,有思想,这些都是女人梦寐以求的,自己的女人不是老是嘴里挂着这些来指责他吗?

注视着林育平的女人,眼光中含了一点温和之意,甚至含有着一点笑意。女人很奇怪,林育平一直是这么认为的,对自己的爱人形如陌人,而对毫不相干的人,却显着热情。

"你们谈……"女人说。又朝林育平看看,她的声音细细尖尖的,像个女孩。

"我们谈了好半天了……"江志耕马上这样说。林育平敏感到江志耕的话意是他们的见面该结束了。他不想让江志耕开口遣开他。他觉得都是这女人的回来的缘故,他并不多看女人,便朝江志耕告辞。

江志耕走到门口站停了步,他说:"你以后来找我……"他准备开口对林育平说再见。林育平也站停身,想说什么的。里面女人说:"人家老远来的,你也不送送人家呀。"

江志耕笑着,说:"对对。该送送。"

林育平很想对女人说:我不要送。但他也很想江志耕送送他,他们默默地走了一层楼梯。江志耕跟在身后说:"小兰她身体不大好,女人的病,听说有一种当归养心的丸子,中间含有人参,补神益气的中药,对女人病有好处。我自己去买没买着,这种药也不想让别人去买,省得问长问短的。你在街上顺便帮我看看。"

林育平连声应着:"好好。"

江志耕跟到楼下的门道口,向林育平扬扬手,就转身上楼去了。

四十四

　　林育平在南城又住了几天,他的公事办得比较顺手,采购的物品基本都买到了。他依然在街上逛着商店,在大大小小的药店里转,寻找一种内含人参的当归养心的丸子。他很有兴致地做这件事。江志耕说得不错,这种药丸确实难买。按理说,这类药品是常用的,不应该缺货。林育平想到江志耕也许也曾一家家药店这么跑着,为了那个声音像女孩般的女人。他对那个女人并无什么印象。他有时觉得奇怪,江志耕为何这样地对待那个容貌并不出众好像没长大的女人。不过林育平还是很高兴地去找,这样他能为江志耕做一点事,他能再一次去见江志耕。这表明江志耕还是把他当做知心的人,他还是相信自己。不过一天天地过去,那个药一直没有买到,他开始有点着急,他很快就必须回去了。他不能不告别就走,而他也不能这点买药的事没办成就去见江志耕。他在城里多羁留了两日,开始他是一边公事采购,一边看药店,后来,他就单跑药店了,他总是带着失望从药店出来。他对药店抱怨说:"关系到病人的迫切需要的药怎么会没有呢?"对这些和他同阶层的营业员,他还能抱怨发牢骚的,没人理睬他。南城的营业员的态度恶劣,他从买药中感受得很深。只有一个老药人对他说:"这根本只是补药、常药,并不是救命的药,这类药品种很多,其他不少药都可以代用的,是不是你换一种药?"但是林育平坚持要买的是这种药,并且一定得是内含人参的当归养心药。他想到要是一般别的药,江志耕也许早就能买到了。难买正是他请求他帮着买的原因。想到这一点,他就心平下来,依然一家家去跑,甚至忘了将要回返的事。就在他快要失望时,在一家小药铺里,他随便望了望,突然就望到了那种药。确实是内含人参的当归养心丸。他一边高兴地让营业员拿货,一边说着买到这种带人参的当归丸真不易。那个年轻营业员感到奇怪地说:"所有当归丸里都带参的。"林育平说:"有洋参,有元参,有不少种代用参呢。"年轻营业员笑笑不理他了,似乎觉得他有点神经不正常似的。

林育平高兴地拿了药出来,正是中午时分。他在街上寻了一点吃的。这几天他都是在街上吃一碗面条或者一块面包什么的。他习惯见了药店还进去看看。带着已经买到药的喜悦,再去体验一点不易。在进去的药店里,他又看到和他手上拿的一模一样的当归养心丸,自然也是内含人参的。他问了一问,听说是这两天才进货的。他突然发现,满世界都是当归养心丸了。

林育平想着赶快要把药送去给江志耕,他怕江志耕也买到了这种药,那他这几天的辛苦也就都白费了。他来到了几天前到过的机关前,还是那个传达,但他仿佛根本不认识自己了。传达依然神情严肃地询问着他找谁。林育平说他几天前来过的,找江志耕的,进去过的,也是他接待的。林育平说了不少。传达还是拿起电话来,接通了里面。林育平接过电话,里面还是那个年轻的秘书声音,声音问林育平是干什么的。林育平又说了一遍自己几天前来过的,进去过的,找江志耕的,也是他接的电话,并在楼梯前迎自己的。那边一时没了声音。后来声音告诉他,江志耕这几天忙,又说这几天不在机关,出去开会了,说着似乎要挂电话了。林育平赶紧地说:他替江志耕让他买了东西,他给他送东西来的。

"送东西?"

"不不不,他让我买的。"

那边一时没反应。林育平忙着说:"是真的,是药……"一时间他想到江志耕是单独托付他,不想让人知道了。林育平虽有点顾不上,但还是把后面的话吞咽下去了。

那边一时又没了声音。后来声音又响起,让他把话筒递给传达。传达听了几句点着头。后来传达挂了话筒,林育平提起包想往里走,传达叫住了他。告诉他:他可以把买的药放在他那里,他会转交的。

林育平有点发愣。后来他依着传达,从包里取出药来。临给传达时,还把包在上面的一层报纸又裹裹紧。

那天晚上,林育平去了江志耕上次让他去的地址。他在那个楼道上下走了好几个来回,他有几次想举手敲门,都停下了。他似乎听到里面有那个尖尖细细像女孩的女人的声音,他能想象到倘若见到了江志耕,他会是怎样的神情。药已经放下了,江志耕大概已经拿到了,那么他还有什么话说呢。他要告别的话,也自然已有人转告了,他还再说什么呢?

林育平回了头,那天,他独自在夜南城的街上走了好久。他发现这么大个南城,竟然好多条马路缺少路灯。黑咕隆咚的。

四十五

林育平回到小县的家。他习惯地对妻子说个不住,说他在南城住的,说他在南城吃的,说他在南城玩的,并说到他在南城花掉的。他在南城的第二天就搬到了一家小旅社去,是那种街道办的旅社。林育平在中心市时,就知道城市里有这样的旅社,一般都缩在里弄里。林育平住的那个旅社是平房改建的两层楼,每间平均住六个人,每人每天只要六元钱。按出差的一般标准房价补贴,林育平到结算了,还赚了五十多元钱。这是他在回程的路上就算好的。他没有把买药的钱算进去。这是他第一次不计价的费用。他一直高兴着自己为江志耕买到了药。他把他的一切向妻子说了,小到一个人的一句话。但他照例没提江志耕,自然也不会提到那药。

后来,妻子说他去了一次南城,人变黑了瘦了,也变得内里有精神了,变得有点男子气了。

日子一天天地过着,林育平一天天走回到旧日的生活中。南城和以往的中心市一样已成幻想之境。有一天,他整理那只旧木柜时,从里面小纸盒的一些旧物中间找到了一沓钱,他想了半天,也想不起自己什么时候把钱放在这里面的了。可能是结婚初期藏入的吧,那时对结了婚的生活还难预测,还不习惯,总还想着要留一点自己的私房钱,就悄悄地藏起了这些钱,以便急需要时用的。钱因和废纸放在一起时间长了,有点发软,发湿,发潮,多少有点粘在了一起,捻开来,里面还有点白霉,散着一点霉味。数一数,有一百多元之多。一时间,林育平似乎觉得自己白得了这一百多元钱。高兴之后也就想到,这一百多元钱本来就是他的,他只不过是把它藏了,忘了,那时他每月只能赚四十多元钱,要攒这一百多元钱是要凑多少时间,是要省多少用。也许还是他学徒期间集下的钱。这一百多元钱当时能买多少东西。然而,这十多年中,物价已经翻了好几番,等于这一百多元钱已经跌了几跌,损失了几倍的价值。他一时又生出亏极了的感觉。只是这感觉是朦胧的,仅在意念中,并不比当时丢失了五十元钱的来得实在。当时许多没有藏起的钱,也有一直没用,存在银行里的,算起来加上利息,也是亏了的。那么到底什么是亏什么是不亏呢?那些做生意的人钱变钱,总是往上越赚越多,而他却总是不断地亏了的。亏掉的还有许多没有数的。他无处去要,他无处去求,他都默默地承受了。他生来就是要承受的。他有时竟突然会想到:没有花用的就等于丢了的。这念头他自己也感到好笑。他想自己一定是听那个红红脸同宿者的话,和听了江志耕的话的缘故。他把这类事和那类事都乱七八糟地弄混起来了。

　　慢慢地,这些想法和那丢失了的五十元钱一起都淡忘了。林育平每天自然会想到的是他下了班,该去买什么菜,什么菜便宜一点,好吃一点,而妻子和女儿会在饭桌上夸上几句。

艮

四十六

江志耕相信只有凭自身的力量才能一步一步地获得成功,但他似乎又觉得他的成功系于童秀兰。这两点是他的想法,都不会用语言表现出来。前者近乎是他的信念,而后者,他只是隐在心间,潜在地起作用。

认识童秀兰之初,已经是十多年前的事了。江志耕那时已经三十出头,还没有女朋友。应该说他还没有结婚。他心中并不渴望着结婚。除了长辈问起来,头儿问起来,亲戚问起来,他应答这个问题有点勉强之外,他确实没有太多的结婚的念头。他在期待着一种将要到来的变化。他不是芸芸众生。他从来就意识到这一点。在他显得年轻时,一度曾有过一段荒唐的生活。以后,他很快地从荒唐中走出来,他觉得那只是对他的一种磨炼。他一开始就没有沉湎其里。他一开始就计划着这段时间应该荒唐一下。花上个三年时间。他甚至想到,没有这种磨炼,以后前进的过程中,再遇上考验也就抵挡不住了。那时,他就清楚一个哲学思想:没有得到过的东西是永远无法舍弃的。并没到三年之期,他就从荒唐中走了出来。那确实是一个美丽的陷阱,但他还是走出来了。他的信念没有变,反而坚定了。他觉得自己的磨炼够了,到家了。以后他不会再受诱惑了。他想到做到,他一直相信自己的力量是能成功的。

结识童秀兰,并非是诱惑,他没有被诱惑感。他多少是清醒地觉得他和她应该联在一起。他需要她,这种需要说是对异性的需要也对,但并不光光是异性的。他很快想到了结婚,心中自然有一种男人的如温如麻的感觉。他想着应该要跨出这一步去。那扇门应该朝他打开了。他应该走进去。果然那扇门就开了,他就走进去了,人生只需要走一次。他成功了。

江志耕回头看来,他一直对自己是有信念的。多少年后他独自坐在机关大楼的高椅上,他想到自己的信念就是这样。他肯定能成功的。他是在他快要成功的时候,遇着了童秀兰。两件事重合在了一起,他也就把它当作了一种必然。

不过真正回头来看,江志耕在未成功之前,是不是有过徘徊呢?是不是有过对自己命运的困惑呢?是不是产生过一些非他所想的惧怕呢?是不是有过信念的丧失呢?是不是对成功和失败没有什么把握呢?是不是也有青春虚掷的感觉产生呢?是不是对命运有过怀疑呢?是不是想到过就这么找个女人结婚成家度过一生呢?然而现实是他遇见了童秀兰,他结识了她,他和她结了婚,同时他走上了成功的路。他已经把最初的那个时期忘记了。过去的事和情,他都不再去记忆。

江志耕的童年、少年连同他大部分的青年时期都生活在中心市。生活在江南城市的一条常见的街道上,生活在江南街道的一条常见的小巷里,生活在江南小巷的一户常见的人家中。一切都很平常。一切都不起眼。唯一不同的是,江志耕从小就有着一种信念,就有着后来走上那一条成功之路的信念。他从小爱看历史书,看那些带有演义式的历史书。书上的人物或是成功或是失败,但都是社会有名的。在走上这条路之前,是那么默默无闻,一旦走上了,便名垂历史。这样的书,是不是对江志耕的抱负很有影响呢？江志耕少年时期正遇上时兴造反的年代,许许多多的人都是一下子就走上了社会,走上了江志耕书中所看的封侯拜相的天地里了。昨天还是无名的人物,第二天就是主任部长的。这是不是对江志耕很有影响呢？江志耕偶尔会想到自己的开悟也许迟了一点,机会已经失去了。一下子在社会上成功的机会是少有的,多少年才会有一次。不过他很快明白了,社会的变化也让他明白:那些突然上去的人物,总是会突然就消失。一切需要忍耐,忍耐力是一个社会人物的根本。他曾经把自己的手指放在火上烤着,他尽量扭着头,脸上露着微笑。火在指皮上吱吱地叫着。他忍着,还尽量去感受自己的忍耐力。他后来并没有看到自己烧黑烧焦的手指。看到的只是烧出了红泡的手指。在他扭过头去的时候,他的手指不由自主地移高了。但他还是相信自己已经忍耐过了,感受过了。他有忍耐的力量。以后他回顾自己的这一做法,觉得很幼稚,但并不可笑。他也读过一些有关辩证哲学的书,他懂得那是他的一种必然过程。他逐渐明白了,真正有力量的不在一时极端的爆发,也不在一时极端的忍耐。力量必须是长久的。

在江志耕早年住着的那条巷子头上,有一个会算命的瞎子。他会算命是在当时的批判会上被揭露出来的。江志耕有目的地接近了那个瞎子。于是那瞎子给他细细地排过了他的一生。瞎子口中说出一串含糊不清的词,什么白日青云,什么运来时来,什么色贵齐得,什么羊入虎口,还有许许多多的判词。那些都少不了说他是有一日高升的。这一点是不是促发了江志耕信念的产生呢？是不是对他很有影响呢？以后他觉得自己并不是太信的,他不是一个唯心主义者。在他感觉到自己的力量的时候,他是不信的,而一旦他的信念不足时,那一点便出来支持着他。多少年以后,他一点点地把算命瞎子的话记忆起来,觉得瞎子说得很准,许多含糊的废话,都得到了印证。当然也有许许多多含糊的废话,他还寻不到真正的意义。他苦思冥想着,在他感到无聊之际,在他遇到失败之时。一般他不去想,路走得顺,他总是信念在身,便否定了那些想法。他认为自己是把瞎子的话象征起来,凑合起来,用索隐的办法联系起来了。也许有的话还是他自己后来加上去的,瞎子当时的话似乎并不记得了。他在信与不信中徘徊,他也在他力量强弱中徘徊。多少年后,在他的仕途如日中天时,他回到中心市的故居去,特意去找了一下瞎子,但是瞎子已经死了,死了好几年了。江志耕突然觉得自己的背部好像凉了凉。后来他一直后悔。他应该早去见一见瞎子的。就从那以后,他的路仿佛走过了顶峰。物壮而老,他懂这一点。他再次把瞎子的话想起来,他内心中更多地信了。他也清楚他上升的路走到头了。他后悔自己再去中心市的,那是他隐秘的力量之所在,潜在的根之所在。他不应去寻根,不应让自己感到那支撑物的倒塌。

江志耕属虎,童秀兰属羊。羊入虎口。江志耕和童秀兰结合以后才意识到这一点的。起先他感到这判词是一句不吉的话,后来他想到这是判定了童秀兰和他的婚姻。只有羊入了虎口,虎才有了力量。这也是以后多少年他和童秀兰的婚姻不管好坏都合在一起的原因。和童秀兰结合的那一年,他走上一直期待着的路,成了一个不一般的人。色贵齐得。这一句判词是毫无异议的。

有关江志耕的故事,在他的外部是很难看到色彩的。江志耕一直培养自己成为一个不苟言笑的人,一个有威严的人。在他的言谈举止上,也很难找出他与人不同的地方。只是他的内心,是丰富复杂的。他的内心中有着更多的波澜起伏,有着多种的层次,有信的有不信的,有正的也有难与人言的,有逻辑的也有唯心的,有力量的也有沮丧的,也许表现出他的内心更有意义。

四十七

外表上,江志耕显得稳重。特别是青年时期的江志耕还是很有一点男性的魅力的。和童秀兰相识之时,确实是这样的。那时江志耕已经三十出头,结婚找朋友的问题客观地摆在了他的面前。他不善打扮,也不喜欢打扮。他认为男性的力量不在打扮上,这也是中国具有传统的见解,这也是当时时代的风尚。但在那些日子里他多少注意了一点仪表,他多少把自己总是翘起散乱的头发用手指捋捋顺。他穿着一件比较干净的中山装,那也是当时常见的服装。江志耕那时已经清楚,要出人头地的人往往是不同于一般人的,而他又认为只有从一般中慢慢地显现出来的人,才是真正有力量的。他立定主意走正路,走长远之路。

相反,童秀兰当时有点仪容不整,像是刚睡醒,眼总垂着,还不时用手去揉揉,脸色有点发黄,笑的时候,显得勉强应付的样子。他们接近的那次,是在一个青年会议上,会议的议题在那个时代里很普通,实在没有记住的意义了。那天晚上,下着一点毛毛细雨。参加会议的人还是不少的。一个大的运动刚刚结束,但人们对会议的热情还有着惯性。许多人都热烈地发着言,许多的人都想表现着。江志耕却明白,一个外部表现的时代也已经结束。他只是参加而已,显得很沉着。会议休息时,大家围成一团团地站着。江志耕独自一个靠着墙,转身时,他看到了童秀兰。童秀兰就站在不远处,静静地看着热烈地说着话的人。他走过两步去和她说话,一开始她似乎感到奇怪地看他。他脸没有红,就是红了也肯定是不容易看出来的。他还没有这种和女人搭话的经验。他应该是认识这个姑娘的,就是不认识,也是早就听说过的。他知道她的母亲是个烈士,她的父亲是个被打倒的干部。在批判她父亲的会上,他见过她,那时她显得还没成年。他想她到底是跟谁算呢?是算烈士子女呢,还是算黑类子女呢?那次他看到了一个哭着的女人,也就是她的后母。她的后母后来不再是她的后母。他后来对童秀兰说,他是被她的神气打动了,他怜惜她,因为她显得那么弱不禁风。那时她的父亲还没有平反。她的父亲是在他和她快结婚时才平反的。

江志耕已经忘了那次与童秀兰见面时,他们说了些什么了。江志耕后来当了多少年的官,注意着许多的事,记着许多的文件,说过许多的话,做过许多的报告。他的心中装进去的东西实在太多,十多年前的一段谈话自然是忘了。再说那时有那时特定的语言,那种刚从运动中出来,依然还带着运动式的语言。那些语言大同小异,自然记不清了。江志耕能模糊记得的是他和童秀兰说到了她的父亲,说到了他对她父亲的印象,说到了她父亲早年的官威。当然是带着赞美的口吻。在她父亲还没平反时说这样的话,对一个姑娘来说,是能够入心的。江志耕认为自己并非是故意打动童秀兰,应该说他的话也并非违心之言。他很早就注意了以后他也进入的那一类人的形态,那一个层面上的人的形态。

总之,江志耕和童秀兰在那一次结识了。他几乎当时就认定:将要娶童秀兰为妻,将要和童秀兰成家立户,将要和童秀兰结婚,解决这件人生大事。他相信自己能做到,和他进入仕途的信念是同样充分的。一般年轻人都会有得不到心上人的忧虑,就是多少年的恋爱关系,也还怕不能最终得到恋人。江志耕当时是不是也会有忧虑?是不是也会有疑惑?是不是也会有担心?江志耕后来不记得有这些心理了。他相信自己。他不会见了挂在心上的异性,就说不出话来,不知怎么表达自己了。他很坚定地接近童秀兰。如果这个过程有的话,那是在以后了。后来江志耕确实有一段时间看到童秀兰,就有一种想说什么,又说不出来的情状。当时他是一步步坚定地接近童秀兰,一直到近得不能再近。

江志耕和童秀兰有了交往,他们的接触很快就公开了。童秀兰也许还没真正意识到的时候,江志耕所在的单位就都知道了。同事和江志耕开玩笑说:"当心你的胡子,别把人家的脸扎出血来。"那时在大庭广众,玩笑话到此为止。江志耕属虎,童秀兰属羊,他比她大了五岁。但江志耕不大注意仪容。瘦瘦的络腮胡的脸不常刮,总是毛刺刺的。和看上去偏小偏嫩的童秀兰在一起,自然给人这样的印象了。江志耕对这类笑话,只是一笑了之,不做任何表示。他一般不和同事开玩笑,对玩笑也不阻拦。他其实还刚刚和童秀兰接触。有一次童秀兰和江志耕在一起,遇上了江志耕的同事,那些同事对他们的态度,就像对一双热恋的情人,当面开着打打闹闹的玩笑。童秀兰多少明白那些玩笑的意思,不由得对江志耕含着一点责问的眼神。江志耕对童秀兰解释说,那是因为别人老是想帮他作介绍,他都烦了,借她来堵住别人的瞎起劲。接着他便笑着问童秀兰:"我们难道不能算谈恋爱吗?"童秀兰并没有红脸,也没有什么不好意思的样子。她抬起脸望着江志耕,眼光直直的,好像不明白江志耕说的是什么。江志耕感觉上透过那直直的眼光,看到了她内心通红通红的女性羞态。江志耕觉得在这件事上,他已经是完成式了。他不用再费太多的精力和神思了,不需要有太多的犹豫和彷徨了。

四十八

江志耕去见了童秀兰的父亲,那是他们交往了一个月后,江志耕提出来的。江志耕已经第三次提到这件事了。童秀兰一直没有表态。江志耕对她说,你是不是因为他的问题没有解决,才不要我去？可他是你的父亲,我相信他的问题就会解决的。你应该带我去看看他,如果问题解决了再去看他,你父亲会怎么想呢？江志耕开始觉得,他有些心里想的话要直直地向童秀兰说出来,她才能理解。他弄不明白童秀兰究竟是怎么思考的。他觉得她思想很简单。他只有对她说白了,他只有把很复杂的思想对她说简单了,她才会明白。有时他对童秀兰说,他喜欢的就是她的单纯。他相信童秀兰终究会懂他的做法的,会顺着他的做法的。在一个也是细雨蒙蒙的天,他和童秀兰一起来到她的家,见到了童秀兰的父亲。社会的打击在她父亲身上留着深深的痕迹,但她父亲还带着那种过去高踞在上的习惯神态。他对未来的女婿伸了伸手。江志耕便在他的对面坐了下来。江志耕尽量坐得腰挺直着,两只手放在了双膝上。多少年后江志耕依然记得他和她父亲见面的场景。她父亲坐在一张藤椅上。那张藤椅有点旧,四条椅腿略显得有点岔开,椅把手也有点破损,下面的椅支架上缠着了细细的锈铁丝。她父亲的身子略略歪着,侧着抬头静静地看着他,江志耕坐在一张旧的沙发上。沙发上铺着一层暗色的布,显得越发地旧。他也静静地看着她父亲,带着一点微微的像笑不像笑的样子,尽量是迎着长辈或者上级的眼光。童秀兰在忙着倒水,先给父亲面前的茶杯里加了水,又给江志耕端来了水。平常总是江志耕忙着给她照应的。这时的江志耕坐着,只是她端水来时,才侧过头来,迎她笑一笑。后来童秀兰是去做事,还是在沙发一旁坐下来,或者是做了一会儿的事,再在沙发旁坐下来,江志耕就不再注意到了。他已开始和她父亲说上了话。有些话的印象是很深的。

  前面说了几句关于她父亲的身体和生活习惯,慢慢说到江志耕自己了。他第一句话就对童秀兰的父亲说:"我是党员。入党三年零三个月了。"那时的她的父亲的党籍问题还悬着。她父亲并没有感到突兀,他看着他,缓缓地点了点头,审视似的看了他一会儿。

"我入党已经三十三年了。"

一个老党员和一个新党员。

"我们老了,就是再出来,也没有多少年了。"

"拨乱反正,正需要你们再带一带。"

"听说你喜欢看书,看什么书?"

"马恩列斯毛的。哲学的。历史的。"

她父亲沉吟不语。江志耕便说:"我已经报考了夜大。"

她父亲还是不语,眼抬着看着他。不知是点着头,还是习惯点头的动作。他扭过脸去看看自己的女儿。江志耕也扭过脸去,他看到了不知何时坐到身边来的童秀兰。两个男人刚才谈话时都忘记了她的存在。

童秀兰看看父亲,又看看江志耕,她的眼光中带着不解。那不解似乎也是她的一种习惯。

告别出了门,童秀兰有好长时间没有说话。江志耕还想着刚才的谈话。后来他意识到自己有点冷落了童秀兰。他去和她讲话。他注意到从童秀兰家中拿出的伞没有完全遮到童秀兰,她也没有往他身边靠。她的小半个身子的衣服有点濡湿了,她的额发被雨水粘着挂了下来,挂在了眉间,她的眼光中依然带着不解似的。她没有应他的话,而是问他,是不是她父亲不喜欢他的说话,是不是他说的话使她父亲不高兴了,是不是她父亲对他们两个的关系不赞成?平时不爱多说话的童秀兰问了一连串的话。江志耕看着她,他问她,假如她父亲不同意,她会怎么样。她摇着头说她不知道。她的眼光中没有伤心,却依然带着不解似的。江志耕不想再和她说笑。他自己笑起来,很难得地笑起来。他告诉她,她的父亲,也说是他的岳父大人对他的印象好得很,没有再好的了,难道她这个做女儿的没有看出来吗?

"我真看不出你们。"童秀兰说,她摇着头,她的摇头和点头都和她父亲有着同样的形态,仿佛又完全是不同的。江志耕多少年后还能记得童秀兰说的这一句话。那"你们"两个字给他的印象特别深。他想着了她在她父亲面前所表现的神态,和在自己面前表现的是同一的。婚后江志耕觉得童秀兰渐渐把对待父亲一般的神态转移到了自己的身上,不同的是,他和她父亲对她的神态。她在父亲那里,总是默默地做着什么,而在他的身边,却总是由他为她做着什么。

四十九

三十出头的江志耕,做着结婚的准备,他的内心中也在做着踏上新生活的路的准备。他满怀信心。他觉得成功只是时间问题了。结了婚,终于有了一个家。多少年中,他一直生活在集体宿舍里。自进了单位,他就在集体宿舍里住下,很少回到那条旧日生活的小巷里去,他的父母和他的兄弟住在那里,济济一堂。他无法迈出大步去。他无法展开自己的翅膀。搬到集体宿舍里是他踏上社会的第一步,而成家又是他的第二步。他结婚时,还没有房子。童秀兰曾说可以住在她的家中,把家安在她的家里,他没有考虑这一点。他坚持在单位要求解决。他向领导一提出来,就得到了帮助。他在单位的集体宿舍里搭了一张床,一些同住的伙伴都搬开了。他住在集体宿舍的那幢旧式的木楼上的顶头。旁边的房间里都住着单身汉,总是响着摇动着板壁的脚步声。江志耕在这里和童秀兰结婚成家。他把童秀兰抱在怀里,像抱着一只鸽子。他总感觉着房门外的脚步声,或者有悄悄恶作剧的声音。童秀兰只是静静地躺在他的身边,没有羞怯,也没有难为情,她睁着眼,眼光中带着不解似的,静静地看着他,并没有意识到外面的动静。性爱的色彩由此而紊乱。江志耕总说他太紧张了。他只是一个劲地抱着她,抱得很紧很紧。他感到人生不再是孤独的,他感到人生有了变化,他感到增添了力量,他感到更有了信心。他悄悄地对童秀兰的耳边说着话,含糊而不清。童秀兰肯定没有听清他的话,她只是看着他,睁着大眼。

在江志耕的心理上,那种对房间外动静的敏感,似乎一直延续到他们搬至新家以后的床上,一直延续了他整个的人生。对此他并不后悔。他是按着既定目标去做的。他想着要结婚,想着要成一个家。他不想住到童秀兰的家去。他觉得和她的父亲同住在一个家中,对他是不利的。这并不因为是她父亲还没有平反,他觉得那会很累。他应该给他的家立一个全新的定义。他能够无论怎么做都行。那是他的家,他的,是完完全全他的。他认定这是自尊。他对她父亲似乎谈到过这一点。她的父亲是理解他的。她父亲总是很理解他。他一直觉得和童秀兰的成家,使他找到了一个真正的知音。那知音并不是她。她只是他的妻子,他的知音是她的父亲,真正赏识他的是她的父亲。

江志耕对自己生理上的紧张,总是归罪于房间外的声音。其实那紧张感早就在他的心内,早就在他的潜在中。那是他曾经有过的荒唐事的后遗症。他的意志坚定,但坚定的意志却无法克服这一点紧张。那是他一生唯一的弱处,仿佛练功人的气门。这也许决定了他三十岁出头才成家,也许决定了他找童秀兰做妻子,也许决定了他的成功的目标。有所失才有所得,这是合乎江志耕的逻辑观的。但江志耕不会这么想。他是不是因为这一点对童秀兰抱着歉意?就是有歉意也只是潜意识中。在他看来,童秀兰并没意识到他的紧张,并不懂得一个丈夫的紧张是什么,也不懂得一个妻子应该感受到的东西。她只是睁着眼,看着丈夫,看着抱着她的丈夫,看着抱紧她的丈夫,看着把她抱得喘不过气来的丈夫,看着老在意识着外部声音的丈夫。是不是她心里会想:紧张什么呢?我们不已经是夫妻了吗?是不是她会觉得有点不大对头?是不是她弄不清不对在哪里?江志耕偶尔会想到这些。然而童秀兰只是睁着眼,每次都睁着眼。就是被抱得过紧了,也没涨红脸,身子也没动。任由着他。江志耕越发感到他的这一步是走对了。他有一种真正家的感觉,一种有依靠的感觉。他为童秀兰做着各种事。他原来不善做家务事,他对童秀兰说也同时对自己说,因为这是他的宿舍,在他的单位,他应该出面去食堂打饭,去收拾房间。一切事都由他做了下来。他有时也会想到,如果结婚在她的家中。她会像对待她父亲那样对待他,他可以舒舒服服做丈夫。但一切成了习惯便无法更改,他无法改变童秀兰,也无法改变自己。以后到了新房子里,他延续了为她做事的习惯。再以后家务事有别的人做时,他还延续了总是为童秀兰考虑着,总想着为她做事。其实这也显示了这个时代男人的时尚。他也乐意接受同辈同侪的取笑,那种取笑对他要走的路有益无害。

五十

对有的人来说,江志耕的生活也许是沉闷的,把他的事叙述出来,也不由得带上了这种沉闷的意味。但对江志耕来说,他有着他的人生观念。他那时正面临着转折关头,他多少预感到了这种转折。江志耕善于对发生的事作判断。偏偏他对他要走的路有着深刻的预感,讲唯心和唯物都无法概括。在这一点上,他总是凭直觉,而往往他这方面的直觉总是对的。也许每个人都有一个直觉敏感区,江志耕在这方面有直觉敏感是很正常的。

在童秀兰父亲平反前后两三天中,江志耕担任了单位的团委书记。那次他在房间里做了一桌菜,用那只小煤油炉。童秀兰下班回来,见桌上摆着两只酒盅,酒盅是新的。有些碗也是新的。结婚以来,他们总是在食堂里买菜,最多江志耕用小煤油炉做一个汤。在那个地方,江志耕给人的印象是朴素简单。他难得吸烟,从不喝酒。在过去同宿舍的人中,他一直是独特的。他不善和人吃吃喝喝。别的都是小年轻,而他显着老大哥的样子。往往会给人一点忠告,似乎天生具有超脱于人之上的精神。他不和人交往过密,从不铺张,从不夸耀,从不起哄,从不趋合。他当团委书记是自然的,谁也没有奇怪。童秀兰的心里也觉得是很正常的,他应该走到这一步的。江志耕早先给她的印象便是如此。童秀兰睁着眼看着桌上的酒菜。当江志耕告诉她,他当上了团委书记,她还是静静地看着他。是不是她觉得他的声音带了点从未有过的近乎颤抖的兴奋?是不是她觉得他长长方方微黑微瘦的脸上由激动而变深色了?是不是她从来看到的是他不露声色的形象?就是他对她第一次有所表示时,他也是冷静的。

江志耕站立起来,双手掌搓搓,他说:"我们喝一杯。"童秀兰还是静静地看着他,她看到他把她抱紧时的眼神,抱得很紧很紧,抱得有点喘不过气来时的眼神。他没过来抱她。他只是对她说,我们喝一杯。童秀兰却觉得被他抱紧着。她一动不动地由他抱着。

那是个星期六的晚上,这幢暗暗的集体宿舍的旧楼上的青年,总是在这一天晚上外出度周末。四周静静的,江志耕根本没有注意外面,他总是敏感着外面的紧张,仿佛一下子消失了。他带着庆贺的神情,朝她举起杯子来。童秀兰也许真是不明白。几天前,她的父亲平反了。她清楚江志耕对她父亲的事往往超过对她的注意,翁婿坐一起谈话时,仿佛世界上就只有了他们两个人。他们谈社会,谈生活,谈过去,谈现在,谈得那么认真,谈得那么尖锐,谈得那么投入,谈得那么忘我。对她父亲的平反,江志耕却一点没有庆贺的意思。她问过他,他也没有反应。童秀兰想回家为父亲做一点菜,表示一下的。父亲却也说不用。父亲和她说话总是很简短,使她总是不明白。当然也不需要她明白。

往往从父亲那里弄不明白的,现在有江志耕来为她解释。只要她问,他总会为她解释。她想他的解释总是对的。但她依然还是不明白。她听到的只是她父亲和江志耕的语言。她永远不明白的语言。江志耕告诉她,他父亲的平反是必然的,只不过是迟早落实而已。

那么,在江志耕的抱负中,一个团委书记又有什么呢？这不也是必然的吗？江志耕一杯一杯地喝着酒。童秀兰还是第一次看他喝酒,看他这么会喝酒。她静静地朝他望着,望着他一杯杯地喝下去。

"那件事,对你父亲来说,是必然的;这件事对我来说,也是必然的。但那件事对你父亲来说,乃是一个终结;而这件事对我来说,乃是一个开始。你懂不懂？那件事对你父亲来说,早一天晚一天,没有太大的意义;而这件事对我来说,此时此位很重要,你懂不懂？"

江志耕一边对童秀兰解释着,一边问着她懂不懂。童秀兰依然睁着眼看着他。多少年以后,童秀兰去听了一场带功的气功报告,那个坐在台上的气功师说着长长的话,末了也总会有一句,你懂不懂？有一刻,她把台上的他和丈夫连在了一起。他的声音进入了她的身体,仿佛长久地不消退。她的身体里许多的东西都受了那声音的控制,变活跃起来,不再受自己的抑制。

那天晚上,江志耕还是紧紧地抱着她。他的嘴里喷着一种酒的香气,夹着男性含混的气息,使童秀兰有一种想挣动的感觉。他的紧抱具有了力量。他一直在她的耳边说着话。含糊不清的话。他没有感觉紧张,只顾对她说着。他说他终于走上了路。他期待的一天到了,不在于一个团委书记,这是一个台阶。他并没把单位的头儿放在眼里,许多人都只是草包,都是无用之辈,都和他不是一个等量级的。关键是位置的前途,眼下上头重视团干部。关键是重视。没听说团被称为御林军吗?这就是关键。关键在上面。他要上去,他要进入,他要得到,他要强壮,他要深发泄。童秀兰感到一种异样的力,想要挣脱自己的动力。然而他停住了,随即她从他的听觉中,听到了外面楼板的脚步声,听到了那些逛荡回来的小青工们的笑声和闹声。同时她感到了他的紧张,后来又感到他把她抱紧着,抱得很紧很紧,她依然静静地睁着眼看着他。

五十一

江志耕说,他还要在这幢楼里摆一次庆贺的酒桌。他知道童秀兰已不耐烦这样住下去了。童秀兰住在这幢江志耕单位的宿舍楼上,也从来不到他工作的地方去的。童秀兰怕见人。江志耕曾要她去"亮亮相",她坚持不去。相反江志耕总是在童秀兰的单位出现,伴着她,静静地站着,最多是默默地笑笑。童秀兰单位的人对他的印象都不错,说他很有一点男子气。人家说这话时,童秀兰朝江志耕看看,也微微笑笑。在单位里的童秀兰和在家的童秀兰有点不同,有时说话呱呱的,也会插人家的话说上两句。在家的童秀兰只有眼光。不论是和江志耕的家,还是她父亲的家。

偶有一次,那是个雨天,雨一阵一阵地下着。正下大的时候,童秀兰来到团委。江志耕在布置工作,和几个年轻人在谈话。办公桌上铺着长条红布,堆着标语纸。他看到了童秀兰,眉头皱了皱。他不明白她怎么会这么早就回来了。他不明白她怎么在雨天里来他的工作地方。他不明白她怎么会没有打伞。从宿舍楼到工作地,隔着长长的一段石子路,她肯定是跑过来的。她的头上淋透了雨,头发都潮透了,挂落到眼面前。她眼直直地看着他。他不明白她会有什么事。他也有不少时间不明白她。他正忙着,恰恰她又是这样的形象。旁边的年轻人都歪着头去瞟她。他只和她应了一声,便继续说着自己的事。后来他再去注意她时,童秀兰不见了。

江志耕似乎一时没在意,大概想她已经回去了。他还有该忙的事,上面布置下来的事。后来,办公室的刘科长来了,进门叫江志耕,脸上仿佛带着一种无可奈何的神情,并指指身后跟着的童秀兰。

刘科长坐到江志耕对面的办公桌的椅子上,对着江志耕说:"你来做做工作吧。你对你夫人说说,上一次是不是你自己没有要分给你的房子。我的工作是做到家的,是不是?你自己没要,夫人却来找我要房子。"

屋里的人看看童秀兰,又看看江志耕。就见江志耕脸涨红起来,明显地慢慢地涨红起来。童秀兰依然只是静静地看着他,目光中含着她习惯的不解。江志耕的脸涨红着好一会儿。别的人都以为他会发作起来,都有点替他和她担心着。江志耕突然笑了出来,朝着童秀兰,笑着说:"你怎么不跟我说?结婚这么久,我还以为你不会提要求呢。"屋里的气氛一下子松了下来。只有童秀兰依然直直的眼光看着江志耕。说巧也不算是巧,单位的书记这时来。他是来检查布置给江志耕的工作的,还是在厂办听说了童秀兰要求的事?反正书记来了。书记带笑地握了握童秀兰的手,并严肃地命令江志耕把妻子带回去,好好做工作,并关照不准吵架。除了刘科长,屋里的人依然都带着笑。

走在前面的童秀兰没有回旧楼去,出门就跑开了。幸好雨已经小了。江志耕在雨中叫着她,一路跟出厂去。他能感觉到他身后的楼上,有着书记和其他人的眼光。

江志耕跟到了童秀兰的父亲那里。已经恢复工作的她的父亲,静静地听了童秀兰的诉说,她说得很短很简单。江志耕这时才知道了她怎么突然会这样的。事情的过程是,她雨天里提前下班回家来,本来就烦着雨天的雨声,偏偏隔壁的小年轻在哄闹着。她实在忍耐不住,过去说了一声什么,那些年轻人回说书记太太有自己的一间房子,还来管人家。也许还有什么不好听的,她不好说出来的话。江志耕了解他旁边住的那些青工,都会说出些什么话来。

两个男人一时都没说话。后来她父亲在藤椅上移过脸来,对着江志耕。

"是不是该出出面,找一下领导。"

"有的事,不必计较。"

"那间房子也是该换换的。你一人住也就算了。"

"我想到时间会换的。你说对吗?"

童秀兰有点茫然地听着两个人的说话。他们的话总是让她不明白。丈夫对父亲说到了刘科长,说到了他的年龄,说到了他进厂时间,说到了他的表现,和他的态度。她不明白他为什么会说到那个和丈夫差不多年龄的很精干的科长。那人并没有取笑她,也没有对她不敬。她想说什么,但没说。因为她发现父亲在听着,习惯地微微地点着头。

"我不计较。无论感到谁要和我争什么,我就把眼光移到上一层去。我不和同一层的人争什么。"

童秀兰依然不明白他们说的意思。但她已经明白,父亲是明白了丈夫的话。他们总是能够相通的。她站起来,准备回家去,那种雨天里头脑中常会有的烦躁,已经轻微了,退下去了。这一点她无法和他们言道,不论父亲还是丈夫都不会注意到的。

出了父亲家的门,江志耕习惯体贴地把伞移到她的头上,他靠她近近的。像是要把她再紧紧地抱着似的。他没有计较没有怪罪她的行动,相反,有点感激似的搂紧着她。她依然只是静静地看着他。

五十二

很快,江志耕实现了第二次的预感。他在家里摆了一桌庆贺酒,这次是他去省党校学习。听说这个名额主要是在他和刘科长之间选择。童秀兰已经学会了顺从丈夫的一切做法,但她怎么也学不会理解。她准备回到父亲那里,她要开始做饭给父亲吃。婚后的生活,她也弄不明白自己是高兴还是不高兴。江志耕告诉她,他这一去要三个月,他按捺不住兴奋。他对童秀兰说,也许回来,他们就不会在这里住了。但是他希望她能够每星期来住一次,起码来收拾一下。童秀兰没有说话,她就是不理解也不想去弄明白他的意思。

江志耕喝着酒。眼红红脸红红的。他说这是直性子人的表现。以后在酒桌上他都这么说。他的眼中有点朦胧,但他的心中十分明澈。他有时最不明白的是眼前的这一个女人,他的妻子,他们结婚也有几年了,她总是带着那种不明白的眼光看着他。他对她把一切都说明白了,世上没有另一个人能像她这么获得他的内心。人的内心是最不可测的,然而他表露给的却是一个无法明白的人。是不是就因为她的眼光,使他吐露着一切?是不是他喜欢的就是她的不明白的眼光?是不是他正需要的就是这不明白?

他心中还是很满意的。他迎着她的眼光,便会有一种安宁感。有时他会对着她滔滔不绝,他能够想到他会面对她怎么样的眼光,他取得了这种眼光带来的安宁。他的心便能静下来。他还刚刚走上这条预定的路。他在没有走上以前,便从理性上预测到将会有的烦恼。他有思想准备。他知道他才开始。开始得很好。他在这方面不需要太多的体验。一切都预测到了。在这方面他有着不同于一般人的天赋。有的人必须自己走一下,才能获得了这种经验,有的人就是走上了,也无法获得这种经验。而他在走上以前,就已获得实在的经验,仿佛已经亲身体验过了。这不能不算是天赋。江志耕喝着酒,一些快乐的想法就冒了出来,一些自得的想法就冒了出来,一些平常不会产生的想法就冒了出来。这是他最幸福的时刻。有时他很想一个人喝一点酒,以求得一种带醉的幸福感,但他抑制了欲望。他知道这是会误事的。他能抑制自己,这也是需要力量的。

这以后,他在党校和他的一班同学时常一起喝酒。偶尔也会躲在宿舍里喝,当然是瞒着教师的。党校是个严肃的场所嘛,几个亲密的朋友,说着亲密的话,喊着亲密的称呼。几只酒杯,两三瓶酒,几盘熟菜,说着各自心里的话。这些受过培训的年轻干部,将来都会是这个和那个部门的头儿,前途不可限量。里面自然会出几个冒尖儿的人物,出几个受命运宠幸的人物,这一点,在这里学习的人都明白。谁都有一份想法,但谁也保不住到底是谁得到了命运的彩票。同学是真的,关系是真的,互相希望将来会得到提携。在这一刻里,他们都表现着一种真诚。他们都是在一层上的同学。他们说着最尖锐的认识,说着最实在的人生体会,说着各自的经历,说着俗的一面的笑话,说下去也就连着女人和床笫之乐。仿佛过着瘾,仿佛都带着色彩,仿佛都是一个个经验丰富的勇者。

江志耕红红着脸,红红着眼,他也说着,似乎插不上话。那些话自然在他的口中带了点过滤,习惯的过滤。自然不如对着童秀兰那么安宁和直率,也没有那种愉快感和自得感。他显着是快快乐乐的。他显着不会喝酒,但又表现着很喜欢喝酒。他与他们争着说话,争着表现着自己的心理。听说他还没有孩子,一个个同学都在酒桌上传授着经验。他笑看着他们。那些经验对他来说无济于事,遥远地隔着了一层,并入不进他的心里去。只浮起隐隐的一点生理欲望,隐着后面童秀兰的那种眼光,静静的似乎不明白的眼光。

他去党校前的那个夜晚,他依然带着一点酒后红红的脸色,抱紧着她。对着她的耳边絮絮而语。许久,她说了一句,你要去三个月吗?江志耕从她的话中感悟到了一点离别之情,属于夫妻之间的那种情感。他还感悟得很少也许他过去是没有注意到。他只是紧紧地搂着她。他无法安慰她。她似乎叹了一声:又要三个月。他从她的话中突然感到了一种孤独的缺憾。他想到了她有时会说起人家的孩子。她并非是暗示。他相信她还不会运用暗示。那是出于她的一种天然本性。感觉到这一点,他体内涌起来的酒力,消褪了一点。他不知是讨厌她的话,还是讨厌体内生出的感觉。孩子一词在他心里是一个障碍区,他总是让自己的想法越过这个障碍区。他对自己说,他有他的路要走。

五十三

江志耕从党校回来,还没上班,市里就发了调令,他便去市团委报到。在市团委组织部部长的位置上工作了不到一年,又当上了团委书记。那两年正是换班子当口,上上下下的。老的下了一大批,不再干到死为止。就在江志耕上去的时候,童秀兰的父亲退了下来。赋闲在家,看报养花。每次江志耕和童秀兰去看他,他依然坐在那张藤椅上,有点迫不及待地问着江志耕的工作,问着市府里的事情。两个男人的共同语言似乎越发多了,说的都是市府里的头头的名字,加上了判断,加上了估价。童秀兰依然做着事,很少去听他们的话,她奇怪那些一个个头头儿的名字在他们的嘴里说来说去,又有什么意义?有时两个男人默默地看着,像是思考着什么。在隔壁的房间里,坐着童秀兰,她捧着腮,望着一件过去熟悉的东西,望着窗外一个熟悉的景面,江志耕过去唤她走时,她好像没感觉到。江志耕从她的眼光看过去,只看到伸在窗外屋檐处的几根灰灰绿绿的树枝。他心中生出一点惜弱的感情,他用手在她的头上摩摩。他想她大概是在怀旧吧。女人的心思他永远无法清楚。他清楚的是男人的心思,比任何人都清楚,特别是上层人物的复杂思想。而简单的心思,他实在不想去思考。

到市府工作没多久,江志耕就分到了房子。从一幢集体宿舍的四壁是灰木板的旧楼搬到新公房去,童秀兰高兴过一段时间。她的眼闪着亮,有一种江志耕看来像孩子般的眼光。她对他说,她准备好好地布置一下。那时正面临着一股开放的潮。她说她同学人家都把小房里布置得好好的,她单位的同事也都布置得好好的。但他们都没有自己分到的房子大。她想把新房涂上她喜欢的淡蓝色的涂料,两室半的房间可以好好地装修一下。她有熟悉工程队的中学同学,那些同学在她的婚前,常常来往,后来很少走动了。她无法请他们到那幢旧木楼上去,无法在那里和他们说什么话。多少日子里,她和他们已经疏远了。她可以请他们一起来布置。江志耕却在分到房子的那一天,就独自借了一辆黄鱼车,把他们结婚的一点家具都搬到了新房子中。搬了房子的几天后,他请了几个在党校的同学来聚了聚。以后,那些同学常在家里相聚。他们谈着喝着,满屋子的烟。童秀兰回到家里,有时就默默进了自己的卧室,江志耕总会叫着童秀兰,来端茶冲水的。一俟同学离去,他又会习惯做起家中事,叫她歇着去,一任她独自静静地躺着。童秀兰的同学也来家中聚过,常常是江志耕伴着,谈着一些话。可能是大家都感到有点拘谨,来往也就少了。有时同事会在楼下叫着童秀兰。江志耕笑着要她多出去走走,不要闷坏了。特别是雨天的时候,她的脸上会泛起一层红晕来。

有一阶段,江志耕似乎很忙,常常夜晚才回来,说话带着少有的兴奋。他说他要做一点事业,真正的事业。也有人常常到家来,谈工作的事。童秀兰有时听着他的设想。他说他会叫人大吃一惊的。他在报纸上发表一点谈事业的文章。童秀兰告诉他,她在单位听同事说到他的文章,都说他很会写的,很能说明现实问题。说起这件事,童秀兰的脸上浮有一种苍白色。江志耕觉得她奇怪,觉得有一点陌生感。他不明白她的话里是赞赏还是一般叙述。这时她的眼光却不直视着他,像说着别人的事。

那个阶段很快就结束了。正好逢上了当地的地区和市合并,由市管县。两套班子合并。宣布合并干部名单时,市团委书记的位置由原地委团委书记担任了。这是江志耕怎么也没想到的。他前一段时间一直是热热烈烈的,不光是童秀兰单位的人,连市委书记见了他也会谈到他在报上的文章,说他文章在团的工作上有见地,是合潮流的,观点很新,很有说服力的。

江志耕的工作一时没有宣布,他向新市团委书记交了班,离开了团市委。他实在没有想到他会这样离开那里。那天,他向童秀兰提出来去看看她的父亲。自他们结婚以后,他很少主动提出去她父亲那里。凡是她去他都会跟着。江志耕在她父亲的对面坐下。她父亲的眼光习惯地直视着。江志耕有点茫然似的,眼光有点飘忽。

"你做了什么?"

"我没做什么。"

"你做过了吧?"

"大概我做过了。"

她父亲理了理自己的头发,童秀兰早就注意到父亲的头发已是花白的了,依稀有点黑发也是灰的。江志耕也注意到了。岳父自退下来后,一天天地见老了。

他们没再说什么。江志耕起身说走了。童秀兰的父亲也站起来,平时他从来不送女儿和女婿的。他拍拍女婿的背,动作很轻,像是抚了一抚。童秀兰看得有点发愣。多少年中,她似乎还从来没有感受过父亲的这种很温存的举动。

五十四

江志耕的工作分配迟了一些日子下来。那些天江志耕在家闭门不出,似乎也忘了原来总是他做家务。童秀兰每天回来,总见他独自坐在沙发上看书,露着一种不同平常的微笑。童秀兰像多少年前对休闲在家的父亲一样,小心翼翼地对着他。她尽量不去注意他。江志耕其实很希望看到她那不明白似的眼光的。她却低下眼,端菜端饭,她弄不明白他如何什么事也不做,却耐得住那许多的时间。

那天江志耕告诉童秀兰,他的工作分配了,是去下面县里,担任副书记。童秀兰抬着眼看他,似乎又带着那种不明白的眼光,是不是觉得他犯了什么错误。他并没有对她说过这一方面的任何的事。江志耕又对她说了一句,书记年纪大了,很快会去政协。他没有再说什么。似乎已经和她说得多了,似乎在外面他也不会再多说一句话。他蹙着眉,像在考虑着下面将开始的工作了。

两天不到,江志耕就去了县里。他基本不回市里来,只偶尔童秀兰去看他。他住在招待所里的一个单人间,童秀兰去了以后,县里的干部川流不息地来看她,都说笑着。童秀兰只是睁着眼,默默地看着他们。江志耕说话时,总是想着把童秀兰带进去,总是扭过脸来微笑着,含着让童秀兰也微笑的暗示。两个人的时候,他对她说她应该热情些,下面的干部喜欢热情,都很在乎热情。童秀兰只是默默地,她弄不懂自己怎么热情,她大概想到自己该热情。以后也就朝来的人露着笑。江志耕显得很满意似的。江志耕似乎一句一句地教着她交际,像教孩子似的不厌其烦。

半年不到的时间,老书记在政协换届时去当了主席。江志耕扶了正。宣布上任后的一星期,他找来了县行政科长和办公室主任。告诉他们,他将把妻子接来生活,尽快给他安排一个住房。科长仔细地告诉书记,已经规划的建房还要有一段时间,或者可以从下面局里调房。听说基建局有一批房子就快建好,到时县里出面可以要上一套。江志耕拒绝了。他说房子的好坏并没关系,就在县政府机关房里安排,但是时间上尽量快一点。

房子分配到了后,江志耕立刻去了市里,他把房子的情况和童秀兰说了。童秀兰没有作声,到晚吃饭时,童秀兰突然说了一句,她不去。江志耕似乎知道她会这么说。他只是像对一个淘气孩子一样看着她。她说为什么要去?江志耕说:为什么不去?童秀兰说:你知道为什么。江志耕说,为什么要去我知道。我们是夫妻,总不能一直分居两地,你放心我还不放心。为什么不去,我可不知道。江志耕的话一直像开玩笑似的。童秀兰:我们又不是没分开过,你去省党校我还不是一个人吗?江志耕依然笑着说,那是学习,共产党员听从党的召唤,现在我是去工作。童秀兰说:你在下面哪会有多长时间？江志耕说：那说不准,我是做一辈子的打算,那里山清水秀,是个好地方呢。童秀兰难得听他和她说笑,赌着气似的和他说了好一会儿的话,还没来由地哭了。江志耕拍着她的背,像那日她父亲拍他一般。他们去了她父亲那里,童秀兰这才听到是江志耕找了行政科长催办房子的情况。江志耕汇报似的向岳父说了。

"秀兰要去县里,她不放心的是你一个人。"

"去吧。"

她父亲摆摆手,他是对着江志耕,而不是对着女儿说的。

"房子安排好了,你也去那儿住住。"

"我在这里住惯了。多少年了？三十多年了,大军南下时,留下来的。"

她父亲似乎话多了不少,江志耕听他说了好一会儿的话。

江志耕带童秀兰到县里,并带她去看了房子。这是一套早先让出来的空旧房,虽在二楼,但前面砌的楼房高,房间里有点暗蒙蒙的,让童秀兰想到了早先住的那幢江志耕单位的旧木楼。两间房一个很小的厅。墙上都留着水迹印痕。斑斑驳驳的。陪着的行政科长一直显着无可奈何的眼光,抱歉地说着以后再换的话。江志耕却似乎很满意地笑着。说着,不错不错。两个人有这两间房够用了,不添孩子就这么住下去。他给行政科长说定,按规定把房子粉刷收拾好。随后他在县里给童秀兰找了一个对口单位,亲自去把童秀兰的工作关系转了下来。好几个星期天,他都陪着童秀兰在街上转商店,给新家中添着一件件的物品,收拾和布置好的这个县里的小家,比起当时在中心市的家中,应该说是应有尽有了。江志耕似乎表示着他真的将在这个县里一直生活工作下去的意思,也似乎用这向童秀兰表示着委屈了她的歉意。表示补偿的意思。

五十五

江志耕在县里干了一届将满的光景,他升迁了,直升到了省级机关。家里没再摆酒桌,临走前几日,每天回来都是脸红红的,满嘴的酒气,酒色仿佛退了,又仿佛过了头。已经很晚很晚了。他拉童秀兰也去散步,在直直长长的县街道上,路灯光昏昏黄黄,影子拖得很长。他对童秀兰说着,哪一条街该如何改造,哪一处该砌如何的大楼,哪一处是他来了以后建造的,他原先想怎么砌的,哪儿是他的政绩,哪儿是他的骄傲。他铺了一条路,他知道这条路会铺往哪儿,他早知道会铺出去的。回到家里,睡觉时,他紧紧地抱住她时,他发现她的脸上湿漉漉的。他安抚着她,他想她是不是离开县里高兴了。他问她几声,她最后说,我们能不能不走?她的脸上一直湿着,不住地湿着。江志耕没去看她的脸,他把她紧紧地搂在胸前,他想她一准是孩子式的神情,女人就是奇怪,来的时候哭着不想来,走的时候又哭着不想走。女人也最容易适应的,当时那么反感这里,似乎无法生活下来,现在一天天,上班下班,买菜做饭。他在县里比市里忙得多了,常常有人请示工作到家中来,影响他们的吃饭。几年中,政策一天天地变得开放,他常常在酒桌前陪桌,说着酒桌上的话,说着那些自己有时也感厌烦的客套话。而家中的事慢慢地都转移到她的身上。现在他就要离开了,他就要脱出身了,她也会脱出身了。在省级机关里,又是上班是上班,下班是下班,单位是单位,家庭是家庭。如果要说留恋的话,也许他会有些留恋,这里他能说话算数,工农商学兵,文卫工青妇,财税公检法,交邮水建电,哪行哪业他都通过干部管理,哪行哪业他都能说是他的。他做得还是廉洁的,虽然他的钞票在这里显得含金度很高。他的一切用度都不用他烦心,也不用童秀兰烦心。他很清楚这一年年的变化以来,他的那些同事们的家中的巨大变化。他和他们的目标不同。他现在要往高处去了,去的地方显得高而虚,有一种浮起来的感觉。他也不知自己怎么会有这种虚的感觉。他是务实的。对他的鉴定有一句便是务实精神。他是具有目标的,目标之下,他的每一步都必须实实在在的。他的目标就走在了脚下。又一重门在他面前打开了。他落下来,落在了实处。他以后的上升,便具有了更坚实的基础了。一切很好,很对,很合时。他又何必如女人一般留恋呢?

就要到大城市去了,城市比中心市要大得多,要繁华得多。如不是跟着他,她怎么可能生活到那样的大城市去呢。他弄不清她想的是什么,他想到的是女人会适应,一定更容易适应大城市。

去省城报到以前,江志耕和童秀兰回中心市去了一次。向过去和现在的同事和领导道别,又是一番饯行酒席,他都带着童秀兰。桌上的人都劝着酒。江志耕只是微笑着,一任旧日的同事劝着妻子的酒,用微笑的眼光看着她。有时默默地端过她的酒杯来,一饮而尽。旧日的同事便哄起来,说他水平酒瓶同步增长了。这时的丈夫仿佛具有了高度的力量,具有了高居众人之上的精神。她觉着他高了上去,浮了上去。童秀兰不再显着不明白的眼光,似乎是她习惯了他的各种变化。她觉得那些变化早就在他的心里,他只是一重重地把它们释放出来。她无法清楚他的心中还深藏着多少。朦胧间,她眼前有点发虚。后来江志耕向桌上人解释说,不要紧,她是喝过量了一点。

他们去童秀兰父亲家。在屋里等了好半天,她父亲才从外面回来,深秋季节,他穿着一件毛线衣,头上还是热气腾腾的。江志耕想他是去里弄参加义务劳动了。他只是摇摇手,微笑着。女儿给他拿过罩衣,他还是摇摇手。他坐在他的那张藤椅上,弯着点腰给一盆文竹剪枝,剪下一枝枝细细的黄黄的细枝。再取过漏壶一点点地酌着量朝盆里浇水。女儿想接过手,他还是摇摇手,一边和江志耕说着话。

"我要去省里了。"

"是吧。去吧。秀兰工作都安排了吧?"

"安排了。"

"注意身体,心情放松,多活动活动。好有个孩子了。"

她父亲说着,站起来随手整理着屋子,似乎是习惯的举动。女儿想代他做,好让他坐下来和丈夫说话。多少年中翁婿都是那样坐着默默地说着看着的。父亲照样是摇摇手。江志耕也跟着站起,说着话,看着家中,家中似乎收拾得比他县里的家还要干净些。看来这个老人已经习惯了独身生活。妻子用不着老为他牵挂了。他看着老人的背影,过去每次他坐在这里,对着坐在藤椅上的老人,多少有一点压抑的感觉,多少有一点想抬高自己的感觉。现在他的位置已经赶上了老人当时的位置了。他已有高过了老人的感觉,他心中一直有要高他之上的潜在意识,现在他做到了。然而老人似乎一下子脱出身了,藤椅那边是一片虚影色。

五十六

江志耕在机关副职上工作了两年,正职调了一个部门,他从四个副主任中一跃而上,担任了正职。多少年的官涯生活,他已深谙其道。只是每个部门,有不同的环境,每个环境有不同的人,每一群人,有不同的要求,不同的背景。那路都是不同的。一天天的日子,一个个人的接触,每一次接触都潜伏着新的对待,有新的变化。熟悉了以后,自然有一种不变之道。然而,不变中又有许多变化了的,潜伏着危机。危机说有便有,正隐在平常的日子里,隐在默默之中,容不得半点松懈。是不是在童秀兰看来,他已经得心应手了?江志耕却多少感到了越来越不容易了。这一点是隐在心中的。他一直没有失败,他一直是成功的,一直是信心十足的。以往多少时候,出现过多少危机,他都防患于未然,他似乎走得很顺,只有他自己明白,他用着他心的力量推开着那一重重沉重的门,一旦心之门推开了,外部的路便顺了。外部的一切只是一种应验。他总早早地对着那显在心间的门,左右左右地看着,他也总是有力量有能力把它们打开的。每一重门似乎一样的,又各有不同的巧妙机关。他要寻找到那芝麻开门的咒语。

只有他自己知道他的心之力增加了。而他一天天,上班下班,开会散会,检查视察,似乎是说着差不多的话。那话却永远是新的,因为是面对着不同的人,不同的场景,要把那些差不多的话,变化成新的,难度是别人无法理解的。世界上的道理其实都差不多,都是老生常谈,哪怕再新奇的话,再标新立异的话。其实标新立异的话并不难说,难说的就是老生常谈的道理,在各种场合下用不同的方式说出来。有时他会觉得难度大极了,而临时,他又会用各种方法说出来,又会说得得心应手,恰到好处。更不用说那些关系的处理了。这些道理没有人能明白,也无人可对说。他有时会独自坐在办公室里,吩咐秘书不要来打扰他,他靠在转椅上,身子微微地摇晃着,心驰神驶。他的那些陈旧和新鲜的道理,那些方法,那些关系,那些总结,都转到心里来,他从中感到一种愉快,一种艰辛,一种无法与人言的痛楚。窗外是一片蓝天,高高远远,他真有点天苍苍,野茫茫,天地之悠悠,前无古人后无来者,独怆然而泣下之感。他真不想破坏了自己这种情绪。但是电话还是会来打扰他。他有时也有点怕做事,怕与人打交道。越是熟练,就越怕。他爽性显得高高的,不与人接触,他的形象就不会损伤。但他还必须接电话,他必须不断走出去,不断和人接触,不断理顺各种关系。他想到那些被人称为官僚的人,也许也是心中生出交往的惧怕来,才高高地与人隔绝。然而,他还有路要走,他顺着惯性要走下去。他在这个位置上也坐了一年多了,他清楚这是他的一个心理的低潮阶段,是低潮使他生出许多莫名其妙的念头。以已得位置和将得位置的过渡时期,中间阶段总使他生出一种莫名其妙的低潮心理。他清楚自己还必须在这个位置上安安静静地待上一个时期。没有特色的,提不起精神的,兴奋不起来的,有时还必须是压抑的时期。需要时间的流动,他不可能总在升迁中。在这个阶段中,要求的是平平稳稳,因为再多的举动也是枉然,有时还会引发将去位置的反应力。必须显着柔如水的形象。他虽然清楚但有时候会耐不住。他怕自己这种耐不住的操之过急的心理会影响了自己前面的路。

他的话也总是说给童秀兰听,在饭桌上,在枕头边,在房间里。童秀兰似乎听惯了听多了他的道理,她不再睁着眼带着一点不明白的神情看着他,而是微低着点头,应他的话总是短短的,如同他的一个女秘书。江志耕明白那个女秘书心中对他怀有一种崇敬,一种惧怕似的崇敬。而对童秀兰,他却是弄不明白,夫妻生活多少年了,他依然弄不明白她。而对家庭之外的社会关系,对上司,对下属,对同事,对人与事,他都仿佛看得很清楚。独独是童秀兰除外。他不让这种想法在心里流动,也自然不会表述给童秀兰听,他也不去思考。夫妻嘛,他考虑那么多做什么呢?

童秀兰在他面前走动着。他的眼光看着她,她的身影明白无误,清晰自然,他能感到她,但又是朦朦胧胧的。多少年,她和家的概念连在了一起,他给她带来了一个家,他给了她一切,家中所用所需的一切,一切都不需要她烦心,他和她出进在门外,周围隔壁的人的眼光都是羡慕的。他这时去看童秀兰,童秀兰似乎还显着多少年前姑娘般的怯怯的神情,像是不适应要避开似的。这时他感到心中有股暖意,也有一种说不清的怅然的意味。只有对着她,他才会有这种说不清的滋味。仿佛滋味是含在心里面的,怎么也驱不开。

五十七

　　童秀兰父亲去世了。江志耕和童秀兰去中心市奔丧。葬礼隆重,规格很高。江志耕心中清楚,这也是有他这个女婿的缘故。多少的退下去的不在位上的干部,死后只有一点虚的礼仪,空而单薄。每次去参加那种葬礼,江志耕总会有一点人世沧桑、无可奈何的感觉。他想自己是不是也老了,但他不会去改变这种葬仪。他用不着去做这件事。这是人生规律,死者又何在乎什么隆重和荣耀呢?而因为是他的岳父,追悼会上几乎整个市的领导都到场了,秘书们忙得什么似的。他想他对得起岳父了。他是在岳父没有平反前和童秀兰结合,并走上官途的。他并没有依靠岳父做什么,而在最后却为岳父取得了荣耀。他望着岳父的遗像,那是岳父早年的工作证上的照片,岳父仿佛还是那么瘦瘦的,有一种坐在藤椅上的默默之气。而晚年的岳父其实是胖胖的,脸色红红的,偶尔江志耕到中心市开会去看他,发现他的气色好极了,显得很有精神,不再给人过去沉沉的感觉。岳父很健谈地和他拉着家常。江志耕有时不免觉得似乎换了一个岳父,变成个低俗难以相言道的岳父了。没想到岳父会突然去世,因为他是一个人生活,死了好些时候才被人发现。他不用保姆,一直一个人生活,家中依然收拾得很干净。也许是心肌梗死吧,医生也说得含糊。岳父死得很平静,一点没有痛苦的样子,遗容和挂在墙上的遗像判若两人,似乎更多了一点生气。

开完了追悼会,回到省城,童秀兰对江志耕说:我们分开吧。江志耕说:你说的是什么。童秀兰抬起眼来,重又说了一遍:我们离婚吧。江志耕笑了一下,又去注意看童秀兰。他这时似乎才看清天天看着的童秀兰。她不像以前那样穿着简单,不像以前看上去年轻。有很稚嫩的感觉。她的头发不知什么时候做高了,在后面扎了一个把子,束了一个发卡,那只黑发卡上面的两个圆形银色的环扣,有着一种刺目的亮色。她的脸上也有如病态般地苍白。他把手伸到她的头上去,她的头动了一下,眼光望着他。他觉得那眼光有点飘飘忽忽的,他觉得她本来就是和他远着,只是他一直不清楚,这一刻抚着了她的头,便真正地感到了她的距离。

他说:你坐下来,坐下来。

她坐了下来,有点疑疑惑惑地坐下来,眼依然抬着,望着他。

他说:我一直关心着你的,我是太忙了。我是实在地忙。我是实在地关心你。我实在忙。他一直说下去,说得絮絮叨叨的,像他以往抱紧她的时候。后来,他听到了她的声音,她的声音仿佛从远处传来,却是真切的,入了他的心里。她重复了一遍先前的话,那话的含意却似乎不同了。

他说:你不要太伤心,你父亲去世了,我会好好照顾你的,我会的。我在这个世上真正最关心的就是你,最真心对待的就是你,最相信的就是你,最知音的就是你。我会照顾你的,我怎么能在你父亲刚去世时那个呢。人家会怎么说我呢,人家都会问,怎么的呢,是不是官当高了?我怎么解释呢?是你提出来的,确实是你提出来,可我不能一个个地去对人家解释。别人会说我大概怎么对你了,我大概有了什么了,只有妻子才发现的什么了。我不能做清白广告吧。许多的人都看着我盯着我,我的路还要走下去,怎么走呢?我无法失去你的,我一直关心你的。

江志耕说着。他只是凭着习惯说话,他也不清楚自己说着的是什么。他只是想对她说。他说了很多很多。童秀兰一直看着他说话,默默地看着,他的手上也越来越用劲。他想把她抱得很紧很紧。他像哄着她似的,哄着一个顽皮的孩子似的,哄着一个惯坏了的孩子。他想她该睡着了。可是他注意看她时,她还是那么睁着眼望着他。

后来,江志耕独自一人时,他好长时间没能把她的话想实在。他偶尔会疑惑,是不是自己处于低潮的时间太长了一点,自己越来越耐不住了,以至在她的心里留下什么阴影来。他弄不明白她怎么会说得出来那样的话来,怎么可能那么地说出来。他想到了现在社会的节奏大概是太快了,她内心的幻想大概是太多了,自己也许太把她当小孩了。他对她照顾太多了,让她生腻了。如果她父亲还在世,他也许会接受她的话,现在她的父亲去世了,他怎么可能让她离开,她不是一个亲人也没有了吗?他现在是真正地弄不清,感到她的奇怪。多少年中,他一直在流动,那旧木楼上的生活,那中心市市团委工作时家里的简陋布置,她都可能不顺心,但那时她没有提出什么来。到了她不愿去的县城,她却仿佛有所依恋。而到了省城,住房是高层次的,室内布置他也不必有所顾忌,装饰得很合潮流,她却并不在乎了。他走出去都是轿车接送,作为夫人,也受到了多大的荣耀。也许是因为没有孩子,可她以前还曾提到过,现在她明显并不在意了。她对他的生理也不在意。他实在是弄不清。他隐隐约约地感到哪儿有点不对,他不愿深想,他觉得想不清。

有好几天,江志耕很早就回了家,他把家里收拾了,做了饭,其实这也是他的习惯。她的工作并不忙,但她每天总是准时上班下班。外贸工作是个清闲的单位,这也是他为她安排的。她似乎早就从家里脱出身去,家中的一切都由着了他,丢给了他。他进一步地布置家,去买了一些高档的家电用品,如激光音响和摄像机。他也觉得自己在做着一件件毫不对路的事。他弄不清楚她的心理。但他还是这样做着。他不去看她的眼。他总是微笑地和她说话,吃饭了,该睡觉了,洗脚吧,他像哄着一个孩子似的对她说着。他避免和她谈敏感的话题。他又显得并不把她的那番话当一回事,仿佛是她开的一个玩笑。他不知道她是不是还想提。有时他觉得她总是想找个机会再说出来,有时想她大概不想再说了。他多少悬着一点心。他对自己说他根本用不着为此悬心的。

很多天过去了,他发现她还是那样生活,每天回来,不再用询问和等待式的眼光看他。她吃饭睡觉,有时会一个人默想,含着一点莫名的笑。他依然和她说着话,说着心里的想法和对机关里的事的判断。她也依然听着他絮絮叨叨的话。他只有对她一个人能说的话。有时他会突然想到,也许她根本没有说过什么决断的话,那只是他一时的幻觉而已。有时他静静地去看着她的神态和眼光,想证实一下心中的疑惑。有时他感到自己大概是太紧张了,是工作上太不顺心了。

五十八

江志耕似乎过了好一段时间才真正接受这件事。他开始观察和察访童秀兰的行动。他也觉得自己很奇怪,做法有点荒诞,有时像个很蹩脚的探子,根本不像一个高级干部。那些行动却诱惑着他,吸引着他。他会细细地察看她换下的衣服,会随意似的问她一些简单的话,注意看她的神色,有时还悄悄地跟着她,想看到她去哪儿,见什么人。好几次还险些被她发现。他觉得自己也实在不可理解了。在这一天天近乎游戏之中,他认为这是游戏,他的心念都挂在了她的身上。他和她生活了多少年,他一直想不起来,她经常穿的是什么式样的衣服,喜欢的是什么色彩。现在他对她的所有衣装都十分熟悉,用的是什么香水也了如指掌。他也清楚她常去什么地方,她的单位里有什么人,她经常和什么人在一起。他越感到自己的荒诞,就越饶有兴趣似的。他的头脑中一时脱离了他一直悬心的工作,进机关只是按常规行事,也能应付下来。这么一天天过着,有时,他会突然想到,他也许是过疑了,她不过是一时心情不愉快吧。但他已经控制不住自己要陷进去的欲望。他发现了一个人物,是在她周围出现的一个男人。他觉得他们之间有点说不清的什么,他是凭着男人的感觉察觉到的。他发现她见他时有一种不同于一般的情态。他有时故意提到这个男人的名字,她的神态便像是不同于一般。他感到自己内心充满了嫉恨。他对自己说,他完全是疑邻窃斧。他没一点点实在的根据。他最应该相信的是他的妻子。童秀兰最不可能做这种事,她在性方面如同是一种孩子般的单纯。她是怕丑怕羞的,连手臂也不光着的,对丈夫都带着怕裸露的情态的,爱面子的古典式女人。在男女这一方面,她完全像个不开化的女孩子。

但江志耕还是疑惑着。他控制不住自己的疑惑。他有意无意地和这个男子接触了一下。他想办法把男人档案里的情况调来看了一下。他便十分了解这个男人了。他知道他只是形象上显大,其实比她要小上几岁。这并不能释念,他从接触中,发现了他性格中冲动性和情绪性,这对童秀兰是不安全的。他判断这个人终将是不安全的。从他的档案情况和接触的情况推断,也凭着自己多少年对社会人物的观察,他知道这个人内在有一种触犯社会的本能。结果是那个男人犯了事,进了监狱。江志耕想他应该在牢里,磨炼他的性子。江志耕终于叹了一口气,感到了一阵的轻松。他一点也没有对童秀兰说什么,只是默默地校正着她的行动。童秀兰重新回到了家中,江志耕觉得那些家庭危险的因素都消除了。有时他不免会有一点的不快,他想自己对妻子是爱的,有着深深的爱情,要不,他不可能这么用心去做。但是妻子却对他不忠,起码在精神上是不忠的。这使他默默中生出一点怨恨来。有好些日子,他也总是夜晚不归,现在是应该让她来感受一点他的痛苦了。他自然能寻到人生的快乐。这样又过了一段日子,他的心沉静下来,他重新想到了自己的路。这条路只有从家中通出去。他需要一个平静安宁的家。首先要从家中把心境稳下来。他重新感到他离不开家,离不开童秀兰,那些斗气的举动是不明智的,虽然有感官上的快乐,但对他的精神对他的目标是一种腐蚀剂。他重又回到家中,重又对着童秀兰柔弱的身影,对着她平静了的眼光。那眼光中跳跃着的危险的光彩已经黯淡下去。她总是低着点头,仿佛带着一点重负,江志耕觉得她的身影又是朦胧的了。他的心思放回到多少年熟悉的工作中去,他突然觉得不那么得心应手了。拳不离手,曲不离口,他生疏了些日子,分心了些日子。在这些日子中,他丧失了许多的机会。机会可遇而不可寻。他难以稳下心来,等待那新的机会的把握。他觉得烦躁。他清楚自己必须要重新加强自己的忍耐力,然而那忍耐力也仿佛离开了他。他无法抑制自己有时的冲动。他忍不住想走一走极端的做法。一旦回到家中,他便注意着童秀兰的举动,这也成了一种习惯。他无法遏止自己这么做。他常会问她去了哪里,只要她回家来,他便会有意无意地询问她。她轻声地回答了他,头也不抬地。有时他会露出不信任的口气,那口气连他自己也感觉到了。她依然低着点头轻声应他。

他又充满着柔情了。有时他很想完全退回到家庭中来,过心静的日子。他又无法丢开他目标的路。他无法不悬着心。他明白那条路是不进则退。他的内心在矛盾的交织中,如周期性的跳跃。

又过了一些日子,江志耕极偶然地发现童秀兰总是坐到房间的窗口前,默默地望着窗外。使他想到了当年他和她父亲谈话时,她便会在她的房里,静静地看着窗外。这一来多少年了。江志耕渐渐感到自己也开始有了怀旧的心理,那也许是因为他变老了的心态,但他还发现她不时地在微微地笑着,那笑的时间长了一点。他开口叫她,她一时似乎还回不过味来。脸上的笑容显得小孩子气,很单纯,很迷人。她一时仍然沉浸在她的笑中。有时回身面对他时,还带着那种笑。再后来,她有点笑出了声音。江志耕终于预感到什么了。他把她送进了医院。她很柔顺地挽着他的手臂去了。初见医生她有点害怕,她惊叫着。医生安慰着她。结果正合江志耕的预感。她留在了那里,江志耕过几天就去看她。她坐在一个白色的房间中的一个白色的床上,四周都是清净的白色,她对着一个方窗,方窗上是涂着白漆的铁栏杆。她不再显着那样的笑。笑失去了。她的体形有点发胖。她一时似乎有点认不出他来。她对他说:这里很好。很好玩的。有许多的好人。他抚着她的头,心中酸酸的说不出话。她说他把她的头发弄乱了。她像是用哄孩子的口吻和他说话,问他为什么哭了?

江志耕前进路上的一个大机遇又失去了。他意识到了自己的年龄,他不由得感到自己确实老了。有许多新的名词和新的道理他一下子接受不了。有时他好半天理会不过来上司话中真正的意思。他清楚地想到,他的路大概很难再走下去了。他想到那是因为童秀兰和他分开了。羊入虎口,他记起当时那个瞎子的判词。他知道当他力量强的时候,当他的路走得顺的时候,他并不会在意这句话的。他常常会莫名地想起少年和童年时的一些事来。他总是觉得累,其实并没做什么事,他就有累感。他总是想睡觉,明明一整夜都睡了,却似乎没睡着。他总想着要回家,他总想着要躺到床上去。他总想着要自己睡着了。他似乎是睡着了。他似乎是在梦里。在梦里他想着自己快睡吧,快睡着吧,在梦里自己好像要睡着了,又总觉得自己还没有睡着。醒来的时候他才知道自己是在梦里睡觉,他做的是一个个睡觉的梦。他想,日有所思夜有所梦,他怎么没做到一个成功的梦呢?

离

五十九

　　五月里的一天,南城的天气阴一阵晴一阵,常常落雨。树上的花还不知季节地开着。雨有时下得很小,很细,朦朦胧胧的,把花的香气都淋到了马路上。童秀兰第一次见刘国栋,回去做了一个梦,梦到了一头狼,那头狼在都市的背景中,在花树丛中,朝她笑着。童秀兰并没见过真正的狼,自然也不知狼的笑究竟是什么模样,也不觉狼的形象的可怕。那狼的形象和刘国栋的形象模糊在一起,她又毫无根据地在梦里说那是狼。

　　童秀兰经常做梦,童秀兰喜欢做梦。童秀兰的梦大多很柔和,没有什么恐怖的场景,就是狼这样令人恐怖的动物,在童秀兰的梦里也和刘国栋的形象模糊在一起,带着童秀兰习惯的梦的色彩。

　　童秀兰眼里的现实世界的色彩是变化的,充满着不稳定感。在太阳强的时候,那世界便显得平板。在阴天里,在大风雨天里,世界变得黑沉沉的,凝定了一种色彩。只有在那微微的雨天里,她的色彩感特别明显,色辨感也特别明显,她自己也许并不清楚这些。一切缘于她的感觉。常常变化不定的感觉。在人多的环境中,她会被嘈杂的声音弄得木木的,脑中浮着稀里糊涂的印象。而往往一个人的时候,她的感觉又如沉了下去,只在自己的内心里,常常是许多的梦似的记忆。

　　童秀兰见到刘国栋是偶然的,也具有着必然性。童秀兰在一家出版机构工作。刘国栋的工作与出版沾不上任何边,但刘国栋对一个个的铅字有着着迷似的爱好。他们两个的相遇由此就有了必然性。那是一个蒙蒙的细雨天,在童秀兰同事的小院里,聚了几个客人,是童秀兰的同事邀来庆贺生日的。那天虽然下着雨,天色却显得十分清爽,同事家的小院在一个僻静的小巷里,小巷的四围都是高楼,小院便仿佛别有洞天似的,安静,带点古色古香。院里一幢旧时代气息的涂着黄色的两层砖墙小楼。客人说,这样的小楼现在很少了,现在的水泥楼房都像鸽子棚似的,不畅快。同事说旧式楼房就是显得阴阴的,光照不足。童秀兰住过旧式楼房,记忆中的感觉是昏暗的又有着一点亲近。小院里用玻璃钢瓦搭着一个凉棚,摆了一张桌子和几把椅子。小院并不大,一条水泥铺的走道,一边是石台阶,一边泥地里种着一棵白兰树,几根迎春枝。高高白兰树上没有树叶,光光的枝头上,绽着大朵大朵稀疏的白兰花。矮矮的迎春树上抽满了黄黄的花。一围大块煤砖石垒起的院墙上,抽长着一些莫名的草似的绿荆枝,泥地上是落下的白花与黄花。童秀兰就在这个小院里,坐在桌边,吸着雨天里的被树草滤过的很清新的空气,看着同事忙着招待,听着几个客人说着话。后来她觉得坐得无聊,就起身在院里走走,细细看那些绿色的植物。在院门处她感觉到门外站着一个人,便打开门来,她就看到了刘国栋。他离院门远一点点的地方站着,一动不动地,似乎站了很长时间了,眼朝院子看着,也不知在看什么。他发现童秀兰的眼光后,才走过来,进了院门。于是童秀兰就和刘国栋认识了。也许她以前也见过刘国栋,但记不得了,她觉得这是第一次。他离远一点地站着望着院子的样子,就形成了她梦里的那头狼的形象。

"哦,你就是那个江头儿的老婆?"这是他对她说的第一句话。

童秀兰默默地看着他,他的脸长长的,扁平如刀砖,腮帮那儿有两条长纹一直拖到下巴处,使他沉沉的表情中间带着一点悲哀,含着一点伤痛似的。他的个头高高的,像矗着一棵树,脸色却是白白净净的。但他话的声音却是轻柔的、低低的,像与人耳语一般。

他的问话很不使人愉快。童秀兰却是很柔顺地点点头。

"你不像。"他直直地看着她,随后这么说。

说话时,他朝她笑了一笑,笑的时候,他脸上的两条纹路越发地明显,像浮着挂下来似的。她不明白他的话意,只是望着他。

"真的你不像,一般的官太太都比官还有官样,你倒像个小姑娘。"

"你像个……"童秀兰睁大了眼。她心中有点恼怒了,却没发出火来。她从小到大很少发火,也很少有事让她能发出火来。她周围的人也总是很温柔地待她的,而这个刘国栋虽说着她像个姑娘,但那口气却那么不近人情,带着冒犯和冲撞。

"我像什么?"他脸上收了笑容,神情好像一下子僵住了,像是等着听判决似的。她突然觉得好笑,她就笑了出来,冲着他笑出来。她很少笑,她的笑似乎总让人很愉快。而他的神情越发觉得受侵犯了似的。她心里想着,他像个男孩子。这是她一时想出的报复他的话。刚才她明显要形容他像个什么的,她并没有想确切,直到她后来的梦中才显现出他的形象。是那条狼的形象。

他的眼偏开了一点,又去望着旁边的高院墙。墙上垒着一个个四方的大煤石砖,很沉的青灰色,中间夹着黄白色的泥灰,伸着一棵绿的草本植物。他像是不想看她,却还面朝着她。她有点觉得好笑。她觉得他真像个被冲撞了自尊的孩子,赌着气似的。她想说,我没说你不好的话呀,是你说我像什么,我还没说你什么呀。

童秀兰回忆他和她的接触,这就是他们第一次的对话。背景有点虚掉了,过程也有点虚掉了。在这之前,从刘国栋进院门到坐下来,曾对小院里的人说了不少的话。小院的桌前围着好几个童秀兰同事的朋友。童秀兰的同事给他们介绍了刘国栋。刘国栋一一握手,口中称着"锅炉工刘国栋"。握童秀兰的手时,他似乎随便地朝她看了一眼,并没在意她。坐下来后,他只听了一会儿,也就插入了院中人的话题。他一开口,声音不高,却有着一种横冲直撞的架势,往往就和别人争辩起来。小院里的人,都是来玩的,都朝他笑笑显着退让的意味。有一阵雨下得大了点,在他们头上的玻璃钢大雨篷上,响着了沙沙的雨声。大家停了说话,主人端上了大蛋糕,大家拍掌唱着祝贺生日的歌,吃着蛋糕,哄闹了一会儿,后来也就不再是大话题,各人找着各人兴趣的对象说话。然后,刘国栋才和一边一直没有开口说话的童秀兰说起来。

在童秀兰的观察中,已对刘国栋有了一定的认识,清楚他说话时表露的冲撞性格。她也就不以此为忤。他的年龄按旧时的标准算,已到了中年,但在童秀兰的感觉中,他仿佛是一个小伙子的形象,特别是在他说话的时候。

站着的刘国栋,显着要比童秀兰高上一个头。他们靠近着坐下,望着他偏过一点头去看围墙的样子,她很想伸手抚抚他的头。他的头发显得长长的。

六十

童秀兰的同事是宁波人,汤团照例是必要的点心。烧好点心的主人坐到大家中间来以后,话题从松散又回到了集中。刘国栋有好长一段时间没有再说话,只是安安静静地听着,间或用手中的一支筷子敲一下桌沿。后来他突然就插进了话题中,好像是谁评价一个什么人,用了"钻营"这个词。刘国栋突然扑将上去似的插进了嘴,他把手中的筷子在面前的碗边敲了一下,连声说:"贵族气,太贵族气了。"他的这一句话有点让人摸不着边际,也不知他是指的谁,是刚才说话的人还是被评价的人。童秀兰只听着碗被敲后清脆的带着回声的叮咚响。随后便是刘国栋的一大番话。

"世上本不存在什么钻营不钻营,我认为有必要想一想,改一改有的说法了。那造文字造词句的人,本来都是贵族文人,摆出了一种高高在上俯瞰众生的架势。是不是呢?对不对呢?中国的语言中一直带着种种腐败的贵族气。什么是钻营?无非是下面的人不甘心自己生活在底下的命运,想办法要上去。而贵族们把持了上层生活,自然不允许下面的人和他们争夺。于是就有了钻营一说。凡是用他们看不上眼的做法想要攀上去的人,便是钻营。其实再想想,多少词的意思都是这么来的。什么大度,什么宽厚,什么高贵,包括什么心平气和,什么君子风度,都是贵族式的自吹,他们有这个地位可以吹。什么卑鄙,什么阿谀,什么势利,什么投机,包括什么品格低下,什么小人得志,什么无耻徒,什么暴发户,都是贵族用来骂低地位的。因为他们想要让下面人的地位一成不变,因为他们容不得下面的人上来。下面的人天生就比人矮一等似的,要成为上等人,要想上来,自然要做一点事,动一点脑筋,自然不能按着贵族们的做法,自然不能顾及贵族们的规则。本来他们的地位就是不平等的,贵族可以心平气和,可以君子风度,下面的人要是这同样的风度,也就永远做下等人。于是只有卑鄙,只有投机,只有无耻,只有暴发。其实什么提携,什么报恩,也是贵族官们的话,他们身居高位,自然有了提携一说,从官民平等的角度来看,如果官们选的才是对的,乃是他当官的应该做的,提携什么?做官的人天生占了一个好位置,他做一点事,也就成了提携,也就要人给他报恩,难怪个个都想着要当官,难怪个个要想当大官。官位就是无本生意,可以给人恩惠,手上一把权,就是资金股份,可以提携,可以示恩,可以骂人是小人,骂人是投机。知恩报恩也就成了他们的投资。每提上一个人来,都成了他们恩施,一旦他们下了台退了休,他们也就能收收人情利息。一旦有人忘了,也就成了忘恩负义者。连他们的子孙都受惠,都能瞧不起人,都能骂人。不是吗?可悲的是,下面的人居然也接受着这种说法。一个说来是平等民主的社会也延续着这种说法,可笑啊实在可笑!"

桌边的人都带着点儿笑地听着他说,没有应话。也许是听惯了目前社会上众多的牢骚话。童秀兰只是看着他,她并没听懂他的意思。他微仰着头,声音依然不高,却带着一点强烈的意味。旁边的人一直没接话,慢慢地开始说起别的话题来。童秀兰继续看着他。他的面前立着一个形象,一个很虚的形象,他和它对峙着,他像要等它的动作,想要扑上去,愤怒地扑上去。只有她看着他。她很想有人接他的一句话,或者说对与不对,哪怕和他争上一争。她很想自己找出一句话来和他说说,他的样子明显在等人说什么。但是她实在不懂他的意思,也实在不知说什么来接他的话,也就朝他笑了一笑。他却只是扫了她一眼,那眼光中似乎充满着恼怒。

童秀兰对他说:"你说话很有力量的。"

刘国栋又把碗边敲了一下,敲出一声叮当响:"什么力量?人微言轻,换你家的江头儿哪怕说一句平庸透顶的话,照样有人会捧着。"

似乎旁人都没听见他说这句话。童秀兰推了一下身边的同事,主人伸手收了刘国栋的碗筷。"姓刘的,你哪来的对当官的不共戴天的仇,秀兰家的那一位又没惹你,是不是你们单位里的新头儿又冒犯你了,卡着你哪儿了?"

主人手已拿过了刘国栋面前的碗,刘国栋避了一下,还伸过手去用筷在那碗边上又敲了一下,说:"再没有人能卡住我了,再也没法卡住我了。我要辞职了。我要做一个自由人了。自由人,知道吗?我要做生意了!做一个奸商!奸商,这又是一个贵族想出来的词。别人无法像他们那样坐着拿好处,吃高俸禄,只能想办法做生意赚钱,自然是奸商。"

童秀兰想着他大概是受着领导的压制,她想到自己的丈夫也许能够帮他一下,去说一下,疏通一下。她还是第一次想到她丈夫做官的力量。但她又想到,那又正合了他刚才语中的意思,他是不会接受的。

桌上的人仿佛一下子都听到了刘国栋要做生意的话,移过身来问着刘国栋,准备做什么生意?刘国栋这时却不说话了,他又偏过脸看着那一堵长着细细绿草的院墙。大家便都说开了做生意赚钱的话题。

童秀兰没说话,不时地看一眼刘国栋。刘国栋手里的筷子被收了去,用手指轻轻地敲着桌子。……绿绿的细草在眼光中慢慢地抽长着,摇曳着……

那个时候,天色暗了,雨不再下,悬着的灯一点点地显着亮。

六十一

童秀兰第二次见着刘国栋,回去后梦见的刘国栋依然是狼的形象。只是那狼的形象似乎淡了一点,她想到那狼就是刘国栋时,似乎能看清刘国栋人脸的样子。她认真地望着他,他也就显着狼的样子来。狼的形象像是笼罩在刘国栋的身子上,忽虚忽实的。印着都市高楼的背景。高楼下面的阴影衬着他。那高楼似乎是孤立着的,斜向着云端,矗得很高很高。太阳落在了那高楼之后,只隐隐地露着了一点暗红色的光,梦的感受中仿佛有风从高楼上灌下来,狼形象的刘国栋就在阴影中,仰起一点头来,侧过面,瞟着那高楼,像是要反身扑上去。她向他走近时,他依然是那种不动的姿势。她走了好一会儿,还是没走近他。他一直保持着那种样子。走近了的童秀兰才发现高楼下有着一级级台阶,台阶上很大很大的一个门,门的阴影完全笼罩着刘国栋。

晚春时节。大城市的季节不是很分明的,特别是在机关工作的人,似乎永远看着的是同一景色,有时也无法注意到景色的变化。只是童秀兰,总是感觉着气候。春去了,似乎自己身体里也遗落了什么东西,是一点一点慢慢地遗落的。她从江南的一个乡村县出来,随丈夫来到南城的,在那个乡村县她住了四年。那里的一切却似乎永远地影响着她,特别是县里的乡村景色,仿佛她自小血液里就潜在接受的。城市里生长的人,是从来不对习惯的景色产生兴趣的。童秀兰却一直敏感着环境的色彩变化。丈夫往往说她的敏感是病态的。

在童秀兰工作的大楼里总是有着一种油墨和纸混合的气息,有时清新,有时闷人,这都随着童秀兰敏感的情绪而变。童秀兰在她工作的地方见过刘国栋的,他的身影常常是远远地一闪而过,想是进了哪个编辑室的门。童秀兰弄不清他和哪些编辑关系熟,她从不打听什么,总是默默地做自己的事。她进这个楼里来工作,完全是丈夫安排,她并不熟悉这里的业务,只是她需要有一个工作的位置。她的工作是流动的,总是随着丈夫工作的变动而变化自己的工作。她似乎总是无法适应她的工作,好在她的工作也总是能应付下来。刘国栋的身影出现在她工作的楼上,她一点没有与他相见的意思。她不想在这里见着他。她在工作的楼上很少和人搭话,很多的时候,她是坐在她的办公桌前,看窗外的一棵长上来的树,看那棵树上的丛丛叠叠的绿叶,心中浮起一些童年的感受。她自小生长在中心市,家的窗外也有这么一棵树。有时她恍惚觉得时间没有流动,或者只摇晃了一下,她还在老家的窗前坐着似的。

童秀兰从那幢楼房里出来,走在街道上。街道上一直流动着自行车的潮,大城市的街道自行车潮是最显著的特点。童秀兰没有学会自行车,来南城生活也有好多年了,没有自行车总不怎么方便。但她一直没学自行车,原来在中心市生活就从来没有学过自行车。她见了城市中那么多的自行车,就有点不适应。她无法想象自己也骑着自行车在车流里面不相撞。她总是在人行道上行走,穿马路也是小心翼翼的。她不怕汽车,单怕自行车,只要听到自行车的铃声,心里就发慌。

这天她行走在路上就看到了一起自行车相撞事件,整个事件看得仔仔细细完完全全的。一辆小轿车响着喇叭靠到路边上来,自行车道上密密集集的自行车疏开了,一辆骑女式自行车的慌了一慌,车龙头歪了一下,就撞到了前面男式自行车的后轮,两辆车子倒了下来,后面的女式车压在了前面的男式车上,压在上面的那辆女车没什么,下面的一辆男车别在了路阶上,车链脱了下来,车链盖有点别歪了。于是便有了一场常见的马路争执。

骑男车的人从车上跳下来,骑女车的人低着头扶自己的车。骑男车的人叫了一声:站住。于是许多人都停下来看着。随即那人没管自己倒的车,奔到小轿车前面拦住了车。轿车上正下来一个干部模样的人。从轿车上下来的人说:自行车不是他的车撞的。骑男车的人说:因为是他的车靠到自行车道上让人下车才出的事。开轿车的人于是从车窗里伸出头来,说:那只能怪你们骑车的水平太高了。下轿车的人不再说话,想要动身开走,骑男车的人扯着他,要和他说理。每次接口的却都是开轿车的人,明显那是个送头儿上下班的司机。

争执越来越大。时间不长,自行车道便被轿车和停下来看热闹的人和自行车堵住了。不远处的岔路口有个交警站着,一直没过来,仿佛没看见似的。旁边人有说这有说那各自裁判着。那个骑男式自行车的人只管说着他的道理,声音不高却是执着的,坚持要坐轿车的人负责,有人告诉他,说那个弄倒了他的车的骑女式自行车的人都溜走了。他也没伸头去看,只说他要找的是事情主因,他不想和同样骑自行车的人争高低。到后来,围成一堆的人只是看着眼前的僵局,看着骑男式自行车的人顽强地站在轿车前面。那个从轿车上下来的人终于从口袋里掏出了两块钱来说,拿去吧拿去吧。旁边便有人说,还是公家的钱好敲。也有人说是看准了坐轿车的人好说话吧。骑男式自行车的人,接过钱来,随手便撕碎了,同时身子让了开去。坐轿车的人变了脸说:这是人民币!骑男式自行车的人说:怎么?要在"文化大革命"时,是不是要把我打成反革命?坐轿车的人盯着他看了一眼走了,那开轿车的人却揶揄地说:你也不要拿钱撒气,把它送我,我也会说一声谢谢的。周围的人都跟着笑。骑男式自行车的人咕哝了一句:我说过我不想和你同样的人争高低。说着蹲到人行道边上去弄自己的车了。

　　童秀兰从一开始就看到了那骑男式自行车的人就是刘国栋。一旦看清了,她就忘了向前走。她就站在那儿看完了整个过程。两辆自行车虚影般地倒下来,叠在了一起,扬起的车轮打着旋,后面流过来的自行车都旋在了一个圈中,旋出了乱七八糟的声音。他在人群中仰着头,他的个子越发地显高,他的手扬起来,仿佛在天空间打着旋,一个个的男人圆圈般的后脑勺,他在男人的圆圈里伸出头扬起手来。后来人散去了,他独自一人孤独地旋弄着圆圆的车轮。

　　童秀兰走过去,站在他的面前。他只顾弄着车轮。过一会儿,他头也没抬起来说:"你还不走?有什么好看的?"

童秀兰叫了他一声。刘国栋这才抬起头来:"哦,江夫人。"又低下头去弄他的车轮。她看着他,觉得他手忙脚乱的,一根根钢丝旋动着敲到他的手上去。她很想说一声:我来吧。

终于他站起身来,把车轮在地上顿顿,原本白白的手上,沾满黑油污。他推着车下人行道,回转身来说:"走吧,你看得倒认真,真像个好奇的小姑娘似的。"

他的车在自行车道边上走,他的人在高一层的人行道上靠着童秀兰反推着车。他的身子俯下来握着车把手,走了几步,他说:"你是不是觉得我很可笑?"

童秀兰知道他问的是刚才的事,她说:"不。"

他看看她,一时没说话。道边常有垃圾箱或车牌什么的,她看着他侧绕着,像顽皮的男孩子似的绕来绕去。他似乎沉浸在绕的乐趣中了,像是根本忘记了她。

后来她想着和他说了几句话。童秀兰说:"你个子真高。"

刘国栋绕了一个电线杆,他贴着长长圆圆的电线杆身子拉长了,他走过去以后说:"那是你没有长大。"他又看了看她。她朝他笑着,看他的样子好笑。

她很想说:小孩才会跟人家吵架。童秀兰从童年开始就没和人家吵过架,似乎也从来没有人欺侮过她。她想把这话对他说了,他一定会说,你是当官人家出来的嘛。其实有好几年中,她是属于黑五类家孩子,但还是没人欺侮她。没人想到要欺侮她。

"你做生意了吗?"童秀兰想问他单位里和头头的关系如何了的,但怕引起他的不快活,便开口问了做生意的事。她能想到他不是做生意的人。凭女性的感觉,她觉得他不像做生意的人。同样出于女性的感觉,她想到他喜欢听到做生意的话题。

果然他就说开了:"我当然要做生意。只有大家做生意,这个社会才会变化发展,才会冲垮靠权力主宰局面的根本现象,只有每个人都具有生意人对钱的计较,才会真正懂得民主权力及其他什么的。这个社会的人在大锅饭里都待惯了,都懒惯了,懒到了只有相互看身边的人的痛苦来当乐趣了,一定要让人人都斤斤计较,人人又都敢说敢做,社会结构才会变化。你说对不对?"

童秀兰依然没听懂他的意思。她看着他一边说话一边绕着面前的障碍物很好玩似的。她觉得他是一个孩子说大人话,叫人似懂非懂的。

到了她和他要分手拐弯的地方,他停下来。他似乎认识她的住处。他把脚跨到自行车脚踏上去,偏过脸来看看她。他的脸色那么白,两条法令线挂下来,嘴巴显得很大,眼中映着夕阳有两圈闪闪的光。她站着。……一个虚的狼形人像是要扑跃起来,从这条人车杂乱的马路上跳跃出去……他说:"你也应该出来做做生意。别老被江头儿圈着,没长大似的。"

童秀兰说:"你才是……"她没说下去,觉得自己涨红了脸。他并没注意她的脸色有什么变化。他微微偏过脸去,仿佛她的话刺着了他什么。她心想我还没说出来呢。她似乎自己是说重了伤了他,她朝他靠近了一点。

刘国栋的手在车把手上拍了一下:"就这样吧。"他一蹬车,就走了。

童秀兰看着他骑车远去的背影,一跃一扑地在众多自行车群中闪动。她想他也许还会和人碰撞起来的。她一直这么想着。

六十二

童秀兰第三次见了刘国栋,回去以后做了一个梦,梦见很远很远的一些假山和怪石,许许多多的人在山石上爬,最高的那块假山石是圆柱形的,很多的人都仿佛成了石上的背景。远远的背景。她看到刘国栋就靠在一块假山上,朦胧看去,那狼的模样便在他的脸上显现着,她似乎看不准,她只觉得那是他,他背靠着高石,他的后面恍惚间显着一重重门,黑黑的,那门里仿佛盘旋着梯影,刘国栋就靠着那门,一旋身便进了那门里,那门里一重一重的,似乎门套着门。他朝她笑着,那狼形的笑,好像就要转过身去,扑到门深处去。她怕他进去,她似乎有着一种莫名的预感。预感是淡淡的又是沉重的。她朝他张了张嘴,没说出什么话来,也变成了一种笑。她想走近他,她又挪不动步子,她怕她走近他时,他就一下子钻进那门里去,一直钻得很深很深。梦醒以后她想到,她好像看不清他,梦里他的形象变朦胧了,总不及第一次梦里见到的完全是狼的样子,那么清晰、生动。

每到初夏,童秀兰便觉得身体里暖和起来,有活动的愿望,活动也多了一点。她总是比人家多穿一点衣服。衣服她买得不少,但她从来不去注意别人买什么。在这个年代,社会上最大的时尚也就是时装了。还年轻一点的女人都一下子把注意力集中到了穿着上。年已过四十,童秀兰并没觉得自己老了,她只是没有注意别人穿的是什么。她穿的那些衣服从来不被人注意的,似乎是看惯了的。这和她的丈夫有关,她的丈夫从来没注意到她穿什么。穿得暖暖的,便是她对服装的所有想法。独自坐着的时候,她经常会觉得有一点寒气从下面上来。特别是凝在背部的感觉。一到初夏,那种寒气的感觉没有了,有时她觉得自己走路也轻巧多了。然而一到真正的夏天,她又无法适应那热力了。

那天,偶然间,她见到了刘国栋。应该说是刘国栋见了她。傍晚时分,她与丈夫一起散步,出了楼区,走到那边的一个街心公园。说是公园,其实也就是一个小亭子,亭前一条绿绿的水道,一座像是公园式的小桥,有一片草坪,很稀很少的草,总共也就是一片操场那么大的地方吧。丈夫每次都是走到那儿便回头,仿佛是走到了目的地。他走路时,总是默不作声的,像想着什么心思。她也不和他说什么,默默看着眼前的景色。一般一年中也就这个季节,她有散步的心思,他出于习惯地陪着她。走到小桥为止,在亭前站一站,便回头。他们从楼区里并肩出来,走着走着便略有了点前后,回头的时候也是这样。她总是落在后面一点,前面是头抬着眼平视着的丈夫。她知道他没看任何东西,他只是要想着什么。她知道他总是在想着什么。她并不知道他到底想着的是什么。早先她对这个问题有过关注,她不知丈夫对她的想法有过关注没有,后来她也就丢开了这种关注。她想这也是正常的,她和他都是有了年龄的中年人了。散步的时候她并不想什么,只是看着四周的景色,看那些静景,特别是成片成块的绿色。傍晚的车少了点,自行车还是那么川流不息着。动景在她眼中总有一种虚感。回到家所在的楼区外,丈夫往里走,她站住了。她突然有所感觉似的,也就停下了步。丈夫似乎没有注意到她,进了楼区了。楼区外的一条宽街边,有一道绿栅栏,几个孩子在踢球。她就在一棵树下站着,球在她眼前滚动,孩子在她眼前跑动。她似乎又什么也没看。就那时她看到了刘国栋。

恍惚间,一抬眼时,她对露着招呼神情的他有一种陌生感。他朝她笑笑,她的眼前似乎是梦境般的,像是狼的形象在他的脸上闪现了一下。他还是笑着,腮帮上两道法令线挂下来,脸显得很长。他朝她走近了几步。看着他走路的动作,她又有点恍惚,觉得刚才的视觉记忆中,那些追球的孩子间,有着一个高高的身影。她也笑了。

童秀兰说:"你怎么在这儿的?"

"找你的。"刘国栋显然是说玩笑话,脸上又因玩笑而不怎么自然。

刘国栋有点居高临下地望着她。他们还是第一次这么近地站着。他低下头来,童秀兰看到他眼中闪着光,一跳一跳的,一扑一扑的,那眼光显着了一点绿色,又圈着一层白光,怕是映着了黄昏的色彩……狼形的人是白色的吗?

"你们结婚多少年了?"他开口问。

她笑了一笑,笑得很突兀,像被问了很冒失的问题。但她心中并不为忤,觉得他应该这么问。她不常笑,笑的时候她总是意识着自己的笑,感觉笑像从她脸上漾开去,滑滑的,缓缓的。

"我结婚时候,你还是个孩子呢。"她结婚时,年龄已经不小了,现在她觉得自己那时小姑娘似的。她跟丈夫住到一座旧木楼上去,那时丈夫还在一家工厂里工作,住的是集体宿舍,那幢旧楼上青工们总是哄闹着笑,她每日躺在丈夫身边,听着那声音,希望躲进什么里面去,丈夫抱紧着她,越紧她越有一种要躲进什么的感觉。……她和丈夫走上那幢小旧楼,踩得吱吱作响的木楼梯,后面跟着一个小小的孩子身形,狼形的脸的小小人……她笑着。她看到他的眼光中有点恼怒似的。她摇着头。她也清楚自己很不同往常,她心里想玩笑一下,幽默一下,她从来没有这种兴致。

"你多大了?"

童秀兰不由自主地摇摇头。她敏感到自己还在笑着。她这一刻不想回答。她总是很认真地回答别人的问题的,她这一刻却不想直面回答他。她好像是想了一想,好像自己也忘了自己的年龄。后来,她说:"总比你大吧……不好问女性的年龄吧。"

刘国栋手摆了摆,很不在乎的神情:"都是繁文缛节,中国的又加上了外国的,都是虚伪的贵族式的……你不想告诉我也行,就明说。我猜你不会多大,说实话,我对女人年龄并不感兴趣,只是看到你和江头儿走在一起,觉得他在带着一个小姑娘,现在的头儿也总是有年轻的可以当女儿的妻子。我并不觉得奇怪。"

童秀兰想到他们散步时,他就看到了,他是偶然看到的,还是有了一刻时间了呢?……他们在前面走,他跟着他们走着,蹑手蹑脚地……她又笑了,漾开着的笑。

童秀兰想说:"他比我大不了几岁的。"她没说出来。她想说其他的话,又想不出说什么。对着他,她想说但说不出来,而她平时只是不想说话。她寻不出话来说,又无法移开话题。她缺乏说话的本领。她只是望着他,他的脸上依然带着一种习惯的愤怒,那愤怒看多了,仿佛是他形象的一个很让人亲近的特点。

她说:"你生意做得怎么样了?"

"生意不是好做的,但我总是要做的。我要做的是自由自在的不受官管辖的生意,绝不让腐败的官僚们吞食我的好处。我现在知道了那官和管两个字,为什么下面会有两个口字。那就是多了一张嘴,比常人多了一张嘴。这一张嘴,是专门坐收渔利的……你的江头儿也是如此。我听到过对他的评价,整个一个十足的官僚。正因为这样,他什么都能有,有高楼房,有汽车,有秘书,也有你这样年轻的女人。我是一无所有,我只有靠自己去奋斗,用高高在上的官僚贵族的话,也就是去钻营,去投机,去做一切不顺他们意的事。我会做出来的。"

童秀兰听着他说话,还是听不大懂。她听到他对丈夫的评语,心里也没在意,多少感觉到他对她丈夫所有的怒意,可是她却是一种旁观者的心境。她只感受着他愤怒的样子。似乎有无数的圈圈在他身边绕着,环着,跃动着,扑跳着。她说:"你没结婚吗?"

"离了。"

童秀兰听清了他很简短的话。他这次没多说话,像是推开什么似的……他倒下来,一身的白毛。她向他伸出手去,顺着他身上的毛抚,抚得很平整很光滑。

童秀兰并不意外。她原想着他也许还没结婚的。她的手向他伸了伸,握住了他身边的绿栅栏杆,她迎着他的眼,就觉着,他眼中的光一跳一跳的,一闪一闪的,像扑向她而来。她并没有怕的感觉,而觉得有一种东西在他心里很深很深。她想问他,为什么要离婚的,她想着到底是他的原因还是女人的原因,她又觉得,她似乎已经感觉到那原因,有的东西仿佛女人不用猜也能知道的,她要是问了反而好像刺伤了他。

"你是不是想问为什么?……你听过这句谚语吗:好马和女人都是酋长的。女人……"刘国栋摆摆手,像掸开什么东西,"我怎么看到的都是一样的。不知是做官的有本领,还是女人出于天性。"

童秀兰脸红红的,脸红的感觉在她意识中,她闭了一下眼,说:"好女人还是有的。要不要我帮你找一个?"

"好女人是听话的女人。女人是柔弱动物,从肉体到内心都听话。多少个世纪中一直受贵族的语言熏陶,从骨子都熏陶成奴性了。一种是贵族,一种是奴才,这两种是最可恨的,有时我还不知道到底哪一类更可恨。它们常常是混合在一起的,对上是奴才,对下就是贵族。越是贵族的也就越是奴才,相反越是奴才的就越靠向贵族。女人天生就是一种靠贵族的奴才,看人要么是媚眼,要么就是白眼。与我同语的女人在哪里?我要的是人,是和我一样的人,可是她不在了。我要一个奴性的女人做什么?"

童秀兰觉得刘国栋越发愤怒起来,眼中有一种似乎是天生闪闪亮着的光,那光中有一圈圈的力旋着,一扑一扑的。她听着他的语言,感受的却是他的那种圈圈,带着旋涡似的吸力。四面的景色都虚了,只有他闪动着的眼光。他说话时靠近了她一点。她嗅着了一点他身上的白粉般的气息,如牛奶味的气息……一个狼形脸孩子身形的小人人吸着奶瓶……她又笑了笑。

"我可也是一个女人呀。"

"你啊……"刘国栋似乎这才注意地看着她,似乎眼光又滑开了。他的头偏了一偏,像是有一些话不想向她说出来。而她觉得他眼的移开有点使她不自在……那一个个圈圈远离而去,她很想伸手去抓住一个。她跃身到了空间,她抓住了那一只带着蓝色的圈,于是所有的圈都停住了,在天空凝定了,她也凝定了。圈一点点移向她的身体中来。凝定地向着她的身体中来……

"你是一个小姑娘。"他突然这么说。童秀兰就感觉到那圈晃动起来了,晃动得使人心跳。她莫名地笑起来了,很愉快似的,很好玩似的。她觉得自己眼里跳出了一点点亮亮的珠光。

他朝她看了好一会儿。当时她感觉只是一忽儿。他后来就走了。她才发现已是傍晚,一天的光色都暗下去了。

六十三

童秀兰第四次见着刘国栋,她回去做梦时看到满天跳闪着星星,星星很大,细看去都是圆形的。四围罩着光柱。城市却小了。她不知身在何处,刘国栋站在城市和星星之间,光柱仿佛就悬在他的头上。有许许多多的光柱,凝成许许多多的光圈。天色越发地黑,突然天边有一道闪电,如撕破一道幕布似的,闪过一道苍白的光,缓缓的,城市却在这一道道的闪电中现出来,一层层地膨胀似的显着大。刘国栋就在那原来城市的背景里了。那闪光的情景仿佛是启开了一重重的布幔式的门。他的狼形形象一层层地淡了。她看他时,越发地模糊着。她只感觉着他是刘国栋。她越一层层地靠近他,便越发感觉他的模糊。她心中有点迷惑,有点弄不清他到底是不是他。在模糊的形象间,她突然看到了他脸上的两道线,从腮帮上挂下来,特别清晰,与模糊的形象相衬,那两条线越发如刀刻似的,反而不真实。似乎背景上的幕布还是在一层层地撕开着,推开一重重的门地移后去,她还是一层层地接近着他。

天气渐渐地热了,童秀兰不怎么想动了,她有时上了班和回了家都只是坐着,有一种懒懒的神气。都说她是有福之人,家里找了一个钟点工,丈夫回来有时还忙一点家务。她有时什么也不想,似乎热把力都吸去了,她的眼随着活跃的跳动的物体慢慢地转动着。其实她什么也没想,丈夫说不知她到底想的什么。丈夫也许看惯了,并不问她想的是什么。他自有他忙的事。他的职务过几年总会动一动。他的内心欲望从不瞒她,唯一不瞒她。他对她说着他将要达到的目标和必须要的过程,她同样听不懂他的意思。他是不是知道她并没听懂他的意思。但他总是说给她听。一到饭桌上就说给她听。而在外面,她听人说到她的丈夫,都说他是一个不苟言笑的很有威严的男人。她只是觉得丈夫的身子一天天地肥胖起来,可是他的脸还是瘦削的,永远不见胖的,永远是骨头和皮,国字形的脸上,永远颧角高耸着。

那一天快要下班的时候,刘国栋突然推开她工作室的门进来。他的动作少有地快。她不知出了什么事地看着他。走进来后,他停下,也就又显出随便的样子来。童秀兰同室的同事都提前下了班,每天只有童秀兰独自坐着,一直到正点下班时才动身。那时整个楼上似乎都是静静的,不再有一个人了。童秀兰不知刘国栋是看准了这一点,还是他熟悉这一点,还是他急着要找她,碰上了。显然他是想单独找她。

他站在那里,一时没说话,甚至偏开眼去没看她。他随手翻了翻旁边办公桌上的几张校样。后来,他动作很大地把校样一合,眼迎着她。童秀兰觉得他的手划了一个大的圆,他的头仰起来,像要看着天空似的。他的眼中像是跳闪着一点绿绿的光。他从口袋里掏出一张卡片来,递给童秀兰。童秀兰看他仿佛托着什么很贵重的物品。……金字在跳跃,如爆竹如火花似地喷闪开来……一张请柬,是卡拉OK舞厅的开业志禧。

"你已经下了海啦?"童秀兰盯着那请柬。

刘国栋动了动身子,好像是抬了抬右肩。他说:"是一个朋友的,也不是什么朋友。小时候的邻居,一起玩过的……也不是他开的,可以算他开的。是他承包的。"

"那么一个歌舞厅,要投入多少资金啊?"童秀兰想着了那暗暗光的舞厅里,中间旋着五彩的球形灯,闪着各式的光,地面上铺着光滑的地砖。

"一点点。也能说根本就不需要。承包嘛,对不对,包的是公家的。"

童秀兰依然感受的是刘国栋的那种上扑的愤怒,那种习惯的愤怒状态。他的眼中又一闪一闪地跳动着绿光。他的脸上又浮起一种异类的形体……一个狼形脸的孩子身子的小小人,在撕着什么写着契约的纸……她无声地笑了一下。

"你去不去?"

"我去?"

"哦,他是邀我带女伴去,请柬上写了的。参加开业舞会……我来找你,就想要让他看看,我也会有女伴带去的。"

童秀兰听着他仿佛赌着气的话。她笑着说:"我去的……可我不会跳舞。"

他身子动了动,还是右肩往上耸一耸,那意思像是说:只要你去就行。我要的只是你去。他显着很满意的样子。她也高兴着。她站起身来,跟着他走。她和他一前一后地下了楼,楼里安安静静的,脚步声在楼道里有着空空的应声。

自和丈夫结婚后,童秀兰还是第一次和别的男人一起出去。她来到南城后,也还是第一次和别的男人接触。有时她觉得生活没有变化,永远不会有什么变化。只有在她的内心里,有五颜六色的东西变幻着,以致她自己也弄不清日子是不是在流动。和刘国栋走在一起,她的想法简单起来,感受也明显起来。一种清晰的男人的气息。和丈夫在一起久了,丈夫身上的男人气息感受模糊了。她感觉也许下一刻间,他便会扭过身来对她说出什么习惯的愤怒的话来。虽然她不大听得懂,但她还是很想听他说说的。他只管自己走着,头仰着,黄昏的风轻轻的,拂着他几根扬起的头发。他的身形一跳一跃的。

参加舞会的人不少,都是一对对的。主人站在闪着彩灯的舞厅门口迎着,也只来得及和刘国栋说上一句话,很普通的寒暄的话,眼移过来,朝童秀兰瞟了一眼,又露着男人间的神气朝刘国栋肩上拍一下,便伸手请进。刘国栋寻着两个边位坐下来,舞厅小姐送来一杯饮料,以后的活动便由他们自己。童秀兰跟着刘国栋坐下。她是见过多次这样的活动。刘国栋却有点拘谨似的,脸拉得很长,没有言笑,架着腿,眼只盯着舞厅的中心位置上看着。……蜷起着的一只小小的狼形人,睁着一双眨啊眨的眼……承包的主人说了几句话,主管的头儿说了几句话,还有谁拉着谁说了几句话。刘国栋有点不耐烦地动着身子,童秀兰觉得他下一分钟就要离开似的。总算音乐响起,舞会开始了,很快有人下舞池去,刘国栋转过头来看了看童秀兰,童秀兰也看着他。她用眼对他说,她不会跳。她想他也许要教她。可他只是看看她,又朝舞池中心看着。

后来,他站了起来,他又朝她看看,她还带点笑坐着。他走开了,走到旁边守着空位的一个姑娘的前面去。他站得有点僵直地,做了一个请的手势,那个姑娘似乎有点迟疑,朝童秀兰这边投过一眼来,也就站了起来。他们跳进了舞池。舞厅里的灯光朦胧,童秀兰看不清那个姑娘的形象,只见她还显得苗条,苗条的姑娘和高高个头的刘国栋很相配的,跳着的舞步还顺。童秀兰只顾看着他们俩。刘国栋跳舞就像他邀请人的样子,想跳得放松随便,但还是显着认真。他的动作合着音乐是标准式的,扶着姑娘的手和抵住姑娘的腰的架势,连同他的步子似乎都是小心翼翼的,而他的动作又显得幅度大了,转动时总是会撞着了身旁的人。一连碰了好几次。她带笑地看着他碰碰撞撞地旋转着,他们转到另一边去了,童秀兰还能看到露在人群之上的他的头。

一曲舞毕,他回到童秀兰的身边来,她觉得他的头上蒸着点热气。他们没说话,只是对看着。后来乐曲又响起来,他又起身去请姑娘。这么跳了几曲,他只是选空着的女伴邀请。童秀兰只顾带笑地看着他高高的个子。每一次邀请他都像是鼓起着勇气。有一回,一个男子走到童秀兰面前来邀请她。她应了一句,说她不会跳。也许她说得轻,他没听见,还是做笑着邀请的手势。童秀兰只好站起来。那个男人也是略高的个头,腿长长的,只走动了两步,他就知道她确实不会跳,下面几乎是他托着她的胳膊,童秀兰觉得自己的身子显得重起来,她用眼去看那边的刘国栋,刘国栋也似乎投来了一眼。她后来笑着说不行不行,也就退回到了自己的座位上。

回到座位上的刘国栋,依然看看童秀兰。童秀兰觉得他的绿绿的眼光在闪动。他说:"你真的不会跳舞吗?"

童秀兰摇摇头。她说:"我没跳过。"

"好吧,我来教你。"

他们走下舞池,他伸出手来,高高的,托住了她的手,他的手掌伸开着,她的手放在了他的手心上,他的另一只手托着了她的胳膊,在她的后背上只有他的拇指背的感觉。他的头依然仰着,像个很标准的姿势,像尽量不碰着她似的。他动起步子来,退着步子,他的动作越发显得小心翼翼的。她向前移着步子,只移了几步,她觉得与那乐曲很难配合起来。他说你听你听……小小的狼形的人直着耳朵,头上的乐曲打着旋圈……他后来也停下步子。"你真是个娇小姐。"走回座位时,他说。童秀兰听得出他的口气里依然说她是个小姑娘。

她突然觉得自己有点不好意思。她实在是什么也不会。但没有人这么说过她。没人说她是个娇小姐。

"父亲关在牛棚里的时候,我一个人生活过。那时你大概还是个年轻的娃娃呢。"童秀兰说着。舞厅里光线暗暗的,她看不清他的脸色。她也就能对他说点什么话。

童秀兰感觉到他直视的眼光。在暗蒙蒙的光线下,他的眼光映着旋转彩灯的色彩,绿绿之中杂着一层橙红,似乎有点恶狠狠的,让人心底撼动。她觉得心在摇晃着,透进去寒寒的光气……雾气升腾起来,透进了一重门又一重门……换了舞曲,他不再起身去邀请舞伴,就和童秀兰靠近坐着。他偏着脸看着舞厅角上的小酒吧,舞厅的主人在那儿吩咐着舞厅小姐什么话。自进舞厅以来,他的这位朋友一直没有过来照过面。

"我要做生意,就做自己的大生意。像这样的承包也是仰人鼻息。我就要辞职了。我要做一件不受人指派的,不受人干涉的,不为官们折腰的生意。我要做的第一桩生意就是要不遵从这个社会所谓的道德和法律。道德和法律其实都是为社会的权贵们制定的。我一直在寻找一条路。我要是成功了,我要搞一个使老百姓受惠的一条商业街,有茶馆,有饭店,也有舞厅,也有商店,是纯中国式的,不像这里洋化了的。是不坑人的,真正让平民来娱乐的。你是娇小姐贵夫人,你是不会明白这一切。其实也就是明目张胆地腐化堕落。过去说是修正主义,实际上不是什么修正,而是已经腐化掉了。那些官儿们自己的老婆女儿也参与进去了,也终将被腐败了。"

童秀兰听着刘国栋说话。他微微仰靠在椅子上,话中习惯地带着那跳跃式的扑向着什么的愤怒。在他语言的周围腾着那种绿绿的雾气,雾气扬起来,眼前的舞厅虚化了,都仿佛是一种舞台上的布置起来的仙境似的,又似乎含着一点寒意,那寒意透进那重重门里,使人有一点冰彻感。

"你还是教我跳舞吧。"

"不。"他很简短地拒绝了。他看了她一会儿,说,"你学不会。你也不用学会。"他偏过一点脸去,不知看着什么,他的样子一下子变得很孤独似的,有一种失落了什么再无法得到并无法记忆似的。后来他站起身来,自找舞伴去了。童秀兰一直坐着,看着他高高的个头在人群之上跳跃着。

六十四

童秀兰第五次见刘国栋,似乎隔了一大段时间。算起来,她还是能不时见到他的,只是没迎着面说着话,这个热天很长,也很热。大家的议论中都说热。童秀兰似乎并没觉得热天的长,也没觉得热天的热。她觉得自己的身体比以往要好,没有那种胸闷的感觉。丈夫似乎也注意到这一点,有时会问她两句什么,当然也是随便问问的。丈夫从来只是对她说着什么,他的心思都在他工作的目标上。童秀兰多少有点不习惯回答他关于她自身的问题。她也弄不清。她的心境似乎宁静了不少。有好些日子没见刘国栋,她也并没觉着。偶尔想起他来,她便仿佛感受到他说着她不懂的话带着一点愤怒的声音。

就有这么一天,童秀兰接着了一个电话。她很少接到打给她的电话,她也很少接单位里的电话。有时房间只有她一个人在,电话铃响了,她会朝电话看着,让铃响上老半天,直到铃声不再响为止。电话铃声对于她永远是一个谜似的。在家里,电话铃声也使她有一种茫然,她知道那都是打给她丈夫的。她也总是盯着电话铃声,铃声仿佛打着圈,她看着一圈圈铃声盘旋开去,升到天花板上去。

童秀兰接着电话时,也还有点茫然,从那里面传来的声音,仿佛是从天上落下来的,完全变了,变尖了,细了,变异味了。仿佛是非人类的。那声音说:"我,是我。"她对着话筒:"你是谁?是谁?你是谁啊?"那声音说了一个字。她还是朝电话问着。电话里一时没了声音。童秀兰很想把它挂上了。话筒离开耳朵一点,她却听到了里面的一点细微的声音,那声音说着:是刘国栋,是刘国栋。

"……没什么事……我想找你。"

"你在哪儿?"

她听准了。他却只说了一句:晚上再见吧。电话里便嘟嘟嘟起来。

童秀兰还看了电话筒一会儿。她坐回办公桌前时,刚才接了电话叫她的同事笑着说,她打电话像是喊什么似的,那意思是说她一点不像平时说话的声音。她感觉到自己有点脸红,不知朝同事笑还是怎么好。在同一个房间,她也是很少说话,永远静静的。

晚上,童秀兰说要出去散步。一入伏天,她从单位回来,就在有空调的家中不再出门,丈夫本来也没有散步的兴致。听她说要散步,丈夫看看她,准备换鞋陪她出去。她说还是自己走走吧。她说得很快,没去注意丈夫的神情。临出门时,她还在丈夫面前站了一会儿,丈夫没再注意她。但她出了门,背上的感觉却是一双丈夫看着她的眼睛。结婚已经十多年,他们一直没有孩子,她随着他的工作变化下县进城,就两个人的家庭生活,她已经熟悉了他的一切,连同他的习惯和气息,但她一离开他,她就很难描述出他的形象来,能记着只是他的那双眼睛,那双眼皮层叠深深总是半眯着的眼睛,没有眼睛里黑白的印象,印象里是两条细线,那两条线宛如嵌在她的内心中,她便如被它们牵着走了这十多年。

　　童秀兰出了楼区,上了大街。她四周看着,热天里马路上乘凉的人很多,而行人很少。一张张小桌椅放到了马路边,旁边坐着摇着扇的人。她走了好一会儿,感觉触着四周,她按着自己熟悉的路一直散步到市内公园。她在草坪上站了一会儿,那里也是乘凉的人,她想着再往前沿绿水走了一圈,在桥那边,她似乎一眼看到了刘国栋。他站在那里,旁边不远的地方也有着人,然而他还是显得孤独地站着。……一个孤独的狼形脸孩形身的小小人,四周虚浮着背景……她见到的他一直是他一个人,似乎还从来没见过他与人一起行走,一路说话的。

　　童秀兰走到他的身边时,他仿佛还没有感觉。他突然地转过头来,朝向她,又仿佛他早就看到她,一直注意着她。他的眼中明显有一种跳闪着扑忽的光色。绿绿的,带着一圈橙红,如那日在舞厅里所见。她站着。他也站着。他们一直没有说话。他又偏开了一点脸,像是不再注意她。

　　"是不是你辞职,单位里有阻力?"童秀兰说。她靠着水泥栏杆,河中的水发着深绿色,栏杆上有一点阴阴的凉意。

"不。"他说。

后来,他转向她,他的两条法令线在黄昏的阴影中,越发地深,朦胧地糊成了一片。他笑了一笑,像是单纯地一笑。她以前看到他的笑都似乎另有内容的。他的笑有一种迷人的意味。她还是第一次看到他这样的笑。他那两条深深的法令线漾开了,长脸显圆了些,越发像个小伙子模样。

"你跟我到……到我家里去……看看。"他说。他说得断断续续的,一双眼却直盯着她。

"好啊。"她很快地应着。

刘国栋没有想到似的又看了看她。她带笑地迎着他的眼光。两条细细的线。他回过身,向前走去。她跟着。他似乎想甩了她自顾自地走着,步子越迈越大,她要快走几步才跟得上他。

穿过一个热闹的夜市街面,绕到后面的巷子,很窄的一条小巷。上面绕开着滴着水的晾衣竿,下面绕开着滑滑的阴沟。走进一幢暗暗的楼,木楼梯吱吱响着。在一个很挤的楼道口,他们站停下来。她看不清所有的东西,她也看不清他的脸。她就在黑暗中站着,似乎等着,很平静地等着。两条细线在暗中亮着。后来,她发现是两扇木门的门缝。刘国栋开了靠右的那扇房门。

一个小阁楼,一间小书房。到处都是书和纸,但显得整齐干净。一个写字台,墙角斜对搁着两张沙发,几乎就没有空地了。

他们在两张沙发上坐下来。走向沙发时,童秀兰靠着窗口朝外看了一眼,只见天色昏暗中一片墨沉沉的铁丝网孤独地立着。后来她才知道,那是城市的看守所。当时只是一瞥,她便有一点惊心的感觉,坐下来以后,她好一会儿才集中起精神来。

她就看到了刘国栋盯着她的眼光,那眼光一跳一闪的,仿佛有了一点热力,把绿绿的化开了,都是那种橙红橙红的,跳闪着。她觉得自己的心也合着那跳闪的节律。

"你……到底想做什么……生意呢?"她说。

"我根本做不成生意的,我其实不懂做生意。不是外界的压力,不是外界的阻碍,不是资金的缺乏,也不是头儿的卡制,不是的,什么都不是的,根本还是我没有这方面的才能。我其实只是一个好说的人,我没有能力真正去做事。其实我都没有力量真正跳出来。我怕,我胆子小,我是吃大锅饭的社会培养出来的。我看得多,想得多,心大而力小。我甚至都没有做好心理上的准备。我只是这么一天天地说着,一天天地过着,一天天地幻想着,一天天地自欺着。我没有信心,信心都只在我嘴上,而不在我的心里。和现在的年轻人比,我只能看不能做。我其实一直听任着别人推我一下,逼着我走一步是一步。我显着强,是怕别人看到我软弱的根本。我只是用嘴来掩饰自己的内心吧。你说是不是?"

童秀兰觉得他像在做检讨。做得十分诚恳,那是过去的岁月才有的。在中心市的时候,那时她还是姑娘,她参加过对她父亲的批判会议。她父亲在会上被说成假检讨而无法过关。那时她蜷缩在一边,谁也没注意她。父亲不住地说着过去的……他在被什么赶着,被什么击着,被什么挤着,原来扑跃的形象却拖着长长的身子,使劲地往前挪着。她矮下身来,向它伸过手去,抚那白白的毛皮……他的话依然是跳跃式的,不安宁的。她感到那里面有着一种女性的作用,她凭着女性的感觉,感受到那里面的女性感觉。是缺乏女性还是女性的因素过强呢?她不知自己能否帮他添或减。她只是坐着看着他。刘国栋却还是说着,在他的房间里,他的说话完全不像以往那么含着愤怒,有一种悲哀的调子,显得那么真诚,仿佛对着一个多年未见的知己朋友。

"我都无法和人相处。我不知道怎么相处。我并不想说什么话,我很想一个人,我又怕一个人。怕一个人对着我自己,对着我的许多梦一样的想法。我希望能对一个人说。我为着自己能说一说,能做一做。我心里总是定不下来。只要和人在一起,我就耐不住要说,我一个人的时候,我无法对自己说。心里好像是空的,一直往下掉,想抓住什么,门盖子是往下开的,下面一重重的黑洞洞的,我把不住……其实这也是一时的想法……很多很多的时间,我出出进进,吃饭睡觉并没什么。我常常又会夸大自己的一时的感觉,我无法承受一时的感觉。我真要去找她,找一个人……我知道女人都不喜欢我,都无法忍受我。我想得太高,做得太低,懂得的太多,能做的太少。我不愿从一点点的事做起。我已经失去了做一点点事的耐心。一天天地过去了,我怕这一天天的过去。我看得起什么人,连同她。我知道我自己,世上没被我看得起的。我也知道世人都看不起我。世人都醉了,独我醒着,我长啸我高歌,其实我知道,那只是我的自我欺骗,我的心里和别人一样渴望着醉着。许多的念头跳着,丑的恶的,我不得不掩着它们,浮起来的想法有时我自己也有点吃惊,那就是我吗?其实那便是我这样的人,没用的人才会有的想法。有用的人是没有心理负担的,他们只要做,只要能得到。我偏偏把那说成是罪恶,说成是权势,那只是我心中的醋意,得不到才说那是酸的。我想我自己要是那样,也许也避不开的。你说对不对?……你不回答我是对的。我只是在说而已,别人的话对我一点意义也没有。没人比我想得更多了,没人会理解我。现在的人都是只顾做不顾想的。只要快活,只要享受。我的想是我在受惩罚,上天要是惩罚一个人,就让他有想法,有最深的想法。这你是不会有的。只有我一个人……"

童秀兰只是看着他。他的话她还是听不懂,越发地听不懂那语言,但她似乎明白了他的意思,那自伤自痛的意思……他跳跃着,在晦暗天色中晃荡,晃得令人眼花,一扑一扑地也成了那晃的姿势,她很想伸出手去把他按定了,也许他会把她也带着晃荡起来。她无法抗拒那晃荡。她在两根细线上晃荡着……她心里有点寒丝丝的,背脊上凉着,那常常是她要感冒时的感觉。

童秀兰说:"你……"她停住了,她似乎没有说话,只是看着他。他盯着她的眼睛,他的眼光越发化开了,褪去了绿色,褪去了橙色,满是红的,闪亮的红,如县里停电时点着的跳闪的红烛火。……烛火跳闪,跳闪成一片,一片连着一片,一片靠着一片……她有一种完全连成一片的渴望,她迎着那烛火。烛火突然弱了下来,像一下子熄灭了。她在烛光最后的跳闪中,看到了一幅画,夹着支在半架书橱上的一幅素描画。画像极其简单,只寥寥数笔,画着一个姑娘,一个形象很年轻的姑娘,她微微地仰了一点脸,向着莫名的天穹似的,脸上露着朦胧的近乎幸福的微笑。童秀兰这时发现,刘国栋的脸就靠在她的脸前,他们的眼很近很近地相对着。她完全看清了他眼中自己的形象在一片绿色之中。

她是不是他原来的妻子呢?她会没有照片吗?她是不是就是一幅画的形象呢?童秀兰想问的,但她没有问出来,凭着女性的直觉她没问出来。

他们还是相对着,童秀兰能感到那种跳闪慢慢地安宁下来,浮动感离开他而远去。那躁动着苦痛着不安着的浮动感慢慢离他而去,越去越远了。也许像牵着弹力似的,又会弹回头来。

童秀兰开始说起话来,她一说动头就止不住了,她说到了她的几次搬迁,她说到她的几种工作,她说到了她的父亲,她说到了她的童年,她自己也不知怎么说了这么长,比他的话还要多,多得多。也许比她一生中和所有男人说过的话还要多。她只顾自己说下去,甚至也不去注意他的脸他的眼光和他的神情。

刘国栋坐着不动,一声不响地听她说。

那日晚上,童秀兰回去,做了一个梦。她站在城市的一个地方,在她的面前是一座座立交桥,似乎立交桥都交叉在了一起。伸着一条条的宽路,那路又显着是平面一般。无数的路交叉在一起。很热闹的感受。似乎又看不到一辆车,她没有意识到车,梦境总是凝定的,虚得那么的真实。刘国栋就站在那桥柱边,一个桥柱边,似乎又是几个桥柱边,他站着。她是朦胧地看着一个高个的男人,脸是朦胧的,模糊的,她只是感觉着他。她没注意看到他脸上的狼形的形象。那形象仿佛是消失了。她也站着。心中有着一种习惯的痛楚。她把这种痛楚投到了他的身影上,他的身影也就仿佛扭动起来。恍惚间,他就在桥之下站着了,都是暗暗的桥的阴影。她还是离着他站着,桥身显得很高。下面有一种空空的应声的感觉。只是她感觉是桥下,置身在一个暗宫里似的。她想走近去看清他,她没有动,他像被调焦镜一般给移前了,他双手高举着,仿佛攀着一个什么,随后他就坠落下去,她的感觉随着他坠下去,像乘电梯似的直坠着。一层一层的,越往下,越空越旷。刘国栋看着她,那神情仿佛在笑。

六十五

童秀兰第六次见刘国栋,是在中秋的日子里了。她依然经常能见到他,越来越多地能见到他。天渐渐不那么热了,傍晚路边乘凉的人少了,常有三两个小年轻站着哼一支流行的港台歌,用那种眼光打量着路上的女人。她不习惯被他们注目,但她并不在意他们,他们都还是孩子。穿过市内公园,那边有一条坡路,坡两边,是一些绿影幢幢的树丛和灌木丛。她散步到坡路上,很有耐心地从这头走到那头,再高处就是一座旧庵了,她对庵有一种莫名的敬与恐。她只是远远地看它,从来就没有走上去看过。有时晚经的诵声传下来,也使她有一点神经紧张的感觉。

那些日,丈夫总是对她说,他已处在了人生的一个重要的关口上。她想他是在说他的职务变动。丈夫每几年总会变动一次,每次总是升迁,她也已习惯了。每次到要变动的当口上,他在饭桌上就显得话语多起来,向她诉着各种各样的人事争斗。她听着,依然露着不明白的眼神。近来她并不在意他的话,内心往往会显出一些旧时特别是童年时的一些情景来,夹着莫名的感受。那些情景在当初却并没有多少感受。她很早就没了母亲,有时她想着一个形象,恍惚那就是母亲。她对母亲也没有深切的感受。丈夫也就不再说话,用眼看看她,带着沉思似的看着她。她抬起眼来,感觉到自己的一点不自在。他的一双眯着的眼越发线一般地印在她的心里。

那天晚上,坡路上的灯光依然是那么昏黄黄的,拖着长长的阴影。童秀兰走上坡的时候,看到了刘国栋。他迎着她而来,走到她的面前。他站在坡上方向,有点下冲地往下看。他的高个子,他的长脸,他长脸上的两道深深的法令线依然如旧。她朝他笑笑。他似乎有点迷惑地看看两边。童秀兰这些日子常能看到他在这里散步,他们有时遇上了,远远发现了,他并不改变他的行步。有时隔着一段距离。默默地站着,也没招呼。他似乎总在沉思,也许只是在幻想,眉头锁着,垂着,高高的个子仿佛弯下来,环着,手抚着身边的一点什么。有时她觉得他的样子像是不认识她。自那次在他书房里,他和她都说了那么多的话,仿佛把要说的话都说完了。有时她觉得那仿佛是她幻想出来的。遇见他时,才有一点现实感,有时她自己也会分不清什么是现实什么是幻觉。她不走近他。这次是他走近她。他走到了她的面前。

"你来这里……"

童秀兰看着他没有说话……许多的旋转般的环圈,低落下去又浮上来……他的长脸上有一片阴影,两条法令线深深地挂落下来,她在朦胧中,仿佛看到右边那条的中间仿佛断了一段,愁空了一段,这是她从来都没发现的。他的眼睛似乎也是右边显着大一点,这一断一空和一大一小,使她生着一种惊心的陌生感,破坏了她原来感觉上的习惯,使她很想偏开眼去。她朝他笑了笑,像迷幻着的笑。

"你是不是看清了我的怯懦?我要告诉你我终于要做一点什么了。我会让你看到的。以前我是一直在想,我是想得太多。其实想穿了,没什么可怕的。只有穿过自己可怕的感觉,才能真正按自己的方式做点事。做点让贵族们目瞪口呆的事。最主要的不是资金,也不是劳力,也不是智慧,也不是思想,最主要的是敢,只要走出这一步。这是一个最适宜冒险适宜投机的时代,只要走出去,什么都不难了。正因为这样,所以那些从牢狱中出来的个体户最早得到好处,他们是最先享受者,而别的人都畏缩不前。他们可以在内心中藐视没钱的贵族们。那是命运的一种奇怪排列,把死棋都变活起来,在最不能活的地方活起来。那些人最是信神信佛信命运。其实想到底也就是一个走不走出的理,这十分简单。简单的东西往往会绕头,把最有想法的人绕成行动的矮子。其实那些亡命之徒做的只是小事,依然无法摆脱贵族的鄙视,依然生活在一种阴影里。要做就做大的,你说对不对?"

童秀兰听着他的话,那是习惯的声音,却带着一点异样的感觉。……狼形脸孩形身的小小人恍惚中变浮了,拉长了,长成细线似的。她缩回手去,四周仿佛有着一种说不清的阴影……

"我们走走吧。"童秀兰突然觉得一上一下地对着面很不舒服,有一种不自然感。她朝两边看看,一片树丛之间,夹着几片白色,如沾了石灰的叶片。刘国栋回转身朝坡上走。在他的背后坡的阴影很浓很重,是赤黑褐涂在一起的暗色,朦胧围着一层灰圈似的。他们慢慢地走着,隔着两三步的路。童秀兰想起那日舞厅里,他托着她的手,拇指背靠着她的腰,那些感觉清晰地浮啊浮的。

很久她喘出一口气来,他那边呼应似的叹了一口气,童秀兰知道那是她的幻觉。他们站停了,在一棵树的旁边,从侧面看过去,恍如隔着一棵树站着一男一女。童秀兰又感到他对着她的眼光中,像是闪着绿绿的杂着橙红色的光。

"你知道不知道,江夫人,你那个样子站着,不声不语的,用眼看人的中间含着一种天生的贵族气,不管你说你受过难还是怎么,你还是有一种贵族气,不过在你身上……我想过多少遍了,你知道我想什么?我一见到你的时候,就想着你是那种很多书上描绘的慵懒的贵夫人,被官人保护得很好的显得很年轻的娇夫人……我就很想破坏你一下,是的,就是破坏。我下过多少次决心了,要反抗一下,破坏一下,那是冲着你那江官人去的。在你身上尝一下破坏的感觉。你是不是害怕了,是不是要另眼看我了吧。你听懂了我的话了没有?听懂了没有?"

童秀兰还是看着他,她感到了他的语气里的一种蒸腾的气息,无数的蓝绿色的光圈跳跃着,浮动着。她觉得那些话很清楚,她仿佛还是听不懂他的意思。她感觉的深处是两条细线闪着亮亮的近乎预感般的光。她没有作声,静静地看着他。不知怎么地,她还是笑了笑。

"你笑的样子像个姑娘,小姑娘。我看到的女人当中,你是最不与人相同的。但不相同也只是江夫人。你不会害怕的,你也许不会感到伤害。女人心里想的是什么,我一点也不明白,我无法不受欺骗。相反的是我怕你,我也不知道我怕什么,你不可能伤害我,我怕你欺骗我。我永远有怕被欺骗的感觉。但你不说话,又怎么能欺骗我?其实我也只是一种习惯。只敢想没有做的勇气。往往临场就退缩了,一种渗入骨髓的假正经在关键时刻就出现了。我曾经是个心已经死去的人,可是现在我已经难以平静下来。我要去做,我一定要去做,我总得要做一下……"

"做什么?能告诉我吗?"

"不。"刘国栋应得很简单。"你不应该知道。"他后来又说。话间显着一种冷冷的雾似的,那雾包围着他。她感到了一点寒意。她能感觉到从高坡上庵处流下的风,不由缩了缩身子。

刘国栋笑笑,童秀兰能看清他的笑,他的笑使他显得年轻,她却总觉得那里面隐着一种悲哀的命运排列。

"你看一对对的男男女女,都是年轻的,都是十多岁二十多岁的小家伙吧,抱着的搂着的,谁知他们都做了什么?他们快快活活的,充满着享受的感觉。我比他们大多少?我比他们要大上一代,思想大概还不止一代。这个时代腐败了,没落贵族般地腐败了,还腐败得很有理似的,腐败得这么冠冕堂皇。西方极乐世界朝气蓬勃地刮过来的风,扬起着贵族化的腐败气息。像我们这样相对站着的男女,手不触体不靠的男女,显着一种老派的过时的无能的阴冷般的样子,大概是世纪末少有的东方遗老了。"

她叫了他一声,像是要止着他一种少有的语言。他看着她。她向他靠近了一点,脚下没有动,身子向前倾着,又像是呼应着他话似的。

"你到底还是一个江夫人,听不得肮脏话的江夫人。"刘国栋说,"又像是个小姑娘,天真纯洁的小姑娘。"

他们就这么站着,仿佛身上涂了一种永恒的色彩。

童秀兰回去以后做了一个梦,她依稀记得他们两个站着,身上有一层暗灰色的亮。恍惚觉得那并不是梦,而只是一种现实的记忆。那个梦很淡,醒来已经忘了。这些日子她做的梦都很淡。

六十六

童秀兰第七次见刘国栋,她回去还是做了一个梦,有时她也弄不清,是梦还是非梦,她也不去想那是梦还是非梦。她依旧是经常见到他,她也弄不清到底是哪一次见他了,她也不去想是哪一次。她走过一片高墙,高墙很高,里面有人唱着哎哟哎哟的歌,是群唱的,高亢低沉,响着回音,回音在高墙四周回旋。她能听到里面的一个声音是刘国栋的,她从未听他唱过歌,但她能听出那是他唱的。他仰着头,高高的个子,头有点向上拉直了,嘴张得很大,放声地唱着。仔细听,她又听不到他唱的是什么。他唱得很自在,很自然,他唱得很使劲,他的两条法令线拉得很深很深,把那天看到的断点都拉直了。声音低下去虚了,只有他仰着头的样子。他像被焦距调远去了,那是声音的魔力,声音远去了,他如同被焦距调远去。身影小了,很小了,她的视角移过去,向前追着,她动不了步子。移过去,那里有一条条的铁丝网,漆着铁锈红的铁丝网,又仿佛是锈得斑斑驳驳的,她和他隔着栏杆。她叫了他一声,他朝她低下头来,他的眼光朝着她,里面是绿绿的闪亮着。他一直看着她。她对他说许多的话,仿佛他和她在一起时,总是她对他不停地说着,他带点宽容的笑意看着她。她向他伸出手去,想抚一下他的伸得太直了的头。她伸不过去,那些铁丝网显出坚硬来。他只是站着,没注意到她的手。她说他是一个小傻子,说他是一个心里太软的人,她说他是一个太年轻的小伙子,她说他个子长得太高了。她说他那两条法令线太深了,应该经常抚抚,用一双很柔软的手常常抚抚,她说他眼光里的绿色是染上去的,他用不着染得那个样子,让人看了外表怕人,那里面却是蓝蓝的,黑黑的,蓝黑的黑。他还是用那种绿绿的眼光看着她。他抬起头来,绿的光就像一下子都流了出来,在他的腮帮上,是一摊绿绿的,失去了光色的绿。

天凉了,窗子关着,外面是开始落掉了叶片的光树枝,总是那么七岔八交地支在那里,隔着一层玻璃,越发有点灰蒙蒙的,把寒气透进窗玻璃来。

丈夫说:"你知道一个叫刘国栋的吗?"

她看着丈夫。

丈夫说:"他太冲动了。他已经是一个中年人了,却还是这么冲动。现在的人都太冲动了。太多幻想的冲动,加上本性。社会的教育还没有跟上。对于目前的社会来说,稳定是胜于一切的。没有稳定什么也谈不上。这就需要把冲动的因素扼杀在萌芽状态。你懂不懂?"

她看着丈夫。

丈夫向她说着什么,她总是听着。男人就是喜欢说。一张饭桌,隔着丈夫上半个身。他显矮。他的个子并不矮,他的上身特别长,腿就显得很短了。丈夫的眼光中总显着灰蒙蒙的,凝视中又有着一种光透出来,像是逼出来的。丈夫把那蒙蒙的眼光眯起了。像是无力地眯着,光便从眯着的眼中逼出来似的。许许多多的放射波似的寒寒地无声地震颤着。她多多少少年这么听着,有时恍惚只是一次长长的话。没有变化地听着他的一次长长的话。她奇怪,他怎么一直在讲,讲了多少年了。她也一直在听,听了多少年了。两人一直没有动,那饭菜也似没有凉,还冒着热气。他们一直这么坐着。他说着她似懂非懂的话,那话只在她的耳边回旋,绕来绕去的,放射波似的。

那些光枝七岔八交地盘旋着放射波似的盘旋着,散开去,雨丝般地落下来。她和刘国栋坐在同事家的院子里,那些黄迎春花和白玉兰花开得很好。他对着她说话,他说了一句很冲动的悄悄话,她叫了他一声。她止住他的话。她朝他笑着。雨慢慢地停下来,他和她一起走出院门,同事院子的景虚着,只有那旧砖的围墙上一条条残破的痕迹,上面长着细细的草茎。他慢慢地向她靠拢着,她只是抬头看着他,他的手靠到了她的腰上来,贴得很紧很紧。他的头弯下来,弯到她的头发上。她说,你这么高的个子!他那么高的个子,蹲下来,盘弄着自行车上的圆圆的车轮,那车轮被撞倒时,她正在一边看着,她跑过去。他有点孩子式地埋怨地看着她,仿佛是她弄坏了的。她也蹲下身来,她说她来帮助他。于是他们都蹲着,他朝她抬起头来,她也抬起头来,他们的脸就贴近,贴得很近很近,鼻子尖几乎靠在了一起,他缓缓地移了移鼻子,一种痒痒的摩擦,一种柔柔的摩擦,她鼻中的气息和他鼻中的气息合在了一起。她嗅着。她拼命地嗅着。他喷了一口气,她忍不住屏息着,拼命地屏息着。他们都笑起来,一边是大马路,流动着车辆,跳闪着红绿灯,恍惚有旁边的人看着他们,是虚的。他说,不用理会他们。他们的脸越发靠近了。马路变宽了,一群孩子在踢球,她慢慢地走过去,他站在那边看着她,他看了许久许久了,她和他走过去,他们对视了一眼,她朝他伸出手去,他朝她伸出手来,手握在了一起,她把另一只手朝他伸去,那只手也握在了一起,那些孩子停下脚,看着他们。他把手揽到了她的身后,音乐就响起来,无数的灯光回闪着跳跃着。灯光暗暗的,五彩的旋转着,他整个的手都揽着她的腰,他们开始旋转起来,他们跳得很好,很自在,很放松,一直在旋转,旋转,和五彩的灯光一起旋转着,身子慢慢地浮起来,浮得很高很高,一直浮到半空中,她配合着他,她从来没有感到自己能和男人配合得那么默契,似乎不用任何的语言。激烈的一曲过去了,音乐缓下来,他们也缓下来,他温柔而紧紧地搂着她。他们整个地贴在了一起。他的脸缓缓地靠着她,她感觉到他深深的法令线,她伸出手去慢慢地抚抚那线,那线如波浪起伏般地涌到她的身心中,一重一重地冲开她心之门。两条细线,绞成了一个圈,圈越绞越大,越绞越紧。夜色蒙蒙,他就站在那桥边的栏杆旁,头扬着,她朝他跑奔过去。他的手抱起了她,他的手凉凉的,她想问他怎么大热天会这么凉的手,那条上坡的路长长的,他朝她低下头来,她迎上去,她多少踮起点脚来,他似乎抱起了她,慢慢地,他们上坡去,坡上庵里响着一声声的钟磬声。一声一声,他们随着那一声一声地动着,许许多多的热流到下面去,上下涌动着,打着旋,跳闪着,五彩的光圈,光圈从他的身上进入她的体内,在她的体内盘旋着,她的整个身子都在五彩的光中变得透明。他脸上的法令线显明地从他的颈子底下一直伸展下去,在他的腹部交结起来,他的手变得极其柔软,上下跳跃着,那光圈跳闪着刚硬的色彩,舞蹈,刚强有力的舞蹈。凉凉的手的柔软的跳动和热热的光圈的刚强的舞蹈,仿佛都旋到了天空间,她仰着面看着,迷醉般地看着,她的整个身子从心底里跳闪着一种相合的节奏来,那节奏先是缓慢后来越来越快,灯光也跳闪起来,仿佛星星也在跳闪,都搅到了一起,越团越紧,越紧越团,坚硬的松软的,起伏的摆动的,无数的越凝越紧,越凝越紧,最后终于爆发了无数的火花般的爆竹般地礼花般地轰跃着,喷闪着,一朵朵的星花,一个个的灯球,散开来的,仿佛无数个很小很小的孩童在争夺着一个飘忽不定的球,亮亮的球,五彩的球,她只是仰着面,很紧张地看着究竟谁得到了那球。在那球的周围,映着他笑笑的脸。他笑笑的脸映出来时,她突然感到了一种莫名的紧张,如突然收紧似的。随即一切消失了,变虚了,他笑笑的脸越来越大,笼罩着了她整个的视线。那笑中她总是感受着一种莫名的悲哀……

　　一只手在她的肩上拍了拍。她只是盯着那悲哀的笑脸,很长的时间。她听到一个声音说:不是我。她慢慢地抬起头来去看那声音。依稀是一张熟悉的脸。不是我,她心里跟着念着。谁不是我？我不是谁？我不是童秀兰,童秀兰是谁？谁是我？他说,不是我。那么他是谁？谁是他？她定下神来,仔细去看清他。她突然浑身一颤,她看到了真真切切的梦境里显现的形象。

兑

六十七

少女万丹的头上,浮着一只气球。硕大的气球,随着少女万丹游动。浮浮沉沉,看久了,球形清晰了,压着头顶,让人有不胜重负感。少女万丹抬起头来,脸微微地仰起,脸上舒展开来,如花朵一般,微微地绽开了,嘴微微地努起,宛如吮吸着气球中的气,轻轻盈盈的,于自然的呼吸之间,球形虚了,化作了无形,缥缥缈缈的,微微地游动,淡淡的如带点玫瑰色的轻烟之云。少女万丹的脸色也宛如被色彩映红了,自然地浮起一层淡淡的玫瑰色。

刘国栋清楚这是自己一种近乎幻觉的感觉。刘国栋很少有这种幻觉,他一直认为自己是最现实的。他只是看着万丹时才有这种感觉。万丹个子细长长的,可以说是苗条的,动作也是轻盈的,但她的年龄已不是少女了,不能算作少女了。

有时刘国栋为自己生出幻觉而不可理解,他想让自己恢复现实感,他知道只有离开万丹,他才能清醒,这难以做到。他有时也觉得不可思议,他这样的人,经历了那么多的生活曲折,有着那么丰富的文化知识,对社会的认识已经这样深刻,对女性也已经有了同样深刻的理解和认识,如何见了万丹会生出这种感觉来?他听过一次气功讲座,那个近乎讲经说道的气功师说什么"缘",一切皆缘。刘国栋内心中是不信的,深深地不信。他嘲笑那种旧宗教般的理论,都衍化为什么气功道理,假借成科学的论调出现了。不过和万丹认识了接触了,他也就常常想到气功师的那一句话,缘缘缘。现实世界中真会有缘存在吗?

六十八

有十六七年了吧,那时,刘国栋背着个长方形的木匠家什,跟着师傅走街串巷,想学点本领能够糊口,没有工钱,只是在人家吃三顿饭,有时是派活或包活,也就由师傅出钱买点东西吃。说是学徒,也就是跟着师傅,做做下手活。刚从少年成为青年的他,长着长长的个子,已是孤身一人。师傅只是家门口周围做活的一个旧式木匠,一个要钱很少做工很慢的老木匠,一个走不出去也不愿走得很远的老手艺人,一个躲躲闪闪的说是帮忙做活收点钱的退休工人。老木匠在邻近几个地方转,做的都是招呼的熟人家。后来看他做的那些家具都是旧式旧样,当时也就贪个牢固,贪个熟人工钱少,几乎把周围一些人家都做过来了。团团围围是小巷人家,慢慢做到一条较宽的路边,场地显宽敞了,可以铺开来放各种家什,在路那边是一个大铁门,有着一个小小的院落,关着一扇铁院门,从路这边可以看到铁门里,长着两棵树,伸着长长的枝条,遮着那一幢青砖楼,有一点朦朦胧胧的。那扇铁门已显着一片片的锈色,那围墙也已倒了好几处砖,露出里面的稀碎灰土,长出细细的草茎来。在一直生活在小巷陋屋里的刘国栋眼里,那里面还是一个高深的院落,是一个不同一般的所在。

宽路上,常常活动着许多的孩子,许多小巷人家的孩子也都到路上来活动。一到放了学的时间,路上都是跳跳蹦蹦的孩子。孩子的游戏常常有阶段性,那段时间正在玩跳马的游戏,做马的孩子双手撑膝,弓着背,跳的人奔过去,双手撑背双腿一岔跳过身去。做马的从撑腿到撑膝到撑腰一步步抬高。跳过的双手撑下,做马的身子会因重负而颠动。在做小工的刘国栋看着这样的游戏,总为做马的孩子抱不平。

这天又在做跳马的游戏,一个个跳得很起劲。从铁门中出来的一个小女孩,站在旁边看了好一会儿了。这是个小小的细细瘦瘦的女孩,刘国栋看到她怯怯地站着看着,她已几次提出要参加游戏,玩着的孩子只是不应她,似乎越发跳得高兴了。最后,她总算得到了同意。"新开豆腐店,新开豆腐店。"孩子们叫着。那意思是新来的必须先做马,但又仿佛对这个女孩有着一点故意捉弄的意味。于是这个小小瘦瘦的女孩也就站到了路中间,撑着腿撑着膝撑着腰,让一个个孩子撑跳过,相比之下,她要显得小得多,那些大孩子从她背上跳过去时,似乎压的力特别大。只见她的身子一晃一颤的,像要侧倒似的。这两天中,刘国栋隐隐地听人介绍,说这院子里的人家是个高成分的,要不是早先有钱人家也不可能有这样的房子。刘国栋默默地看着那女孩屈腰的样子,心中有一种说不清的感受。很快,那女孩在一个较大一点的男孩的着力下,被压翻在地上。刘国栋按捺不住,走过去用力推了那男孩一把。刘国栋的手因木匠活儿变得很粗很厚很有力,那些孩子都怔怔地望着他。他们没想到一个大人会参加进来。刘国栋回转身来想伸手去拉女孩,那女孩已经站了起来,她似乎是抬了抬发酸的脖子,刘国栋正看到她微仰起的脸,微微张着一点嘴,绽开了一种很快乐的神情,仿佛是得到了什么幸福似的,她又站回到刚才的地方,把腰屈下来,那从她屈腰侧影的身形来看,她依然带着那种仰面微微的笑意,那种特殊的幸福般的笑意。刘国栋站在那儿看着她。那个被推的男孩也站着,大概是不想过来或者是不愿再进行下去。他朝其他孩子看看,那些孩子都就随着他走了。小女孩注意到他们走开但还是那么撑了好一会儿。那一刻刘国栋真想把那些孩子拦回来。后来女孩转过头来,看着那些孩子走远去,她站起,眼移过来,在刘国栋的身上停了一停。刘国栋带着一点歉意。他想到也许她是很难得有这样玩的机会。孩子对玩乐的兴趣是很大的,一时刘国栋感到刚才的动作是多余了,鲁莽了。她会对他生出孩子式的怨恚吗?女孩的眼光很快移开了,她独自站在那儿,脸又微微地仰起来,显着那让刘国栋看怔了的神情,还是吮吸般地微微张开着嘴,如花绽开般地细细吮吸着。

六十九

多少年以后,刘国栋遇见万丹时,他一下子就想起了那个早年想着要做马的女孩,那微微仰起脸,带着快乐幸福的样子,微微吮吸般的神情。她的身后映衬着一个破落了的院墙,一扇生着铁锈的大门,隐隐的树枝遮掩着的旧砖房。那时她还是个孩子,一个年龄很小的女孩。在他的记忆中的女孩子形象却这么深。而眼前的万丹已是个姑娘,是个中专毕业参加了几年工作的姑娘。女大十八变,很难从她的脸上看出与记忆中的那个女孩子的形象有多少相同处,连记忆中的那个女孩的形象,他也模糊了。但他还是认定了万丹就是那女孩。只因为他第一眼看到了万丹微微仰起脸的神情,便莫名其妙地认定她就是那个女孩。

一个雨天的星期日,百货商店偏门边,密密地排着一辆辆自行车,那是城市的常景。车倒下去了一片,像多米诺骨牌似的。一个姑娘搬着车,车把插在了车轮里,一辆辆歪歪扭扭地连着,好不容易扶起了一辆,又牵动了那边的,再倒下去几辆。姑娘几乎是一辆辆重新排列着,像做着一份很有耐心的工作。不一会儿几个身披着雨披的自行车车主从里面出来,他们恼怒地望着搬着车的姑娘,看着她扶起这一辆,倒了那一辆。有个女人说话了:"你拿车不会好好拿?"于是应声便起:"看伊的手脚,就是吃惯现成饭的。""急着出丧去啊。""真出气。"一时议论一片。后来有个男人问:"你拿哪辆车啊,怎么会倒了这么一大片?"

"我没骑车。"姑娘说。

显然没人料到这一点,大概也有人很想把这个姑娘的车弄倒出出气的,这时看着没穿雨衣的姑娘弯着腰在搬着车,不知怎么回事,也不知说什么。很快那领头说话的妇女又说:"走路嘛也要长长眼睛。"

"你怎么知道就是她碰倒的车?"

这句话便是刘国栋问的。他正好看到了整个的一幕情景,从第一声对姑娘的责怪开始,他就注意了。他是从对面马路的一个小五金店出来,隔着一条马路,他走过来慢了一点,中间又等了一辆开过的车。

"她好人!"妇女说,"你叫她自己说说看。"

"我走过来,有一个人拿车……我好像……"

"你好像,你弄倒了就弄倒了,什么一个人拿车,有熟人帮腔就想充好人了!"

刘国栋从对面马路的小店里出来后,打开着伞,在他的记忆的感觉中,对面有一片倒着的车,眼下的自行车太多,倒车的现象已经是常事,他并没有太多感觉,后来他就看到一个姑娘搬车。在这过程中,有个时间差,有一辆汽车开过。

一时间,他也有点弄不清自己的记忆了。他还想争辩什么。那些自行车车主已经拿了自己的车,骑车走了。刘国栋扭头去看姑娘,只见姑娘微微仰着一点脸,她没穿雨衣,薄薄的衣衫已被雨濡湿了,透出了无袖内衣的轮廓,臂下的一片已粘在了胳膊上。她微微仰着一点脸,仿佛是想让雨凉一凉脸,想来是受了冤屈,去掉

247

心中的不快,但刘国栋蓦然看去,感觉却被触动了,他看到她的嘴微微地努起着,仿佛吮吸般的,脸上的神情带着一点笑意,那是一种很快意的柔柔的笑意。一瞬间中刘国栋分明有熟稔感,仿佛早就在记忆中被唤了出来,随即他就想到了那个幼小的想着要当马的小女孩。

"你是过来帮我的吧?我早就看到你在马路对面小店门口了。"姑娘带着一点微笑,朝向刘国栋。

七十

姑娘就是万丹。他们就从那次相识了,成了朋友。那件搬车的事,刘国栋一直没忘,由此生发出一些对社会道德和风气的感叹。但万丹似乎当即就丢开了,她后来和刘国栋说话,神情一直是高高兴兴的。刘国栋几次提到,姑娘都不在意地岔开了,似乎那是毫无意义的不值得再提的事。这使刘国栋想到,也许他和姑娘不能算一代人了。他已难以理解现代的青年,特别是现代的女青年。他们似乎什么也不放在心上,什么也不在乎似的。而他总是在想着什么,内心无法平静下来,对现时的社会,对社会的变化,对这一切,有着一种计较,常常是从细小之处触动的,是从自身感受中触动的。他毫无意思地老是去记忆他撑伞的一刻的前后,他记忆的视觉中那一片倒着的车旁究竟有没有姑娘的形象。似乎这对认识姑娘有很大的关系。直到他很熟悉万丹的时候,他还是忍不住会想到这一点。

万丹中专毕业后在一家公司里就职,刘国栋也弄不清那是企业还是机关,他给她打电话,十次有九次她都不在,偶尔一次,很像是她刚到那儿,有几次,那里的人都问了几次名字,便放下电话,似乎不知道有这个人。仿佛那是一个很大的机关,又仿佛是流动性很大的单位。常常是万丹给他打电话,和他谈一点什么事。有事约会时,她总是在约定的那一刻准时到达,骑着一辆天蓝轻骑。刘国栋看着那电瓶车左转右转地从街那头游一般地来到面前。她轻捷地跳下车子,带着那习惯的笑意。

很长一段日子里,刘国栋和万丹都是这样见着面。刘国栋已是中年人,和妻子离了婚,独自在一个很小很小的旧阁楼里生活,那幢旧楼用板隔着了两半,每一半堆放着各种东西,都只能勉强转过身活动。前半间窗下是街面,流动着人流。从后半间窗子看下去,是一围拦着铁丝网的围墙,那是城市里的看守所。墨沉沉的,却十分安静。刚和妻子离婚搬到这里来住时,他独自站在后半间屋的窗前,想了许多的事。

社会变化着,慢慢地都演变成为有钱人服务了。刘国栋眼看着这一切在依然说着大道理之下变化着,但万丹似乎从来没感到这一点。这使他感到与她有着两代人的差别。社会到底是腐败下去了还是合乎了发展规律?刘国栋常常会自困于这些问题中无法解脱,只是见着万丹的时候,那些困扰他的问题就离开了他,心里一片明亮。多少年中他的心态有点消沉,那是一种无可奈何的心态,一种消极顺应的心态。他把这种无可奈何消极顺应当作平静来生活了。但看到她,他觉得有一点热热的感觉,身上的血似乎流动得快了些。

和万丹见面,他们总是在街上转悠,随便地聊着天,有时刘国栋自己也记不得他和她到底聊的是什么,他也弄不清万丹和他聊天会感到有什么意思,他们的话题往往都在两个不同的感受上,但他没觉得她太幼稚,她似乎也没感到他太深沉。有时在街上遇着万丹的熟人,万丹就介绍着他说:"我的一个朋友。"她说到朋友的口气和她介绍他时的神情,都那么自然大方。而遇着了刘国栋的熟人时,刘国栋介绍着万丹:"我的一个亲戚。"他清楚其实用"朋友"两字来介绍他和她的关系是最准确的,他不知自己为什么会说得那么别扭。

有一次刘国栋和万丹又提到了他们的第一次见面,他问她为什么会去搬那些车的。万丹说:"是不是我弄倒的,我都没什么。下雨天那些车倒在那里实在叫我看着难受。"万丹说着笑着。万丹是个快乐的姑娘。刘国栋觉得她从来没有悲哀。在感觉中,万丹是一个单单纯纯的姑娘。单纯得如明玉一般。

七十一

还是在一个雨天,刘国栋正在后半间屋的窗前看着雨水,带着黑尘灰的木窗玻璃上,淌着一道道的雨水痕迹。前面的铁丝网模糊不清。在他低头沉思间,雨慢慢地下大了,雨水在眼前飘连成一片,窗子反而清晰起来。铁丝网弯弯曲曲成了扭形,像一段跳跃着的形体。刘国栋偶尔会想到那里面的人所受的生活重压,那也是一生,那一天天的日子一分一分地如何熬?而他能独自站在窗前观赏着雨景,想着别人的痛苦,心中有一点悲悯的情感。这时一个人形出现在楼下,那人抬起脸,到刘国栋视感知觉时,声音也就传了上来。那是万丹。他下去开了门,见她头上顶着那件雨天坐轻骑的雨披,下半身的裙子湿透了,她的鞋也湿透了,右肩挎着一个民族花式的桶包,鼓鼓囊囊的。

"是不是我身上都湿透了,你不想让我进去了?"万丹说。

刘国栋这才想到让开了身,让她进门。万丹进了门,旋着身收着雨披,一边说:"我这下子惨了,被炒了鱿鱼了。"她说着,声音里还带着一点笑意,像开着一个小小的玩笑。说时她往楼梯上爬。楼梯通道黑洞洞的,很窄,阁楼的顶层显矮,她的头就撞在了矮框架上。只听她哦哟一声,刘国栋还没有出声问话,便又听到她的一阵笑声。

"你这么个大个子每天上上下下,要碰几回头啊,也不想办法换一换啊?"万丹站在楼门前的小过道上,低头望着弯着腰上来的刘国栋说。

"走习惯了,哪还会碰着呢?"

"这样矮,我是不会习惯的。看来我不能在你这儿长住的。"

"你在这儿住?"刘国栋有点恍惚般地。

"怎么,不行吗?你说过你有两间屋的,就是这两间吧?"

万丹说着,动手推着门,两间屋子的门一个在前一个在右,几乎靠在一起。前面的是他的卧室,右边的是他的书房。刘国栋想到他的床没有铺,很乱的,就赶忙旋开了右边的木板门。

书房里很窄,散乱地堆着书,一张写字台上,散乱地放着稿纸。

"哇,真脏啊。真难看哇。你大概搬进来就没整理过。"万丹学着粤语夸张地叫着,"坐都坐不下来,我怎么住?"万丹回转身对着刘国栋说,"你还是到你房间里去坐坐。让我来收拾一下。我就怕乱。一乱我就看着难受。"

刘国栋走到卧室里,随手也把自己的床铺了一下,把东西收拾一下。就听着那边书房里喊哩哐当的,声音显得很大。自搬到这里来,他的楼上还从没发出过这么大的动静。住楼下的胖妇女有一次看到他说,到底是个知识分子,这么大的个子安安静静的一点声音都没有。他不知现在的声音会不会引起楼下胖妇女的注意。他想着自己的那些书,还有这写字台上的稿纸,会不会遭受一场劫难。他想到自己的一个从没有人侵犯的小天地,离了婚的妻子从来没有来看过,怎么她没听他一句应声,说住就住了进来,就动手改变他的一切了,他原来安静的生活就这么被她打破了。他觉得有点滑稽,但又有一点莫名其妙的新鲜感。那声音在他耳边响着,响得畅而亮。

万丹拧开刘国栋的房门,又是哇了一声,说:"你到我那边去坐吧。"

房间收拾得整整齐齐,上上下下都被擦得干干净净。所有的书都进了书橱,只是放得很杂,那些稿纸也都叠在了一起。刘国栋想到他要花很多时间来找到他要看要写的书和稿了。窗大开着,屋檐水哗哗地淌下来,地板上擦得干干净净,擦出了木纹的亮色。想是她端了檐水擦的。风中飘进雨天特有的一种潮湿而带点雨腥的空气来。刘国栋一下子感到他似乎进了另一个家中,而不是他原来的书房,他弄不清自己是喜欢还是不喜欢。万丹还是那般地含着笑意地说:"你坐吧。"

两张斜对放着的沙发上的旧沙发罩卸下了,露出了沙发布的原底,碎花点纹布,上面铺着几块好看的钩花纱巾,刘国栋也恍惚觉得那不是他常坐的沙发,似乎是她带了来的。她的身上换一件短式裙,露着修长的腿。那些都是从她那只民族花式的桶包里拿出来的,那只桶包挂在了墙角,还是鼓鼓囊囊的,包着个姑娘的家当。它像是个魔包,什么都能拿得出来。

"我就睡在这儿。"万丹指指擦干净的地板,那地板上还湿湿的。

"你真的……住这儿?"

"是啊。我现在工作没了,宿舍没了,车也没了,都收回去了。不在你这儿住,我就要在街上流浪了。"

"怎么会呢?你不是中专毕业生,国家干部吗?"

"国家干部?那是哪百年的事了?早换了。那时还刚提什么人才流动。我跟着这个老板三年多了,他说,你跟我干,包你有劲,有好处。我就跟他干了。那时他还只有两间破房子,几千元钱的资金,就我一个雇员。现在他的公司像模像样的了,十来号人了。什么时候我可以带你去看看。"

"你说走就走了吗?不有劳资合同吗?劳有权资有权……"刘国栋开始谈起理论,对劳资问题他有研究,他甚至谈到了早年英国资本主义开初时的劳资矛盾。万丹只是笑嘻嘻地听着他说话,觉得很新鲜很有趣似的。

"我没和他订合同,就想着跟他干的,事实合同也没有用,我不想和他争什么事实,那多讨嫌啊,好像我要赖着他……我就是不想跟靠他了,告诉你吧,他对我说,说开头他看我长得不怎么样,一直没有感觉,直到后来,他觉得我很有一点气质,有一种他说不上来的味道,他说他要我,只要我答应,他就和他老婆离婚。"

"你不想当第三者?"

"什么第三者不第三者,我根本没想过。我就知道他说什么开头对我没感觉,后来才有感觉,我倒是一开头对他还有点感觉,后来反倒没感觉了。现在我干什么要听他的?"

"就这样,他?就……不讲合同,也该讲点感情和良心啊。"

"炒鱿鱼就是炒鱿鱼,还有什么良心和感情啊?我刚分进的那个国有制单位,在机关里做,什么事也用不着做,每天翻报喝茶,工资不少,单位还出钱让我去参加一星期三个半天的业务学习,我跟老板做生意用的就是我学来的本事。到后来,我就炒了单位的鱿鱼,他们不同意也不行,我走我的人,我也没管什么感情和良心啊。"

刘国栋对着姑娘望了一会儿,不知说什么好。他想说她太年轻了,想说她有机关工作真不该离开,好多人想进都进不去,想说她太相信社会上的人,特别是那些投机冒险没有道德标准的男人。

但他没说出口。

万丹好像知道他心里想着什么,说:"都说我丢了轻松的饭碗,去吃苦。这三年,说苦是苦,说累是累,从布置到搬运都干,到处跑业务,求爹爹拜奶奶的。对付工商局、税务局、公安局还有卫生局的先生女士们。和当时分进去的单位相比,那里是那么轻松,真是太轻松了,不过我在机关就觉得难受,闲得难受,跟着老板干得累反倒快活。难怪我妈早就说我是贱骨头,不晓得苦乐的。"

万丹说着,脸上都是笑意。刘国栋发现姑娘好像有一种感觉到别人想法的本能。

刘国栋低下眼,看看擦得湿湿的地板说:"还是你睡床吧,我是男人……"

没等他说完,万丹就摇着手说:"别别,我还是睡在这儿好,铺一张席子,干干净净的。你那张床啊,让人看了都难受,哪像是人睡的!"

刘国栋不由得脸有点发红,这时他想到自己的袜子还挂在床框上呢。姑娘真是直率,她走投无路,到他这儿来,却这样数落着他,想说就说出来了。他很想对她说,一个有思想的人是并不在乎外表的,一个艺术家是不修边幅的,乱正是一种风格。他没法对她说。他的生活显着这样的邋遢,全在姑娘的眼里了,他总有点不好意思。

"我知道只有你会帮助我的,所以我一被炒鱿鱼,就直奔你这儿了。"万丹又笑着说。

七十二

人的生活是需要校正的,校正者往往是异性。我们的生活常常被校正。校正为异化了的,不是我们所愿的。也有校正为自己所愿的。不管是所愿的还是非所愿的,都不再是我们自己。既然我们有时心甘情愿被校正,说明我们还是可以被校正的。那么什么是我们自己并不重要,只要我们愿意被这一种人校正,而不愿被另一种人校正。我们是选择人来校正。刘国栋想着他原来和妻子的生活,他就是不愿被校正,他想着是一种生活的自由,他无法接受那种被校正,婚姻才弄得那么不堪。当时他下过几次很大的决心,但并没有行动,而是妻子帮他行动了。现在,离婚好几年后,独身生活好几年后,他的生活又似乎弄乱了,又在被校正,他自己有这种被校正的感觉。面前的万丹,这个贸然闯入的姑娘,正以不疲倦的精力牵动着他,使他感受到一种被校正的新的生活。他觉得自我不断地在丧失。这是他所不甘的,但他无可奈何。这个和他原来的妻子相比没什么文化的姑娘,也显不出她自己所说出的什么气质,却牵动了他根深蒂固的生活形态。莫非就因为她年轻?刘国栋向来总以为年轻的女孩子往往是浅薄的。而万丹有的做法,和别的常见的女孩子没什么区别。他不知道自己是怎么了,只是被她所牵动着,似乎要旋起身,做出一点自己也莫名其妙的事来。

他自我禁锢的心之门似乎被打开了一点,从外面卷进了风,一种异我之气,他也就撑不住了,觉得无法再关上了。他很想完完全全地打开来。但他无法那么做。那样就不再是他。他无法丢开他的自我。

刘国栋的阁楼生活从离婚开始,几乎是千篇一律的,安静,毫无烟火气。他没有厨房,原来人家在楼梯拐角放炉子,那儿被烟火熏得很黑。刘国栋一天三餐都交给了单位的食堂。他想这一点应该说是现代生活方式的。阁楼生活就是卧室加上书房。有时他又觉得自己太封闭了。像一个城市的隐士。万丹住进阁楼的第一个晚上,他早早地说了声:"你好好休息吧。"便回了房间。他在窗前默默站了一会儿,他平时是很少站在卧室的窗前,那前面有一个小小的市场,虽然离得较远,站在窗前,还是能听到杂乱的声音,使他生出一种不耐烦的情绪。这天他独自站在窗前,也不知想着的是什么。后来,上床的时候,他想起自己整个晚上没有看书。他总是在书房里看书看到很晚,沉思到很晚,一沉进去,也就忘了时间。往往在沉思中,顺着习惯,洗漱,进卧室,上床,睡觉。这天他躺在床上,怎么也睡不着,他想去书房拿一本书,他听到那个房间里,万丹还有动静。她不知在弄什么,常常会弄出点动静。他想到楼下人家会有怎样的感受。后来他听清她在放着音乐,是一个流行歌曲,他不知道是不是自己的那台旧机子,那机子声音是走调的。或者是她从那个桶包里拿出来的机子,似乎那桶包里面应有尽有。他想过去拿书,但他想着她正躺在地板的席子上的样子。他压抑了自己。他这么晚再去推门,姑娘会怎么想他呢?一直到很迟刘国栋才迷糊睡去。似乎一直在那流行音乐中迷糊。第二天清晨,他起床下楼去卫生间,上上下下几回,从书房门口经过,那门关着,里面是静静的安睡。他想他应该告诉她一些有关房子的布局,问问她怎么安排时间,做些什么,吃些什么,到哪儿去买早点。这些琐事他从来没想过的,此时都在心里,仿佛是对着一个孩子似的。他还没有孩子,说不上是妻子不要,还是自己并没有愿望。临到上班的时候,日头已经老高了,卧室窗下面的街道已是很热闹了。可书房里面还是无声无息。他只有拎着包走了。他心里牵着什么,似乎是因为把一直属于他自己的家丢给了一个不很熟悉的人,又似乎是因为把她孤独地丢在了一个她不熟悉的地方。

整整一天,他都牵着家中。下班到家,楼上和以往一样安安静静的,却似乎添了一点新的感觉。他推开书房门,发现里面空荡荡的。确实是空荡荡的,书房里比以前要空了一点,那是收拾后形成了一点很少的空间。席子卷起倚在了墙角,椅子塞进了写字台底下,要不是那上面还挂着那只民族条花纹鼓鼓囊囊的桶包,他真以为她是走了。

他捧了一大捧书到卧室,在房间里坐下来看书。但他的心安宁不下来,一直到很晚,他的听觉总悬在楼梯上,那儿还是静静的。到他躺在床上迷迷糊糊要睡着时,才听到了那边书房里的动静,喊哩哐当的,接着又是音乐声。他觉得有点异样,不知喜欢还是讨嫌。他还是顺由着她,顺由着一个年轻人的生活。他还是迷迷糊糊地要睡去了,他觉得自己的适应能力还很是强的。

这样又过了两天。每天都是他起身,那边房间里睡得安安静静的,到他睡下去以后,都快入睡时,那边开始有了动静,很响很响的声音。他也就在这种声音中入睡。有时他也觉得好笑,似乎是房子转租给了一个姑娘,这种出租是没有任何报酬的。同时他觉得自己多少对万丹的模样也有点迷糊了。

这天下班,在上楼梯时,就见楼下那个胖妇女赶出来扶着梯柱,仰着脸,对他说:"你楼上是不是天天开舞会啊?格隆格隆的。卖不卖票?有没有放假的时候?"刘国栋赔了笑,觉得很不好意思。上得楼来,坐着想想,楼下经常是麻将桌,哗啦哗啦的,一直到深更半夜,他坐在书房看书都受干扰,他还从来没提过意见,按说胖妇女的抗议是有道理的,他这刻又对她的道理很反感,究竟什么道理是对的,什么道理是错的?

这天晚上,刘国栋一直坐在书房的沙发上看书,等候着万丹。总算她回来了,从楼底下就听到她的脚步声,她走楼梯的脚步声也是这几天听惯的声音,一种特殊的频率,从下而上,喊哩哐当的。他放下书,等着门呀地开开来。脚步声到了门口,又折了下去,随后卫生间里也是那种哐哩哐当的声音,再上楼来,推开门他见到的是一个满脸是水的万丹。她见了他,又是哇的一声。想是她的招呼。

"你今天不睡啦,天天那么早睡,难受不难受啊!"

刘国栋原是想劝她早睡的,迟睡觉是对身体不好的,倒给她说在了前面。说着她就坐到他侧面的沙发上来,很舒服地摇摇身子,做了一个很女性化的动作,也许是她习惯的。

刘国栋本就想和她好好谈一下的,并不单是夜晚的声响,而主要是她的生活问题。一旦这个姑娘走进这幢楼,刘国栋身上多了一种责任感。这几天,他帮她联系了好多家工作单位,最后找定了一家出版单位的下属部门。为这他托了好多熟人。他从来就是批判走后门的。他对自己说他为她找个工作是正常的。熟人问了她的情况,都不免带笑地问:她是你的什么人?那眼睛中带着一点玩笑的成分。今天好不容易听到电话说,可以带去看看。现在临到面对着姑娘,他又不知怎么劝说她才恰当。

"你天天早走晚归上班工作这么多年,烦都烦死了。难受不难受?"万丹说,她又用了一个词"难受"。似乎他总是生活在难受中。

刘国栋突然觉得自己跑了好几天,费了很大事做的,一下子落在了空中,全都作废。他又一次感到他和年轻的一代有了距离。他无法接近她。"你好像有话对我说,是不是嫌我吵了?今天早上在楼道上,楼下那个胖女人查问了我好半天,好像我是罪犯似的。"万丹看着他说。刘国栋还是把出版部门的事对她说了,自己也觉得说得很没有意思,想是把一件很无聊的事推给她。

"出版?肯定到处是书,眼下我这个房间,头转来转去看到的都是书了。我在学校的时候看书看多了就感觉嘴里一股苦味。"万丹的口气里像是带着一点无可奈何的叹息,脸上还是含着一种好笑般的笑意。

"不是出书,是出版部门下面办的……"刘国栋一时没选好词句。可以说是第三产业,也不全对。想她过去是从正规的国家单位机关走出来的,而现在的第三产业往往都是淘汰的没有用处的多余人物,她会不会感到受歧视呢?但是现在正规单位都是人满为患,又如何会收一个自发出走的不安分者呢?

"是办店吗?是办活动渠道吗?"万丹显出兴趣来,"我可以帮他们搞促销,可以跑业务,只要他们给我一辆跑车,哪儿我都能跑。"

"那么……你是愿意去啰?"刘国栋显得没想到。

"去去。行就行,不行就走人嘛。"万丹说。

七十三

刘国栋一踏上社会,就在现在的单位里工作,从锅炉工做起,大概是十多年变化一下工种,一步步升上去,到现在的处室机关,也依然是一个无足轻重的科员。他想那也许真是缘。一切是缘。但他有一种反抗的意识,反抗的意识在他的内心里。但他又常常感受着这一个"缘"字。多少年前,他听气功师谈到缘,当时一听而过,而现在常常会想起这个词。他知道用缘来解释世界,乃是一种理性的逃遁,无可奈何的逃遁。眼前的这个万丹却似乎很轻松地说着"走"字,似乎一切都可以很快地变动的。那么应该说这也是她的缘,动的缘。然而这又显着她的主动性。所不同的正是她的主动性。而说到主动,又似乎跳离"缘"字之外了。从社会的习惯来看,"走"字一开头,也就跟着走。第一次往往是艰难的,下面就如顺水推舟了。这是合乎常态的,又显现着一种年轻的生命力。

万丹说到"走"字的那种轻巧,使刘国栋感到有点说不出来的悲哀。他花了那么多的神思精力,托了人,很可能她很快就会跳了出去。他知道这对于自己所托的人有点说不过去,但他又是无法捆住万丹姑娘的,就像无法开口说让她动作轻些,他决心不再提这一点。他似乎内心中有点熟悉了这种半夜里的动静。至于楼下,她搓起麻将来常常半夜里还是哗哗声,又何时顾及了别人的?

  这天早上起来,刘国栋洗漱了,经过书房门口时,那里面还是静静的。他轻轻敲了敲门,里面没有声息,他有点使劲地用手掌拍拍门。那里面才应了一声:"做什么呀?"刘国栋心里想,说好了要去出版单位的,都什么时候了,她竟忘了,还是这么睡得死死的。没容他多想,门很快地开了,万丹穿着一件宽大的睡袍站着,满脸都是困意,没睡醒的样子,脸色灰灰的。一时他看着她瘦瘦的脸,那脸上显着不同往昔飞扬的神态,似乎苍老了十来岁的模样。她细长的身子在宽大的睡袍里,越发如鹳似鹤,像是她以往都是靠化妆而有神采的,那种年轻的精神都似乎在这一个早上消逝去。她的身上又似乎带着一种暖意,一种成熟妇人般的气息。

  她睁着不大明白的眼看着他。

  "什么时候了,该上班了。"他把"上班"两字说得很重。

  "哦哦。"她应着,似乎还不十分明白。刘国栋真怕她会说一声,我不想去了,那他一点办法也没有。他已经又去出版部门落实过了。

  刘国栋回到房间等着,听着那边楼上楼下走动着。后来没有声音了,听着她是进了房间的。他又等了一会儿,还是没有声音,看着上班时间要过了。他只是请了两个小时的假。他有点后悔,他只需告诉她出版单位的地方,让她自己去找谁就是了。他发现自己在万丹这个姑娘身上用着心思,自己也说不上来想要做点什么。而她那么轻松地说着"走",明显不会长的。她是不是在家被宠惯了？他又想起了那个院子、破墙、小楼和铁门。

刘国栋忍不住又走到书房门口，门关着，他还是敲了敲门，里面又应了一声。很快地，门开了，万丹站在门口，她又显着了那种年轻近乎天真的容颜和神情，似乎她是在屋里施展什么魔法似的。刘国栋想到她一定是在化妆。他没看到她的化妆盒，也许又进入了那个桶包里了，还是放进挎在身上的小挎包里了？

身边走着一个年轻的姑娘，她的身子又常常毫不在意地靠近着他，刘国栋有一种多少年没有过的感觉，也许从来就没有过，每个年龄的感觉都是独特的无可比的，那也是缘吗？

部门是经理负责制，万丹进经理室去谈话。刘国栋也不认识经理，他找着经理，和他寒暄几句，把出版局熟人介绍的条子交给他，经理就带万丹进去谈了。这个部门只有很小的门面，一间窄如夹弄的办公室，中间放着好几张办公桌，四围堆满着书报杂志，顶里面是也许比他的书房还要小的经理室。刘国栋觉得这个尖下巴的年轻经理，有点野路子，不是个正经的人。一个小小的经理，也带着电影上总经理的口吻调调。他知道自己对能够主宰人的人总有一种反感，这种反感与生俱来。似乎过了很长时间，万丹出来了，开口就说："你还没去上班啊？"她的样子很随便的，看来应答了不少问题，并且答得很顺当。她说："我就留下了。今天就要上班。"从她身后走着的经理的面色上，刘国栋看出他是很满意手下添这一名女性员工的。

刘国栋走出门头，反正上班迟了，他也就不再着急。他习惯在沉思中走路。那个经理他实在不喜欢，也许他是对能够主宰人的人总有一种反感，也许他是对现在所有的暴发户有着一种本能上的反感。他出生在一个普通家庭，却有着士大夫式的好恶。那是书本对他的教育，书本的知识本就是趋向清高的。而现在正有一种唾弃知识的倾向,这种唾弃不同于"文革"中外在的批判,这次是彻底的从骨子里的冷落。他正走着想着,险些撞着了面前的一个人,蓦一抬眼看是一个女人,正想说声对不起,却发现那是他的前妻。

前妻就在出版部门附近的单位工作,他原来走到这儿总会避一下,总怕突然看到她。今天他根本没有想到她,却差点撞上了她。只见她冷冷地看着自己。前妻的神态和举动永远显现着一个高知识家庭出身的高贵的样子,她的打扮像是不经意的,却是花了功夫的,显现着她的气质,那种鄙视人的气质。这气质应该说是很士大夫化了的,刘国栋也还是觉得很不舒服。她穿着一件微微袒露前胸的带点绣边的圆领衫,显着她妇人的典型的成熟身形,刘国栋能感觉到她整个身子的丰满。她的脸颊也显现着成熟女人的丰满。只要在她的身边他总会生出一种要用强力去挤、去压、去摧毁、去占有她的感觉,这种感觉是恨恨的耻辱。他压抑着自己的这种感觉,犹豫一下,是不是该绕过她而去。

"又这么急急忙忙的做什么?"她说。

"没事。"刘国栋说,他想自己沉思着是不可能走得很匆忙的。原来在一起生活时,她总说他急急忙忙的。

"听说你搞了一个小女孩,一个难看的没头脑的女孩。是不是在为她奔忙?"她的鄙视的口气中,多少显现着一个女人对曾经是丈夫的异性交往的关注。

"她年轻。"刘国栋微微地仰起脸来,不自觉地带着一点万丹式的笑意,"你知道年轻是什么吗?许多人宁可用金钱和一切来换取难以再得的年轻,年轻意味着勇气,年轻意味着生命,年轻意味着不怕挫折和艰苦,意味着改革,意味着创造……"他像吟诵着诗句,又像唱着一首流行的歌曲。待他低下眼来看时,前妻早已不在了。

这使他有点恍惚,刚才是不是他一时的幻觉。

七十四

　　刘国栋觉得前妻的话,像一股毒气流动着,他弄不清又是如何流到她耳中的。他的周围是一个看上去单纯的毫无关联的环境,却暗暗透视着许多的眼光,他这才想到万丹在他身边的出现,对他形成了怎么样的影响。是出版部门的熟人传说开的?还是其他他找过的熟人传说开的?他们又会传着他什么呢?还会再传着他什么呢?刘国栋很快发现自己的脆弱了,他又何必顾忌这么多的传言呢?他又一次感到自己心态的老化。

　　万丹似乎对她的新的工作很满意。她的生活有了一种节奏,她自己调节的节奏,她经常还是很迟地起床,很迟才出去,但有时她很早就起来,在刘国栋还没起床时便出去了。似乎新的工作给了她很大的自由,形成了她自由的节奏。她把刘国栋也带进了这样的生活节奏中。晚上回来,他们会在书房里谈一会儿话。万丹开始对书产生了兴趣,开始问起有关书的话题,刘国栋总是不厌其烦地回答着,他很希望借这么一个听众来展示他的有关书中的学问。多少年中,他通过自学而饱读诗书,在成人自学高考中,他视那考题为儿科。他和她讲现代当代文化知识的发展,甚至对她讲起了古代有关儒、释、道的理论,还讲到了外国的哲学理论,唯心、唯物、唯理的。有一次,他和她突然说到了禅,说到了有关禅的公案,说到了一个和尚顽固地问着,佛缘何从西方来。然而他发现他说到很得意的地方,她的头却有点偏,眼睛望着窗外,那里黑黑的,只是一片黑沉沉的天。他不知她究竟听进去了没有,只是他说开了的时候,自己感到很痛快的,仿佛有不少自己刚刚察觉的感受直冒出来。他沉湎在自己的体悟中。

万丹有时也会说些事,说的都是她想着的事,说与什么人交往,跑哪些部门,看到什么样的人,说什么样有趣的话,都牵着她自己的看法,很难弄清那些事是真实的还是她想象的。在一个雨天里,她突然说到了一个小女孩童年的事,她说那个女孩很早没有了父亲。那个父亲生前是个有钱人。母亲总说,要不是她父亲死了,一家子都会跟着挨斗倒霉。母亲再婚了,后爸对她很不好,他并没找她,也没骂她,他对她是一种冷冷的坏,是一种说不出讲不清不显露的坏。因为她根本不懂这是一种坏,所以她也就习惯地接受了后爸的这一种方式。有一次,她想锻炼自己忍受痛苦,便想着用一根绳子拉着身后的开水壶,开水壶倒下来,烫在了她的后背上。这次根本没有后爸的事。她母亲却和她后爸闹了一场,说他对孩子太坏了太狠了,因为一个六岁的女孩根本不会自己弄烫到后背上。他们在闹,而趴躺着的女孩叫着是自己弄的,但他们都没听她的。

刘国栋听着这个故事,感到一种强烈的震动。他相信这正是姑娘的自我吐露。他又难以相信这是发生在这个姑娘身上的事。一个如此悲惨的故事,但说着的万丹微仰着脸,脸上还是那般带着笑意,一种幸福般的笑意,让他实在难以相信这是发生在她身上的事。

这种痛惜的情感在刘国栋的心中流动,好几天他都想到那个院子那堵围墙那幢小楼和那扇铁门。

他们就这样度过一个个夜晚,刘国栋每次回家,那种冷清和安静的感觉没有了,转化为一种温馨感,他总想着要多给她说一点,多对她填补一点文化知识。这一天,刘国栋回来,就听到书房里有动静,随即他听到了说话声,不只是一个人的说话声。肯定是万丹带回了人来,刘国栋心中不由得浮起一层被打扰的感受。他独自坐在卧室里,听着那边说话声起来,笑声起来,似乎是万丹主人般的笑声领导着。又起了音乐声,似乎还有人的脚踏声,像是马上要跳舞了。

刘国栋怕那边真的跳起舞来。他过去敲了门。开开门来,看到万丹和几个姑娘散坐着,坐椅子上的,坐沙发上的,也有坐沙发扶手上的,围着了一个圈。万丹朝他笑笑,那笑的样子也不像以往,笑中带着一点调皮,在女伴面前,她显得越发开朗。她向他介绍着"新朋老友",她是这么说的。刘国栋略一审视,发现这些姑娘都和万丹年龄相仿,都属一个层次,都带着野野的神情、眼光迎着他。刘国栋反而不好意思,退出去关了房门。房里又响起她们的笑声来,领头的还是万丹。刘国栋不由得也笑了一笑,笑中带着一点无可奈何。他对万丹总有点无可奈何。他也说不清为什么。

以后万丹常会带回同伴来,常来的是一个叫小何的。刘国栋认得她,那晚她坐在顶头沙发上,看着他的眼神是唯一带着一点羞涩的,也没有那么大笑着。以后她每次见着他都是略低点头,眼神总含着那点羞涩。刘国栋已是不常见这种腼腆的女孩了,坐在她身边的万丹显着是个保护神似的,她和小何说话的神气也像是保护神,代她说话,应话。有时他也坐到书房里和她们说几句话。他不知道她们怎么会有这么多话说,有时是低语,有时是大笑,往往是万丹笑出声来。她有点着了魔似的笑。

这一天,万丹给刘国栋的单位打电话,说晚上有舞票,邀他一起去。刘国栋和她相处这段时间,还是第一次听她说到跳舞。他说他还是个舞盲呢。万丹在电话那边说:"我教你。"不由分说地告诉了他舞会的地点和时间,就挂了电话。

晚上到舞厅门口,刘国栋看到万丹的同时,也发现了她身边的小何。她们正站在舞厅霓虹灯的光影下,浑身都被灯光打映得亮一道暗一道的。舞厅不大，因为发了招待票，里面挤得满满的，厅里暗蒙蒙的。他们在一角的桌边坐下来，很长时间眼睛才适应那暗彩的光。万丹要了咖啡和饮料来，刘国栋让了一下，就让万丹付了账。他这才知道现在舞厅里东西的价格是多么昂贵。万丹却似乎很熟悉这种价目，丢了钱在招待员的盘上。

音乐像水一般地流淌着，一对对的舞伴都上了场，暗蒙蒙的，也看不清谁是谁。略一迟疑，万丹已经被人邀下舞池跳了两曲了。刘国栋和小何坐着，他俩相互看了一眼，小何笑了一笑，略低了点头。也有人过来想是要邀请小何，小何的身子有点偏着刘国栋，像是两人在谈着什么，别人也就走开了。刘国栋对小何说："你会跳吧？"

小何说："我，不怎么……跳的。"

刘国栋说："万丹她很会跳的。"他们不作声，看着万丹和男伴在场上转着，他们转到场那边去了，隐约只见她细瘦的头和肩。又一曲舞终了，万丹回转来，也不坐下，就鼓动着刘国栋下场。刘国栋说他真不怎么会跳。机关组织了几次，他学了两次，也没学会。小何说："你这样的身材，肯定跳舞……会好的。"刘国栋也就和万丹下了场。开头他几乎是被万丹的手攥着走，很快他静下心来和着音乐，脚步也就自然了。他是很懂音乐的，也就跳得顺了。一场下来，万丹说他很会跳的。刘国栋说："还不是你们夸奖鼓励。"万丹便让刘国栋邀请一下小何。刘国栋犹豫一下，也就和小何下了场。小何的手落在他的手里，身子就完全随着他了。刘国栋不由一时心慌，转动时，就踩错了，顶到了小何的鞋上，他们两人便松了手停下来，对看着，都不好意思地笑笑。刘国栋后来有了勇气，扶着了小何的腰，就顺着自己的感觉去走，总算一曲跳下来了。

下面是一曲探戈舞，刘国栋说："我真的不会。你们去跳吧。"

万丹就拉着小何下舞场去了。刘国栋看着她们两个跳着,她们跳得很顺,很好,很流畅,像两个多少年相配的舞伴,小何随着万丹的转动很自然地转动着。刘国栋觉得整个舞场内就是她们的舞姿最好看。小何在万丹的引导下,不时地变换着舞步舞姿,到后来她们旋转着,两个姑娘飘飘地旋转着,从场的一角转到那一角,很引人注目。刘国栋没想到小何也跳得那么好。她们下场后,刘国栋说了自己的感觉。小何说,还是万丹会跳。她只是跟着万丹跳的。下面是拉手舞。小何说她不愿和陌生男人跳,刘国栋说他还是不会,于是她们两个又下场去。刘国栋就看着两个女伴两只手拉着,很轻松地晃着,两只脚也是很自然地踩着,一会儿,她们单手拉着,面朝一个方向晃着身子走动似的,如浪一晃一荡的。那些灯光那些旋转的人群,那些周围朦胧的一切都仿佛淡了,虚了。只是她们的轻松的步姿在晃悠。刘国栋觉得那一切都显现着青春的色彩和光晕。他又一次感到自己心态的老化了。

七十五

许多天中,刘国栋的心中都感受着那晚舞厅的气氛,那是一种轻松的感受,一种欢快的感受,一种跳跃着的感受。而他又觉得对那种气氛自己只能远远地坐着看着,无法走下去,无法与那气氛默契和相配。他心中的一重门依然是关着的,他已经无力拉开这门,那门上负载着他整个人生岁月的沉重。其实那门根本上是他自己关着的。那门是一层透明而朦胧的,他得到的文化知识隐隐地在其中跳跃和晃荡着,他所感有的人生意义在其中跳跃和晃荡着。

后来一个晚上,万丹和刘国栋谈到了小何。万丹很少谈其他人的事。她和小何常在一起,但还是很少提到她。刘国栋也不习惯去打听什么。谈小何是从舞会开始的,刘国栋说到了对她们的年轻青春的感受。万丹笑着问刘国栋:"你猜,小何多大了?"

刘国栋说:"她是不是也不小了?"

万丹说:"你看她大还是我大?"

刘国栋说:"难道她还会比你大?"

万丹笑起来说:"她就是比我大,你看不出来吧,她比我要大三四岁呢,人家小孩也上幼儿园了。"

刘国栋确实没想到,小何会有这样的年龄了,算起来自己比小何也就大个七八岁。她那羞涩的样子,怎么看也像是个姑娘。还总由万丹充当着保护人。再说一个有了丈夫和小孩的女人,怎么常常和万丹在一起呢?

万丹就和刘国栋说起了小何的故事。说小何的丈夫本是个没什么文化的,当初找小何,追着小何,一直充当小何的保护神,在厂里,天天等着小何,送她。天长时久,两人产生了感情,结了婚。后来,男人伙着一群人做了点生意,在外面心也就野了,常常和女人鬼混,小何多次劝他,他就是不听,发展到动手打小何。小何几次都想自杀。要不是她劝开她,小何都死过几回了。

"你劝她?你怎么劝?"刘国栋听着她的口气,觉得有点好笑。

"这就是我的本事了。我有着许多本事呢。"万丹仿佛说动了头,说得高兴,"我劝她从家庭中走出来。我劝她提出离婚要求。小何是个很传统的女人,总是问我,男人这样,她怎么活,好像没有男人没法活。她性格太弱,需要的是保护。女人总需要保护。我就对她说,我们来保护你,你就大胆地提出离婚。"

"劝人离婚?……这行吗?"

"你看你,自己离了婚,还是说离婚不行。"

"是啊。"刘国栋摇摇头。他研究过社会发展的整个婚姻史,那是在他和妻子离婚的时候。记得他也曾在以前晚上的时候向万丹谈到过。但中国婚姻面临的现实是人们传统的眼光,几千年妇女从一而终的观念形成的传统看法,使离了婚的女人处境总要比离了婚的男人差,特别是所受的压力也大。也正是出于这样的想法,他才在婚姻的泥淖里陷了好多年,直到妻子提出来才得到解脱。除此之外,离婚还面临着孩子问题和经济问题。

刘国栋对万丹谈着这一切,万丹依然像以前那样,微仰着一点脸,头有点偏,带着习惯的笑意,刘国栋觉得说得很吃力,他能意识到他的道理似乎缺在哪里。

"关键还是感情。我问起小何来,她也说不出她和她男人有多少感情的地方,有可以称作爱的地方。我听小何说到过,中国的家庭婚姻还是过去式的,许多已经死亡的婚姻还都勉强地维持着。我也看多了这样的家庭婚姻,实在乱得叫人难受。我看主要是女的没有勇气,顾忌太多,小何就是这样,被我劝了,她决心离婚了。"

"是吗?"刘国栋笑望着她说得兴奋的神情。

万丹越发显着高兴地说:"我正要告诉你呢,我就想着要办个实体,和几个朋友一起办,叫作婚姻家庭事务所,要帮助女人打破死亡的婚姻。事务所要请有能力的律师和教授,像国外的心理门诊。还要帮助她找到真正的爱人,发展下去,形成俱乐部性质的事务所,当然也吸收男性,也为男性服务。先从我们市开始,再是整个省,发展到最后整个社会。可以为所有的不幸的婚姻家庭实行一条龙服务。让每个人家都是快快乐乐的,接下去还可以为孩子服务,为老人服务。什么都可以做。我们这个婚姻家庭事务所就叫作'保护神'婚姻家庭事务所,你看怎么样?"

刘国栋多少感到万丹有点像在说天方夜谭,只是她带着一股劲头说着,又有着一种感召力,他不知道自己该不该对她说几句冷静的话,想起来也许自己确实有点心态老化了。也许许多的事业都是凭着一股精神办起来的,有的事业开始也大概像是天方夜谭。想着这些,刘国栋只是默默地望着她。万丹似乎已沉入自己的想象,脸上还是兴奋的神情。

以后的几天中,万丹每天都是迟迟地回来,有时还敲开他的门,告诉他事务所发展的情况。先是说已找到了一间房子,又说找到了一个志同道合的待业青年,正好用她的待业证去领执照。而一切与公安税务打交道的事,她都去做了。她说得很冷静,似乎在办着一件目标明确很顺当的事。就在这几天中,刘国栋接到了出版部门熟人的电话,说那个经理对万丹的工作有点不那么满意了。刘国栋婉言地把这意思提醒了万丹,万丹似乎应着了,又似乎并没在意。她似乎很不愿意提到经理,她只说她的工作都做得不错。她根本不是坐班的工作,工作已经做完,为什么还拿坐班的要求来要求她?

有一天,万丹早早地回了住所,告诉刘国栋,一切都安排好了,执照也已肯定在这两天拿到手。也有几个年轻的心理学助教和律师愿意接受邀请。到时候要举行一个开业典礼,她要请他到场谈一谈,就以小何为例子。"你说说话,你很会说的。"万丹说。

刘国栋没应声,他被她的话弄得心里有点活泛活泛的。他注意到万丹身穿的一套橘黄套裙的上面沾了几点天蓝色的涂料,这在看着不整洁总叫难受的万丹还是第一次。

那天黄昏,刘国栋和万丹一起去看了她的事务所。在一条偏街上,很窄的两间门面,挤在几户住家的中间,有几个孩子总在门口转悠着,投进好奇的眼光。涂料还未干,屋里一股近乎化学的味儿,一块金属板的招牌搁在墙边,两张旧的办公桌和几张新的椅子也都堆在了墙角。万丹问他怎么样,刘国栋说不错,事务所不是做生意的,是真正为人民服务的,所以越简单越好,越能吸引人,越能让来访者袒露心怀。于是他似乎也被自己的话打动了,他和她们一起布置起屋子,挂画,出主意,搬用具,多少年中,他还是第一次这样出着劲,像是自己做一番事业似的,弄得浑身是汗。到最后,其他人都回了家,他们就在旁边的小店里买了一点儿点心吃,忙得太饿了,就用脏手抓着吃着。吃完了,还整理了一下屋子。到他们完全弄好,准备出门的时候,天色已经晚了。刚出门,发现门口暗蒙蒙的灯光下站着小何,她的后面站着一个男人,矮个子的男人。矮个子男人的后面又散站着几个小伙子,吊儿郎当样子的小伙子。

万丹叫着小何走近她,把手放到她的肩上去。小何回头像是看了看那个矮个子男人,没看清男人的表示,小何扭回头来,很冷静很干脆地抽手在万丹脸上打了一巴掌。夜色朦胧的很安静的街道上响着了一声很脆的声音。显然万丹有点发怔,脸往上仰了一下。随后那个男人也走上前来。开口便是一连声的国骂,手指着万丹的脸,一步步地靠近,后面是小伙子的嘻嘻哈哈声,像是看热闹般地起哄声。

男人走上前来时,小何就往旁边退去。万丹还靠近着小何,像要保护她似的,一边问着:"他是什么人,要怎么样你……"

刘国栋已经很清楚是怎么一回事了,他很快地插到矮个子男人的面前,他摆着手说:"有什么话,可以坐下来讲道理……"

矮个子男人蓦一见刘国栋高个子站到面前,怔了一下,感到他后面的小伙子靠近来,便又操了一句国骂:"狗屁的事务所,管到我老婆身上来了,保护个屁,不关你事,你滚开,砸他妈的……"

下面刘国栋只记得那些小伙子就涌上来,他还说了一句什么话,已经没人听他的。他只觉得一股很热的血从心中冲上来,人如想象中的英雄人物似的伸出双手,大叫了一声。那些人只略略地顿了顿,便朝他拥过来。于是动起手来。刘国栋突然觉得多少年中他行动的沉静迟缓一下子改变了,他只觉得热血冲在脑中,也就扬起拳来,蹬起腿来,朝着扑过来的人影,舞动着所有的力量,也不知身上挨了多少下,也不知他使对方挨了多少下,只觉得来往的每一下都很实在,耳里响着嘭嘭的声音,很过瘾的声音,也感到万丹也扑了过来,在他的身边也舞动着手足。他有一点意识是尽量挡着她一点,朝着周围的好几个蹦跶的人影,好几张跳闪着激情的脸,好几双瞪着了动物似的眼,用力地发挥着他的劲。他想到自己也许也是这样的一张发狂似的脸动物似的眼。但热血直涌的感觉要发泄出去,他如同机械反应似的抡着拳,似乎嘴里还喊着什么叫着什么,就想着要喊出来叫出来,有一种痛快感从嘴上手上腿上喷涌出来。这种痛快感是从来没有过的,那么真切,那么真实,那么激情奔放,那么淋漓酣畅。

七十六

　　后来的发展在感觉中也是朦胧的,只觉得周围围着了很多的人影,那些人影要靠近着,又远远地避着,那些人影嘴里也似乎叫着什么,也似乎喊着什么。听不清,但感觉到他们也似乎在发泄着他们体内的热力。这一段时间也许很短,在刘国栋的感觉中又显得很长。后来,他只觉得自己的力大得吓人,无穷无尽的。对方的力也是无穷无尽的。最后听到一直站在圈外像是把风像是看热闹的小何喊了一声:"警察来了!"她喊了立刻转身跑了起来,于是两边都跑了起来,冲出人群去,分两边跑开了。

　　一直跑到了家,一直跑上了楼,在窄窄的楼道上,他们才站停下来,安定下来。在楼道上,他们发现他们的手还拉在一起。他们靠得近近的,万丹的身子自然地靠在刘国栋身上,依着他喘着气。他们的胸脯都在上下喘动着。刘国栋意识慢慢清醒时,他看到万丹微微仰着的脸,他清晰地看到暗影朦胧的楼道,他忘了去开房门。他们就这么站着。她的脸这般近地还是那样显现着她最习惯的神情,那是最早进入他记忆的形象,她微微地仰着脸,脸上带着那种幸福般的笑意,她的嘴微微努起着,像吮吸着什么,靠得近了,他才感到那笑意中含着一点别样的滋味,说不清的滋味,他这一刻才能理解她的感觉。他脸上也许也有这样过瘾般笑意。她动了动手,他才感到她的手还拉在他的手中。他的手还没松,她已经举起另一只手来,轻轻地在他的腮帮上擦了一下,他才感觉到那儿有点粘湿,还感觉到嘴里有点咸咸的。意识到那是他流出的血,他一点都没有痛感,也不知自己哪儿被打破了,被打伤了。感觉热血还在整个体内膨胀,体表外部是麻木的,钝感的。她手擦的感觉轻轻地带着一种出奇的温柔,如飞鸿掠影似的。她把擦了血的手指揉搓着,肯定是黏糊糊的。她还是微仰着脸,他看到她的脸一下子显得异常地生动起来,她笑开了,突然地笑起来,笑得很欢快很有趣似的,她的笑传染似的,引起了他的笑,一下子他们都无法控制般地对笑着,越笑越厉害,一直到放声大笑,笑得楼房的门也颤动着。

不知笑了多长时间,也不知怎么笑停了,他们感觉到他们的脸还相对着,还互相看着对方笑意未褪的样子,身子也贴近着,手还握在一起。也不知是谁主动,分不清是谁的先,他们的脸继续慢慢地靠近,很缓慢靠近着,一直靠到很近很近,完全贴在了一起。

热血的激情还在他们身中流着。

也弄不清什么时候,怎么开的门,他们一直拥着,进了书房,也不知是谁拉倒了那张席子,他们倒在了地板的席子上,如何铺的席子也弄不清了。也不知是谁拉亮了灯,那灯一直亮着。一切不需要过渡,不需要言语,不需要询问,不需要掩饰,不需要做作,不需要思索,不需要主动,也不需要被动。刘国栋觉得那涌往前来的激情还在体中,又一次淹没了他,没有思考的余地,只想着喷涌而出,仿佛一座沉重的门打开了,也不知如何打开的。他没有感到羞愧,记得多少年以前,他对着新婚第一夜的妻子,他们说了好多好多的话,做了好多好多的动作,直到上了床,熄了灯,他还是把不准怎么样去表示,他无法解下自己的衣服来,他们一时都在被子里显得远了,他喊了她的名字,她看到了他红红的脸,像是醉了酒似的。最后他突然发了狂似的掀了她身上的被子,和她的身上的一切。后来应该发生的一切却带来了妻子的一场痛哭,还有以后,他总是赔小心似的床上生活,留给她以后对他的一句"野蛮人"的称呼。很长很长时间,几乎是一直到离婚时为止,他在妻子面前露出他的裸体来,都还有一种羞愧感。这次他根本没有这种感觉,他坦然对着一个年轻的身体。他们都很自然地袒露出一切,似乎还细细地打量过对方。他没有为自己老了体态而感叹羞愧,他只是带着一种冲动,拥抱着她的裸露的肉体。她的眼光中似乎还带了点戏谑般的欣赏。他坦然地对着一个年轻的女性肉体,她也自自然然地迎着他,毫无羞涩和腼腆。

　　一切如潮奔涌而去,冲开那心之门,仿佛也是用手用腿用身去撞着那门,抡着那力量,那许多时间积蓄的力量冲出来,高喊着高叫着冲出来,他不知自己究竟喊了没有叫了没有。和刚才打斗时那样。他觉得自己还是那么有力,有劲,还是那么年轻。他什么也想不到,思索仿佛停顿了,他也不知在他们的身下会发出什么样的声响,是否会引起下面胖妇人的反应。一切由激情而定。仿佛这一辈子只有这一次。都在了这一瞬间。在她那边是自自然然的迎合,他一点没有遇到障碍。他仿佛是生来第一次的性爱,带着盲目的年轻人般的毫不解事的热情,毫无温柔可言的鲁莽的举动,而她却似乎是顺应地,充满了理解地,惯熟般地,屈从平静地迎着他,顺着他,引着他,接着他,和着他,宽容着他,进一步地引发着他完完全全的激情。最后他根本不像一个中年的男人,忽视了对女性温存的循序渐进和照应到女性的快感,便早早地丧失了含蓄和耐力,只顾顺着自己的激情而一发难止。

"我太……我大概是老了。"刘国栋有点不好意思地说。

他从她身子的上方抬起头来,视觉仿佛才回到他的感觉中,他看到她微微地仰着脸,还是她的样子,脸上带着点笑意。在灯光下,他看到了她的眼光从他的头顶上望过去,向着天花板,向着遥远的虚空般的地方,含着那幸福般的笑意。也许这是他一时的幻觉。他很快地看清了她对着他的眼神,平静的,带点女性特有的温情,对以身相许的男性特有的情感。她的手臂环起来,在他的头上轻轻地抚了抚。她说:"你总说你老了,你根本一点也不老呢。"她的口气中仿佛带着一点赞赏。刘国栋似乎感到她在说他还有劲。那种不好意思的感觉慢慢地浮起来溢出来。

"你完全能够做很多事的。"她的另一条手臂环过来,抱紧着他。一个晚上经过那么两件事,她的手臂上还很有力量。

七十七

这一个早上,刘国栋迷迷糊糊地醒过来时,发现他难得地起迟了。他这才意识到自己是躺倒在书房的席子上,身边空空的。他坐起身来,看到自己的身上盖着一条毛巾毯,而自己的衣服整整齐齐地叠着放在枕边。他的身边的一切都有条有序的,整整齐齐的。他穿衣起身时,从镜子里感到自己脸上和身上是擦过了,干干净净的。使他又一次恍惚自己对昨夜事的记忆,似乎只是一种幻觉,自己只是莫名其妙地到书房里来睡了一觉。

只是他感到累乏,很是累乏的感觉仿佛渗入了骨头间。他努力克服着自己的懒懒的精神,一种愉快的懒懒的精神,轻松乏力的懒散感。他洗了,在门口小店里买了一副烧饼油条上班去。他已经迟到很长一刻,他带点脸红地编了一个理由,理由编得自己也不相信,这是他第二次了。头头看看他,点点头没说什么。虽没说什么,从那眼光中,他能感到什么。

　　坐到多少年一直坐着的办公桌前,看看那一页页看惯的文字,刘国栋再一次感到了身上的慵懒。对昨天夜晚的事,慢慢记忆起来,一点点地,他依然有些疑惑,那都是他干的吗? 他先是去做了一刻小工,后来是打了一架,再后来是和万丹有了那事。他很难相信自己会为了一个很荒唐的事务所,为了小何那件荒诞的事而动手打架,和那些小流氓们用力气去争高下。与类相争,争而同之,这是他多少年从书本上得到的教养而转化成的信条。然而他还是和从来所鄙视的那些小青年动手打了架,还打得很痛快,像是从来没有过的痛快。那些野蛮的举动,那些疯狂的喊叫现在却很清晰很响亮地浮在眼前。多少年以来,他不知那些热血的冲动还是这样潜伏在他心中,那些对野蛮感受的渴望也潜伏于他的内在,在那一刻喷涌而出。后来和万丹同床的事,他这时候想起来,一阵阵脸红上来,他没想自己会这样做,这肯定不是爱。他很难相信自己是爱上了这一个姑娘。他一直是带着父辈一般的感情对她的,她那么年轻。没有爱的性爱是罪恶的,而他竟和这样一个小了十多岁的姑娘发生了性爱,正是他内心罪恶的表现和发泄。他无地自容。这样一来似乎他一开始让姑娘住下,就带着了一点罪恶的念头,如果说一切是自然的话,那么这种想法已经早潜在他心里,如同他内心的野蛮一样,只是适时而发挥出来了。他无论如何不敢相信自己,会爱这个长得不怎么样的姑娘。那天早晨他敲门看到的没有化妆的如同妇女般的万丹形象,又在眼前晃着。他只是看着她年轻,对着她,他只是感受到自己的老。他所有的表现只是一种对年轻的渴求。他无法想象和姑娘一起生活。那么他又怎么会和她有那样的事呢?

他窥视到他的内心里一层暗暗的阴影在摇动,所有对社会对周围一切的批判的精神。也是他的一种不满。那个气功师说到过:恶本在自我,我心即恶。那种发泄的痛快感觉还残留着,越发叫他心里羞愧。这种羞愧感总是陪伴着他,这一刻越发鲜明。他一直认为羞耻感是人类内心纯洁的保护神。目前的社会,似乎一分羞耻心都在丧失,而他一直是抗拒着的。世人皆醉,何不也饮一杯,这对他来说,是自我道德下滑的借口,是一种内心缺乏力量的借口。

一种内心的自省,内心的自责,慢慢地让他的心平静下来,有着了一点习惯的快感,他总是用这种自省自责给自己生活带来一点类似乎崇高的快感,安宁的快感。

他那一刻也许是疯了,也许是内心真实的表露。那一种完完全全的痛快感缓缓地浮动着,他无法一下子清理出去。他想到了她后来对他说的话,那时他只是躺着,有一种发泄完的愉快感,精神完全放松着,如流而淌,顺流而下,一直滑到了感觉的最底层,思想、观念、理智都丢开了,空空荡荡、松松快快地。他面对着她的脸,看着她的那双眼睛,他觉得她的额头上一点皱纹也没有。灯灭了,在窗外透进的一点白暗的星光下,她的额头淡淡的亮,显着那么柔和,那么平整光滑。她说他的生活可以改变,现在这样让人看了难受,窝在一个阁楼里,埋在一堆书本中,让人感到有一股陈腐的气息。他完全可以不干那份死气沉沉的活儿。他可以和她一起去干事务所,还可以兼搞别的,小何的事不会影响事务所的开业,她非要搞出来,他可以帮助她,和她一起搞,永远一起搞。他可以使生活变成另外一个样子。她就看他是个有用的人,能做很多事的男人。他不老,他总是说自己老,让人听了也难受。他一点也不老,她重复说着。他怎么应她的话已经忘了。他肯定是应着了,应着了莫名其妙的话,同时他用手和身体尽量呼应着她的话。弄得很疲乏还是呼应着。那时他只想呼应。他想着自己确实是能够做事,干点冒险刺激的事,确实想大干一场。他好像还说过他可以留职停薪,实在不同意的话,他可以辞职,可以一走了之。他不想平平平静静地生活下去。他还说了许多,他只想呼应着她。现在想起来,他确实是疯狂了,毫无理智可言。他无法离开他的工作,他确实不再是年轻人了,他无法和他们一样,想怎么做便怎么做,对这个社会他有着固定的见解。那个事务所现在看来那样荒诞。小何那荒诞的事正证明着事务所的荒诞。他已经这样的年龄了,竟会在如此荒诞的事中充当了如此荒诞的角色。想起来实在羞愧。那一切都是为了她万丹。为了得到一个头脑简单的她?他想到她的动作,那些对于她来说都仿佛是惯熟的。他并不去以贞洁去衡量一个姑娘,但他内心中无法接受年轻女人那种对性爱自然随便的态度。他心目中对女性的审美感觉也是从书本中培育。他又一次感到羞愧,又一次陷于自省自责中。

七十八

刘国栋给出版部门下属的公司打了一个电话,那边传来乱糟糟的杂乱的声音。他还是第一次往那里打电话。有人接了,他说找万丹。万丹来接电话了。他听到她的声音,电话里的声音有点变调,依然是那么平静,一点没带有昨夜的感觉。她问:"谁呀?"他顿了一顿,随后应了一声:"是我。"接下去没听反应,他就告诉她,他有一个出差任务,临时布置的重要的出差任务,要出去一星期,今天就走。那边也是似乎顿了一顿,后来她应了一声。他就挂了电话。

刘国栋就上了路,这是他很早时订下的计划。他去小县里走一圈,并没有大事,他只是接受那里的人的邀请,去玩上两天。他在这个机关里的好处便是有这一类自由的活动。可以没有任何任务地出差,只要在一定的时间内去一定的地方,只要有一定的理由以及一定的关系就行。

那儿是个有山有水的江南小县。邀请的单位为他安排下住宿,当晚是一桌丰盛的晚宴,吃喝的规模也是上档次的。这种吃喝的规模是生活在省城和机关里难得的。难怪那些头头干部总往外跑。刘国栋很不想出来,他怕陷于自省的罪恶感中。吃着酒宴时,他总是会想到他也是吃白食。在省城里,偶尔也有下面有联系的单位请客,他常常推辞了。而这晚,他破例喝得醉醉的,躺下就睡。第二天,他们安排他去了湖里,用一只机帆船送到湖中。湖中间有一只很大的上下楼房式的住家船,就在那里一边看着湖景,一边吃着当时捞上来的就湖水烧的鲜活鱼虾。那滋味实在是美极了。那鱼也不用什么佐料,也不多用水清洗,只剖了肚,去了内脏,便放入烧开了的水里,一煮,称之为湖水煮湖鱼,那滋味实在是美极了。到第三天,他们去了山里,正下了一点细雨,一直到中午还是烟雾蒙蒙的,山头上看下去只是一片淡青色,一切都是隐隐的。陪同的人说真不巧。然而刘国栋却感觉好极了,宛如入了仙境。他真想自己就在山上的禅院里住下来,一直这么住下去。

因为有车送上山,下山时间还早。晚饭又是一顿酒宴。他喝了两杯,觉得累乏了头有点晕,也就告退自去休息了。睡到半夜,他在一片夜色中醒来,独自望着圆形的帐顶,一时再无法入睡。两天中被压抑着的记忆形象,又都到心中。万丹微微仰脸,吮吸着的样子,带着那微微的笑意的形象闪了出来,连同那一夜的事,一下子涌来,竟那么鲜明。那形象一旦出现,他就无法避开了,再也无法压抑。越睡下去那样子越是清晰。他想到了那天她接了电话时,那边顿了顿以后的反应,她的应声里带着洞悉他一切心思的感觉。她似乎总能体察到他的内心。他想着她放下电话,头微微地仰起着,她的眼睛透过一切看到那根本不存在的事物似的。这时他想到她的事务所应该开张了,而他却是在这当口弃她而去。她的形象在他的闭着的眼前越来越清晰。他无法睡了。

清晨他就起了身。他提了随身的小包,他在招待所里留下了一张告辞的条子,就赶去了车站,头班车已没有座位,他好说歹说上了车,就站靠着车门回了省城。

刘国栋不停步地回到了家,上了楼,急急地推开了门,书房里的一切依旧,整理得干干净净,似乎还留着她的气息,只是那只挂在墙角的桶式包不见了。他回到了卧室,发现他的卧室和书房一样,整理得干干净净,仿佛她在说,我看了就难受。他赶去了出版部门她工作的单位,经理回答他说,她已经不来上班了。有两天没来了,辞职了。他的样子显得很不耐烦。刘国栋走到那间用作事务所的房子,他发现那里面已经摆上了货架,做起了百货生意,里面的营业员也是陌生的。他想不到这种生意进行得会是这样神速。似乎根本没有三天前那事务所的所有的痕迹,就是墙上的涂料也改变成了象征般的黄金色。他站下来问了周围的几个人,才有人告诉他,几天前这里打过一架,说到打架,那说的人朝刘国栋望望。第二天派出所有人来了解过,再有别的情况就不清楚了。

刘国栋回了家,走到小楼,默默地站到了书房的窗口。黄昏的色彩慢慢地沁进心来。那条锈铁丝醒目地显在眼前。他不知她怎么了,那个事务所是因为派出所的干预还是因为他自己取消了。

他想到她曾经那么雄心勃勃那么有信心地在他耳边说着的那些话。他又想到了她在电话那边顿了一顿以后的应声。

她失踪了,以后的几天中,刘国栋一直在寻找着她,她像是乘着气球升上天去一般地消失了。他几乎找遍了整个城,没有一点踪迹可寻。

七十九

大概有半年时间,刘国栋的生活如以前一样,再没有变化。社会却似乎变得很商潮化,一种难以接受的金钱崇拜。刘国栋越发把自己关在小楼上。有一天,他的一个同学从国外回来了,邀过去的同学聚一聚。同学们包围着他,都在七嘴八舌地问着那发达国家的事,说得热热闹闹的。刘国栋独自翻着一本本影集,他突然看到了万丹,那是拍的一次冷餐会的照片,她站在照片的一角上,独自微微地仰着一点脸,正是刘国栋心中的形象。他赶忙拉过了那位同学,指着她问是不是叫万丹。同学认了一会儿,说不认得,那是在他表哥家的聚会。同学都问她是他的什么人。刘国栋没有应答他们话中的玩笑。他让同学写了一封信去查问。不久国外回信来了,同学表哥说他也不认识那个姑娘,也许是哪一位朋友带来的。他因为是主人倒是和她聊了几句,后来也见过她几次,知道她是有一个父亲的老朋友在国外,靠着那个人做的保来到国外留学的。似乎那一层关系并不重。她来了以后便到处打工,那些日子就在他家附近的馆子里。他见到她的几次,不是见她忙着,就是见她捧着一本书。他知道她已经换过好几处的工作了。像她这样老是被炒鱿鱼的工作不稳定的中国姑娘在那里也是很多的,往往生活得都不怎么好,现在他已经好长时间没有看到她了,她也已经不在那里工作了。那个老板他知道也是个不怎么好的人。她也肯定生活得不怎么好。但她给他留下的一个比较深的印象便是,她总是像照片那样微微地带着笑意,好像很幸福似的。

刘国栋认定那肯定是万丹了,他没想到她竟已远渡重洋,去了国外,不过她原来是对书不感兴趣的。是不是她改变了?还是她要从书本上找到什么答案吗?同学说她好像说要赚很多的钱再回国,是不是她回来还想搞什么事业?他记得她曾经说过她看着眼前乱乱的就难受。那么她是想到国外去寻找不难受吗?那么她在国外也会感到那种难受吗?她能忍受那种难受吗?

不管怎么说,她是去了,她在流荡着,刘国栋感到她的身形在跳动着流荡着,显得那么松快的样子,年轻的样子。而他自己,却无法再走出去,似乎也没有了走出去的力量。有时想到这,他很想大喊一声的,像那天打架时热血涌上来舞手蹬腿时一般大喊大叫一声的。

附录

朴素的穿透
——评储福金长篇小说《心之门》
吴义勤

从1993年4期的《新生界》到1994年4期的《大家》，储福金用近一年的时间在《萌芽》《作家》《上海文学》《花城》《中国作家》等天南地北的杂志上以中篇小说的形式发表了他不到20万字的长篇小说《心之门》。我真不知道在如今急功近利之风肆虐的当代文坛上是否还能再找到第二个有如此耐心的作家。然而，转念一想，这又恰恰是最典型的储福金风格，他总是用一双冷眼关注着纷繁的现实和人生，从不显山露水，也从不张牙舞爪。他对世界和存在的理解与感悟是深刻而独到的，但他的言说姿态却又绝对是平静而温和的。读他的小说就如饮陈年好酒，越品味越浓。《心之门》也同样是这样一部"味淡而意浓"的小说，它对人生主题的深层开掘，对长篇小说艺术范式的探索都使它在当代中国小说中具有了无可替代的话语价值。在某种意义上，我们可以把《心之门》当作储福金人生小说的一个艺术总结，它代表了作家此类小说的最高成就。

很长时间以来，中国当代小说似乎一直就没能处理好它与现实的关系，黏着现实和拒绝现实是两种较为典型的偏激方式。传统现实主义作家以对现实的参与作为文学的使命，他们的作品总是具有很强的现实感，但在很大程度上他们只不过是巴尔扎克所说的"历史见证人"和"书记员"。对他们的作品只有从政治意义上去读解才会显示其价值。新潮小说又走向了另一个极端，他们拒绝现实生活,完全沉浸在虚构的"历史"和想象空间里宣泄西方现代主义的文学主题。他们的作品虽然不乏深刻性和审美意义,但他们对于当代生活的失语,也不能不使人对其艺术能力产生怀疑,更何况其文学主题总是带着"故作深刻"的伪饰烙印呢! 20世纪90年代初兴起的"新写实"小说似乎给我们带来了一个福音,它们对现实人生的生存状态和"生命原色"进行了淋漓尽致的展示和刻画,对现代主义的艺术命题也多有涉猎,更重要的是在叙述和传达方式上它对新潮小说范式的吸纳和融汇使它从根本上超越了传统现实主义小说。但是,"新写实"小说也同样有它难以克服的艺术难题,这就是所谓"零度叙事"和"生存本相"所带来的小说现实的破碎化和琐碎化,它们对现实生活的表现当然有相当的真实性和深刻性,但对于生活的过于黏着又使它丧失了和现实的应有距离并进而损伤了它的艺术品位。可以说,如何真正地超越和穿透现实生活乃是"新写实"小说需要正视的一个艺术命题。如果说,传统现实主义作家对现实的政治化、本质化理解与把握是一种"虚假的穿透",新潮小说对现实生活的逃离和拒斥是一种"无望的穿透"的话,那么"新写实"小说对现实生活的琐碎叙述也只能算是一次"无力的穿进"。我倒觉得,没有"名分"的储福金才是一位真正的现实穿透者。不过,他对现实的穿透又是在"轻描淡写"之中完成的,举重若轻,朴素的穿透正是他小说特殊的艺术魅力。长篇小说《心之门》可以说是又一个成功的范例。

对于这部小说,储福金在创作札记里说:"《心之门》我写了七环。我用七种笔法写,我写出七种调子。有冷清的,有热烈的,有低沉的,有奔放的,有琐碎的,有幻象的,也有抒情的。一重重的心之门开开来,一重门套着一重门。那便是信仰之门、愿望之门、爱情之门、社会之门、成功之门、幻想之门、幸福之门,总起来便是一重人生之门。善恶、得失、同异、高低、成败、虚实、苦乐等各类含有哲理的人生滋味。从一重重门中出来,也就显得朦胧了,成了一种色彩,是我创作中的心的色彩。"(《文学报》1994 年 3 月 31 日第 3 版)的确,储福金在《心之门》中对现实生活和人物灵魂这两道门的开启和穿透是相当成功而有力度的。小说涉及的生活面极其广泛,既有普遍的日常琐事、家庭生活,又有社会的风云变幻和官场的钩心斗角;既有形而下的世俗场景,又有形而上的精神考问。而描写的人物更是包括了社会各个阶层,从青年男女、普通百姓到江湖神医、官僚政客,从新潮女郎、妓女暗娼到同性恋者和激进分子,作家都从主人公各自的生活漩涡中把他们凸现出来。每一个人物都是一个典型,他们的生存状态和人格面貌融化在他们生活的环境中,从而使生活本身也被赋予了一种人性色彩。在小说中,每个人物虽然各具个性但他们又同时具有某种人性的互补性,正是借助于对每个个体灵魂的充分展示,小说才立体地呈现了一个大写的"人"的形象。这个"人"具有一种立体的灵魂,它是各类个体的综合和抽象,它是典型中的典型,主人公之上的主人公,它没有名字,但每一个主人公的名字又都是它的名字。储福金在很大程度上其实就是凭托着这众多的主人公去共同冲击那扇"人生之门"和"心灵之门"的。

具体地说,小说中的众多主人公又不外为两"类"典型即男人和女人。小说的每一章都以一男一女"二人转"的方式结构,两人的世界既构成了一个完整的男女人生世界,同时两人心灵的冲撞和对话又使各自的"心之门"不断地敞开和闭合着,心灵的风景也就由此呈现。江志耕和童秀兰几十年夫妻,童秀兰对丈夫总是充满迷惘,即使江志耕在功成名就之时得意忘形借酒袒露自己的人格和心迹,童秀兰依旧走不进他的心门。江志耕对童秀兰更是形同陌路,童秀兰的心灵永远关闭着,不仅对他,而且对父亲,对整个社会都是关闭着。她不理解丈夫,不理解父亲,也不理解复杂多变的社会,她永远睁着一双童真的眼睛茫然地注视着一切。刘国栋是一个愤世嫉俗的强人,但就在与弱者童秀兰的对话中他暴露了自己的心门:一个好幻想、缺乏行动能力的口头革命家的软弱灵魂。心如死水的童秀兰在与刘国栋的接触中,似乎也突然萌生了生活的热情和好奇,紧锁在她心房中的浪漫、幻想、反叛的天性也梦幻一般地释放开来。冯曾高作为一个"神医",其意念和信仰都使他具有一种超越尘世的仙风道骨,但当陈菁触动了他的心之门后,我们发现,他其实一生仍在追求一种世俗尘缘。陈菁似乎对工作之外的幸福也毫无追求,但清心寡欲、众口皆碑的生活方式只不过是她心灵的一道门,在冯曾高打开这道门之后,她的欲望、她的渴求就汹涌而出了。苏艳红的少女时代就把心灵中的爱情之门向林育平敞开着,然而林育平却不愿正视,他的心之门只向果断有男子汉气概的江志耕敞开,他对苏艳红女性的爱情呼唤熟视无睹正由于他潜意识中的同性恋倾向封堵了他的心灵之门……可以说,每一个相对的主人公对于对方来说都是一面镜子,心灵的隐秘、人格的障碍等等都无一例外地被烛照出来。

不同于现代主义类型的小说对人物内心潜意识的大量宣泄,偏福金对众多"心之门"的开启却是不露声色的。作家把人物灵魂的深邃、曲折的心理意识通过生活的日常形态透现出来,以具象化的人生形态来表达对人生的哲学沉思,"大音希声""大象无形"让主人公们在日常行为中不知不觉地打开其"心之门",坦露出其欲望、情感、隐私、幻想等综合而成的丰富立体的人格灵魂。这种艺术境界没有深沉的人生体验和对生活的深刻理解是难以达到的。而以探索人物心灵的艺术方式来看,储福金特别擅长的是在对人物常态生活的描写中凸现其"反常",即他总是能剥开人物的"社会面具",在"社会面具"和"灵魂心态"的落差之中捕捉到人性和人格的弱区。这种"反常"和"弱区"也正是他小说的艺术聚焦点。对于江志耕来说,他的官场生活、情感生活之间存在着反差,在这种反差中江志耕的功利型人格和官本位文化所浸染的畸形心理得到了淋漓尽致的揭示。在官场上他有着大将风度,处处应验着他的"预感",而在情感生活中他却永远紧张着,他只能紧紧拥抱着童秀兰大汗淋漓,但感觉和心灵却永远游移在外不能进入。从他和童秀兰的精神比照之中,我们可以目睹他和童秀兰迥异的灵魂状态:一个世俗、伪巧、浊重,一个本分、恬淡、清澈,一个满脑子功名利禄,爱情婚姻家庭只是功利棋盘上的一步棋,一个以天真、童拙的眼光看世界,又常常流露出困惑。而冯曾高的高深修行以及"神医""气功师"的名衔很大程度上也掩盖了他心灵的苦痛,掩盖了他的"神医"生活和世俗状态之间的巨大矛盾。他对陈菁的一夜之缘,对苏艳红的苦苦寻找都暴露了他宗教化的超越方式的虚妄,他注定了是一个世俗之子,他不能摆脱俗念的纠缠与诱惑而做到真正的"无执"。他可以为病人治病,却永远也不能治好自己的心病,因此在苏艳红面前他的心智就乱了、浮了。"气"也不能聚拢,最后在迷狂状态中被车祸夺去了生命。相比较而言,刘国栋是小说中唯一比较主动地敞开自己"心之门"的人,他对社会对官僚充满了不平和抨击,他在任何时候对任何人都不停地宣泄着自己对于人生的感触和理解。但事实上,他所敞开的这道心门仍是虚假的,在他的语言和行动之间,在他的理想和现实之间都有一道不可跨越的鸿沟。他真正的"心之门"也正掩藏在这道鸿沟中。透过他偏激的言辞,我们发现他的软弱、他的胆怯、他的恐惧、他的自私、他的自欺欺人、他的眼高手低甚至他对女人的受骗感都盘旋在他内心深处,阻滞着他的人生。其他几位主人公的形象也同样如此。陈菁如果不是与冯曾高的一夜情缘,"感受着一种幼稚的俗人的感情,似乎是一种早年想象过的浪漫的感情",她就不会感到社会生活中的自我和她真实的自我之间的矛盾,她就不会开启她的禁锢着的"心之门",意识到自己"把欲望抑制太久了","被那个时代的教育变成了一个没有自己的人",而实际上"原本她也就是一个俗人,无可忏也无可悔"。而在苏艳红的"妓女情结"背后我们也看到了她对爱情的虔诚,在林育平平庸无聊的性格之外,我们也不能不为一个生活的弱者对强者的崇拜和向往所触动。当然,储福金对于人物日常形态和心灵形态之落差的捕捉,又是植根于不同主人公的人生状态的艺术对照之中的,正是不同主人公的"对话"和"潜对话"激起了主人公们各自的心灵涟漪,从而在"心之门"的开合之中感受到了"善恶、得失、同异、高低、成败、虚实、苦乐"等各类富含人生哲理的生活滋味,有效地拓展了小说的主题空间和表现力度。

　　此外,储福金能在20万字的篇幅里将十多个主人公的灵魂全部立体地呈现出来,还与小说特殊的叙述方式相关。小说的主旨在于对现实人生各种生存心态的透视,但作家却不取第一人称的自白、倾诉式叙事,而是用朴素的第三人称叙事将对现实和心灵的白描统一起来,再加上作家有效地将叙述语言感觉化、幻觉化,这就使得小说对人物心灵的透视不仅具有心理的深度而且还具有了客观性和具象化效果。也正因为此,《心之门》七章虽没有统一的故事,也没有中心情节和贯穿人物,但平凡、琐碎的生活形态所蕴含的人生意味却是统一的、互补的,每一章所开启的"心之门"内的灵魂风景也是相通的,都服务于对"人"这个主题的表现,都着意营构一种心理氛围。从某种意义上,我们可以说,正是语言本身把我们导入了主人公们的"心之门",其叙述语调总是带着强烈的现实感,使我们不自觉地就能感应着主人公心灵闭合的节奏,获得一种现实的人生体悟。

在结构上,这部小说如作家自己所说的是一种"环套式结构",七个章节各自独立有着不同的故事、人物、心态、语调和节奏,但它们的不同色彩和不同主题又都统一在"心之门"这个总主题之内,从不同的侧面、不同的方向,以不同的方式建构、丰满着那个大写的"人"的多层次的立体的灵魂。这是一种真正的开放式结构,各个章节之间甚至不需要按顺序排列,横断面共时性地铺开着,互相包含,又互相解释,每个门内有着自己的风景,但每个门又总是向对方敞开,这可以说是储福金探索长篇小说结构的一次成功的尝试。它做到了形式和主题内涵比较完美的统一。对于《心之门》的开启和穿透是作家的艺术目标,这种目标又正在小说这种自由敞开式的结构中得到了体现。就目前的长篇小说而言,存在着两种令人忧虑的现象。一种是新潮小说作家的"大中篇现象",每个长篇小说都以语言的狂欢、宣泄见长,生活的蕴含和主题的深度都不足以担当长篇小说的艺术分量;另一种是现实主义作家片面追求"史诗"效果,但对这种"史诗"的理解又仅局限在生活面的广阔、人物的众多、线索的纷繁、故事的复杂上面,致使小说越写越长,但描写的水分和艺术杂质也充满其间,严重损伤了长篇小说的艺术品位。我觉得,《心之门》在这里倒是做了一次很有益的探索,作家没有虚写一个人物,没有一点闲墨水笔,每一章都精致、丰满、深刻,反映生活的广度和深度都毫不逊色于那些"史诗"性的作品。而艺术上既朴素又新颖,其对艺术分寸的把握也非新潮作家所可比拟。作为一部成功的长篇小说,《心之门》理应对当前的长篇小说创作起到某种启示意义。